사연이 담긴 시 이야기

이 도서의 국립중앙도서관 출판시도서목록(CIP)은 e-CIP홈페이지(http://www.nl.go.kr/ecip)
에서 이용하실 수 있습니다. (CIP제어번호 : CIP2010000548)

사연이 담긴

시 이야기

마종필 지음

시(詩)를 바르게 이해한다는 것은 쉬운 일이 아니다. 아무리 쉬운 시일지라도 시인은 대상이나 현상에서 얻어진 감정이나 생각을 압축적인 언어에 담으려는 노력을 기울였기 때문이다. 그래서 시를 잘 이해하려면 기본적인 소양이나 많은 훈련이 필요하다. 더 나아가 독자의 많은 문학적 경험을 필요로 한다. 수필을 읽을 때처럼 편안하게 읽으면 이해하기 어려운 부분을 만나 흥미를 잃어버릴 수도 있다. 이런 점 때문에 독자들은 시를 멀리하게 되고 쉽게 접근할 수 없게 된다. 이것이 시의 장점이자 단점이다.

학교에서 시를 배울 때는 시대마다 혹은 발표된 시 가운데서 작품성이 가장 뛰어난 우수작을 선별적으로 배운다. 그 때문에 어떤 작품은 내용이 난해해 이해하기가 어렵고, 어떤 것은 작가가 마련해 둔 여러 장치로 인해 접근이 곤란한 경우가 많다. 그래서 사람들은 학교에 다닐 때부터 '시는 어렵다'는 인상을 가지게 된다. 그래서 시 읽기를 주저하게 되고, 결국 시가 주는 기쁨과 재미마저 누리지 못하게 된다.

이러한 현상은 시나 시를 사랑하는 사람들 모두에게 좋은 일이 아닐 것이다. 그래서 누군가가 시에게 다가갈 수 있도록 길을 마련해 주고 안내하는 일은 의미 있는 노력이라 생각한다. 이러한 노력은 거창한 것이 아니라 문학적 경험이 많은 사람들이 시를 쉽게 설명해 주는 일이면 좋을 것이다. 또 다른 노력으로는 먼저 작품을 접하고 이해한 사람들이 쉽게 다가갈 수 있도록 도랑을 치고, 돌다리를 놓아 주고, 튼튼한 구조물도 마련해 주는 것도 좋겠다는 생각이다. 필자는 이 책이 이러한 작은 노력 가운데 하나가 되기를 소망하면서 이를 엮었다.

처음 시를 접하게 되는 학교 현장에서는 시험공부에 매달려 정답 찾기에 급급하고 교사가 불러 주는 내용을 적어 나가는 수업이 주조를 이루고 있어서, 시를 감상하고 이를 통해 기쁨을 얻은 일은 쉽지 않다.

이를 안타깝게 여긴 필자는 시가 탄생하게 된 배경을 찾아 나서고, 그러한 배경에서 화자의 마음 속 깊이 담겨진 의미를 설명하게 되었다. 다행히 이러한 노력은 시에게 다가서려는 학생들에게 친근함과 편안함을 줄 수 있었다. 게다가 대학수학능력시험을 준비하는 데에도 도움이 되었다.

그래서 여기에는 시에 관해 편안하고 즐거운 이야기를 가득 채웠다. 사랑하는 연인을 애타게 그리워하면서 태어난 시, 나라를 사랑하고 염려하는 마음으로 인해 탄생하게 된 시, 자연이 말하는 것을 외면하거나 묻어 둘 수 없어 감탄하다가 이루어진 시, 생의 고뇌로 인한 힘겨움이 시심(詩心)이 되어 만들어진 시, 이별이 가져다 준 아픔 때문에 태어난 시에 관한 이야기가 그것이다.

그러므로 이 책은 한번 잡으면 의무적으로 끝까지 읽어야 할 책은 아니다. 자기가 좋아하는 부분만 읽어도 좋고, 아니면 자신의 삶과 비슷한 장만 골라 읽어도 좋을 것이다. 가급적 편안한 마음으로 구분해 둔 큰 장들을 들춰 가며 읽으면 시의 아름다움뿐만 아니라 작가가 고민하고 몸부림쳤던 삶의 흔적까지도 읽어 낼 수 있을 것이다.

이 일을 위해 정성을 다해 안내해 주시고 산파역을 기꺼이 담당해 주신 한울 기획실 윤순현 과장님, 편집을 위해 최선의 노력을 기울여 주신 편집부 김경아 팀장님, 언제나 서툰 글을 봐주고, 격려해 준 나의 신실한 벗 여도중학교 허승호 선생님께 깊은 감사를 드리고 싶다.

끝으로 이 책에서 안내한 시에 대한 해석은 대부분 객관성을 유지하려 했지만, 일부는 필자가 시를 읽으면서 감상을 통해 얻은 이야기를 정리했음도 말해 둔다.

2010년 2월

순천 매산등에서

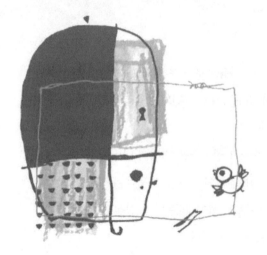

1. 그리움이 사연 되어 ·····································

015 우산이 없어 이루어진 사랑
임제, 「북천(北天)이 맑다커늘」, 「청초 우거진 골에」 / 한우, 「어이 어러 자리」

022 벽계수(碧溪守)의 실수
황진이, 「청산리 벽계수야」

028 시대를 앞선 실존주의자
황진이, 「동짓달 기나긴 밤」, 「영반월(詠半月)」

035 기다림은 시를 낳고
서경덕, 「마음이 어린 후이니」 / 황진이, 「내 언제」, 「산은 옛 산이로되」

043 사랑은 죽은 자도 살린다
최호, 「제도성남장(題都城南莊)」 / 김용택, 「꽃처럼 웃는 날 있겠지요」

.... 2. 이별이 사연 되어

사랑은 감동을 낳고   053
홍랑, 「묏버들 가려 것어」 / 최경창, 「번방곡(飜方曲)」, 「서로 마주보면」

아픔은 사랑의 크기만큼 크다   062
김정희, 「월하노인에게 빌어」 / 도종환, 「옥수수밭 옆에 당신을 묻고」

지우고 보고 지우고 보아도   069
정지용, 「향수(鄕愁)」, 「유리창(琉璃窓)」

참혹한 슬픔   079
허난설헌, 「곡자(哭子)」

아픔을 노래한 희망   085
월명사, 「제망매가(祭亡妹歌)」

3. 번뇌가 사연 되어 ....

093 방랑자의 노래
김시습, 「황혼녘의 생각[晩意]」, 「소양정(昭陽亭)」

103 불사이군(不事二君)의 붉은 마음
이방원, 「하여가(何如歌)」 / 정몽주, 「단심가(丹心歌)」

109 거미줄에 걸린 이화(梨花)
이정보, 「광풍에 떨린 이화」, 「국화야 너는 어이」

114 해우소에서 얼굴이 붉어진 까닭
정지상, 「송인(送人)」

121 한 지식인의 고민
최치원, 「추야우중(秋夜雨中)」

4. 정(情)이 사연 되어

131 글이 없어도 읽어 낸 사랑
곽휘원 아내의 시

135 호탕한 그림이 남긴 시
정선의 그림에 부친 조영석의 화제시(畫題詩)

141 연밥[蓮子]에 담긴 사랑
허난설헌, 「채련곡(採蓮曲)」

147 왕의 마음을 사로잡은 여인
고려 충렬왕의 연인, 「떠나면서 주신 연꽃」

154 눈을 쓸면서 우는 까닭
김웅정, 「소분설(掃墳雪)」 / 정철, 「훈민가(訓民歌)」

163 남매가 나눈 정
명온공주, 「남매화답시(男妹和答詩)」

·· 5. 우국이 사연 되어

불사이군(不事二君)의 절개 173
원천석, 「흥망이 유수하니」, 「눈 맞아 휘어진 대를」

저승 가는 길에는 주막도 없다 179
성삼문, 「수양산 바라보며」, 「송죽설월송(松竹雪月頌)」, 「절의가(節義歌)」

죽음을 부른 시 191
권필, 「궁류시(宮柳詩)」

절개(節槪)가 충(忠)이 되어 199
박팽년, 「제한운효월도(題寒雲曉月圖)」, 「가마귀 눈비 마자」, 「금생여수(金生麗水)라 하니」

나라가 태평하면 나귀에서 떨어져도 즐겁다 205
숙종 임금, 「진단타려도 제시(陳搏墮驢圖題詩)」

머리가 희어진 까닭 211
황현, 「절명시(絶命詩)」

호랑이보다 더 무서운 것 218
정약용, 「애절양(哀絶陽)」 / 박노해, 「노동의 새벽」

6. 자연이 사연 되어 ··

233 바람에 흔들리는 여인
최해, 「풍하(風荷)」 / 박두진, 「꽃」

239 시에 대한 열정
가도(賈島)의 퇴고(推敲)

245 자연을 벗 삼은 까닭
윤선도, 「오우가(五友歌)」

252 천한 신분 고귀한 삶
안민영, 「매화사(梅花詞)」

264 자연이 주는 넉넉한 마음
최충의 절구시(絶句詩) / 송순, 「십 년을 경영하여」

1. 그리움이 사연 되어

우산이 없어 이루어진 사랑
임제, 「북천(北天)이 맑다커늘」, 「청초 우거진 골에」 / 한우, 「어이 어러 자리」

벽계수(碧溪守)의 실수
황진이, 「청산리 벽계수야」

시대를 앞선 실존주의자
황진이, 「동짓달 기나긴 밤」, 「영반월(詠半月)」

기다림은 시를 낳고
서경덕, 「마음이 어린 후이니」 / 황진이, 「내 언제」, 「산은 옛 산이로되」

사랑은 죽은 자도 살린다
최호, 「제도성남장(題都城南莊)」 / 김용택, 「꽃처럼 웃는 날 있겠지요」

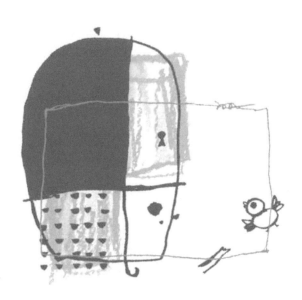

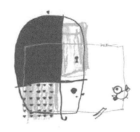

우산이 없어 이루어진 사랑
임제, 「북천(北天)이 맑다커늘」, 「청초 우거진 골에」
한우, 「어이 어러 자리」

조선 시대에 대표적인 멋쟁이이자 한량 가운데 백호(白湖) 임제(林悌: 1549~1587년)라는 선비가 있다. 38년이라는 짧은 생을 살았지만 여러 곳에서 많은 일화를 남겨 사람들 머릿속에 멋쟁이라는 인식을 심어준 인물이다. 사람들이 풍류를 말할 때면 그를 떠올리고 그의 작품을 생각하게 된다.

뒷날 그를 연구하는 사람들은 "임제의 한문(漢文)소설은 우리 소설 문학사상 주제·표현수법·작가의식·소재…… 등 여러 면에서 새로운 가능성을 시도한 작품으로 문학사상(文學史上) 하나의 고봉이 아닐 수 없다"[1]고 높이 평가한다. 또한 소설가로서 임제의 재능을 들여다보면 「화사(花史)」의 경우, 차원 높은 심성의 형이상학을 그려 놓음을 볼 수 있다. 더욱이 그의 작품들은 작가의 생애에서 우러난 강렬한 작가정신을 고스란히 담고 있어서, 진정한 문학 정신을 구현했다는 점에서 극찬을 받는다.[2] 이런 후대의

● ● ● ●

1 黃浿江, 「朝鮮王朝 小說研究」, 《韓國研究叢書》, 第34輯(한국연구원, 1978), 42쪽.

평가는 임제의 문학적 재능이 얼마나 뛰어났는지를 충분히 짐작하게 해준다.

그의 일화를 통해 문학가이자 풍류를 아는 한량의 진면목을 들여다보자.

임제가 살던 시대에 한우(寒雨)라는 이름난 기녀(妓女)가 있었다. 그녀는 절세가인이었을 뿐만 아니라, 시가(詩歌)인 단가와 한시(漢詩)에도 뛰어났다. 게다가 악기 연주 실력도 뛰어나 거문고와 가야금을 잘 타고, 노래 실력까지 뛰어나 가객들에게 많은 사랑을 받았다. 그녀의 미소 한 번에 근엄한 선비들도 가슴을 조였고, 지식인들은 그녀의 글재주에 탄성을 지었다. 그래서 한우는 많은 선비들의 연정과 흠모의 대상이 되었다.

한량인 백호 역시 당대 최고 명기인 한우를 늘 심중에 두고 있었다. 종종 술자리를 마련하여 한우와 함께 노래하고 시를 주고받기도 했다. 그러다가 어느 순간 임제는 한우에게 푹 빠져들고 말았다.

하루는 두 사람이 오붓한 술자리를 가졌다. 술이 몇 순배 돌자 세상일도 논하고, 잡다한 농담도 오갔다. 백호는 술기운에 빗대어 평소 마음에 두었던 관심과 사랑 고백을 슬그머니 꺼내 들었다. 한우의 마음을 엿보려는 수작과 구애가 담긴 연시(戀詩)를 읊은 것이다.

> 북쪽 하늘이 맑아 우산 없이 집을 나섰더니
> 산에는 눈 내리고 들에는 찬비 내리는구나
> 오늘은 찬비[寒雨] 맞았으니, 얼어 자야 할까 보다.

• • •

2 소재영, 「백호와 석주의 소설사적 위치」, 《국어국문학》, No. 72 - 73(1976), 35쪽.

北天이 맑다커늘 雨裝 업시 길을 나니

山에는 눈이 오고 들에는 챤 비로다

오늘은 챤 비 마쟛시니 어러 쟐까 ᄒᆞ노라.

— 『청구영언(靑丘永言)』

　화자는 난데없이 비 맞은 이야기를 꺼내 들었다. 화자가 집에서 나섰을 때 북쪽 하늘은 맑아 있었다. 그래서 화자는 아무런 준비 없이 즐거운 마음으로 길을 나섰다. 쾌청한 날씨가 여정을 유쾌하게 만들어 주리라고 생각했다. 그런데 한참 길을 가다 보니 예기치 못한 일이 발생했다. 맑은 하늘에 구름이 나타나 하늘을 덮더니 산 저쪽에는 눈이 날리고 들에는 비가 내리기 시작했다. 우장(雨裝)을 준비하지 못한 화자는 난감해졌다. 참 얄궂은 날씨다. 근엄한 선비 체면에 수염을 휘날리며 달릴 수도 없는 노릇이다. 그렇다고 가던 길을 멈추고 돌아설 수도 없었다. 내리는 비를 화자는 혼자서 옷이 흠뻑 젖도록 다 맞았다. 기분 좋을 리가 없다.

　멋진 모습으로 사랑하는 이와 만나야 했는데, 비를 맞아 추한 모습으로 연인과 같이하게 되었다. 화자는 짓궂은 날씨가 사랑을 방해한다고 생각했다. 그런데 마음에 두었던 사람을 만나고 보니 방해꾼이 도리어 시의 운(韻)이 되었다. 시 가락에 마음을 얹어 애인의 감성에 호소할 수 있게 되었으니 말이다.

　'찬비'는 마주 앉은 기녀 한우를 말하고, '맞았으니'는 '맞이하다[迎]'의 은유적인 표현이다. 그러니까 '사랑하는 너와 함께 하게 되었다'는 말이 된다. 이름난 기녀와 함께 한 것을 말로 어떻게 표현할 수가 없어 이렇게 은유를 동원했다. 그러다가 한걸음 더 나아가 '얼어 잔다'고까지 형상화하고 있다.

비를 잔뜩 맞았으니, 덜덜 떨면서 이불 속에서 혼자 자야 할까 보다고 능청을 떨었다.

임제가 한우를 만나기 위해 나섰을 때의 날씨가 실제 그랬는지 모를 일이다. 설령 날씨가 그랬다면 자연스런 상황전환이라 하겠지만, 만일 그렇지 않았다면 임제의 상상력이 기발하고 뛰어났다고 해야 할 것이다. 일기(日氣)를 들어 자연스럽게 사랑의 연결 고리를 만들었으니 말이다.

이제 한우가 답할 차례다. 혼자 추운 이불 속에서 잠들게 할 것인가? 아니면 함께 이불 속을 따뜻하게 덥힐 것인가? 한우의 답이 긴장되게 만든다.

한우가 살며시 거문고를 들어 노래한다. 사랑으로 출렁거리는 마음을 억누르면서, 거문고의 여운이 다할 때까지 감정을 담아 연주한다. 거기에 마지막 연주 여운에는 '꼬옥 한번 껴안아 주세요' 하는 요염한 눈빛까지 곁들였다.

어떻게 얼어 주무시게 하겠습니까? 무슨 일로 얼어 자게 하겠습니까?
원앙 베개와 비취 이불은 어디에 두고 얼어 자게 하겠습니까
오늘은 찬비 맞았으니, 녹아나도록 따뜻하게 자고 가십시오.

원문 어이 어러 자리 므스 일 어러 자리

鴛鴦枕 翡翠衾을 어듸 두고 어러 자리

오늘은 츤 비 마자시니 녹아 잘까 ᄒ노라.

—『해동가요(海東歌謠)』

"어떻게 얼도록 혼자 주무시게 하겠습니까?"라는 한우의 말에 임제는 귀

를 의심했다. 시의 여운이 가시기 전에 임제의 가슴은 두근거리기 시작했다. 사랑하는 사람의 반응이 궁금했는데, 드디어 듣고 싶은 말을 들은 것이다. 그렇게 바라던 사랑 고백에 대한 따뜻한 응대였다.

한우는 푸근한 수용에 머무르지 않고 한발 더 나간다. "이렇게 내게(찬비) 흠뻑 젖어 있는 고마운 선비를 제가 무슨 일로 얼어 자게 하겠습니까?"라며 반문까지 한다. 게다가 "원앙처럼 사랑하라는 의미에서 원앙을 새긴 고운 베개[3]가 있고, 비취가 새겨진 따뜻한 이불이 있어 사랑할 일만 남았는데, 얼어 주무신다니 무슨 말이십니까?"며 애정의 강도를 더 높이고 있다. 흥분을 감출 수 없게 만든다. 그러다가 한우는 더 이상 다른 말이 필요 없도록 완전한 선언을 한다. "오늘 저를 만났으니, 따뜻하게 자고 가십시오." 이제 말이 필요 없게 되었다. 두 사람의 눈에는 이미 사랑의 불꽃이 튀어 주위가 환해졌다. 불을 끄는 일만 남았다.

임제는 자신의 구애에 대해 한우의 사랑을 어느 정도 확신했던 것 같다. '혼자서 추위를 견디겠다'는 말에 모른 체할 한우가 아님을 짐작했다는 말이다. 임제의 예측은 그대로 적중했다. 한우는 임제의 마음을 온전히 받아 주는 태도를 취했으니 말이다. 그래서 아름다운 사연이 만들어졌다. 추하지 않으면서 도의를 잃지 않은 아름다운 사랑 이야기이다.

이를 두고 『해동가요(海東歌謠)』에 이렇게 쓰고 있다. "임제는 시문에 능하고 거문고를 잘 타며 노래를 잘 부르는 호방한 선비였다. 이름난 기녀 한우를 보고 이 노래를 불렀다. 그날 밤 한우와 동침하였다."

· · · ·

3 금슬 좋은 신랑, 신부를 원앙에 자주 비유한다. 원앙침은 신랑과 신부가 함께 베고 자는 긴 베개로, 모서리에 원앙을 수놓은 것을 말한다.

임제가 한량임을 증명하는 또 다른 일화가 있다. 임제가 평양감사로 부임하러 가는 길에 황진이가 묻혀 있는 개성에 들렀다. 그는 황진이의 무덤을 그냥 지나칠 수 없었다.

> 푸른 풀 우거진 골짜기에 자고 있느냐, 누웠느냐?
> 젊고 아름다운 얼굴은 어디 두고, 백골만 묻혔구나
> 잔 잡아 술 권할 사람 없으니 그것을 슬퍼하노라.
>
> **원문** 靑草 우거진 골에 자는다 누엇는다
> 紅顔은 어듸 두고 白骨만 뭇쳐는다
> 盞 자바 勸ᄒ리 업스니 그를 슬허 ᄒ노라.
>
> ―『해동가요(海東歌謠)』

임제는 황진이의 무덤 앞에 서니 함께하지 못한 아쉬움이 크게 느껴졌던 모양이다. 명성은 사라지고 풀만 덮인 무덤을 보니 무상한 세월이 야속하게 느껴졌던 것 같다. 시 한 수를 꺼내 들어 '잔 잡아 권할 사람 없으니 슬퍼한다'고 끝맺었으니 말이다. 한량다운 노래이다. 사실 여부를 확인할 길 없으나, 전해진 바에 따르면 이 시조가 관리자로서 품위를 손상시켰다는 이유로 임제는 파직되었다고 한다.

황진이의 생몰 연대는 아직 정확하게 알려져 있지 않다. 하지만 그녀는 중종 때 사람이라고 하니 넓게 잡아 1488~1544년대 사람이라 할 수 있다. 그런데 임제는 1549년에 태어난 사람이니까 두 사람은 시간적으로 만날 수 없는 사이였다. 만일 임제가 황진이와 같은 시기에 살았다면, 이사종이나 서화담처럼 서로 사랑하는 사이가 되었을는지도 모를 일이다.

　임제는 짧은 생을 살았다. 하지만 일화나 작품을 통해 그는 오늘날에도 살아 있는 듯한 느낌을 준다. 아무나 만들어 낼 수 없는 삶이자 작품이다.

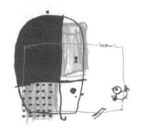

벽계수(碧溪守)의 실수
황진이, 「청산리 벽계수야」

현대시조의 대가인 가람(嘉藍) 이병기(李秉岐) 선생에게 어떤 기자가 '시조문학을 하시면서 스승으로 모신 분이 있느냐?'고 물은 적이 있었다. 선생은 거침없이 '황진이의 시조 한 수가 나의 스승'이라고 했다. 역시 시조의 대가다운 대답이다.

황진이의 시는 시조의 대가들이 모범으로 삼을 만큼 훌륭하고 뛰어나다. 그녀의 시조를 읽은 사람이라면 누구나 시인이 되고 싶고, 연인이 되고 싶고, 작가가 되고 싶어진다. 또한 마음이 동하고, 시조의 매력에 빠져들게 된다. 황진이는 비록 기녀의 신분이었지만 우리 문학사에 큰 자취를 남긴 인물이다.

황진이의 출생 비밀은 대체로 이렇게 알려졌다. 황진이의 어머니는 황진사의 서녀(庶女)로 이름은 진현금(陳玄琴)이었다. 그녀는 매우 아름다운 여인이어서 많은 사람들에게서 관심과 사랑을 한 몸에 받았다.

현금이 열여덟 살 되던 어느 날, 병부교 아래에서 빨래하고 있을 때였다.

마침 외모가 준수하고 용모가 단정한 남성이 거기를 지나가다가 빨래하던 현금을 발견했다. 여인에게 호감을 가진 사내가 수작을 걸자 기다리기라도 했듯이 현금 역시 응하게 되었다. 빨래터에서 만난 두 사람은 서로에게 호감을 가져 금방 마음이 통했다.

해가 서산에 기울 무렵, 빨래를 함께 했던 다른 여인들은 모두 집으로 돌아가고 현금이 혼자 빨래터에 남게 되었다. 이때 그 젊은이가 다시 와서는 목이 마르다며 현금에게 물을 달라고 청했다. 물을 떠서 내밀었더니, 그 사람이 반쯤 마시고는 웃으면서 현금에게 마셔보라고 권했다. 현금이 마셔보니 방금 떠 주었던 물이 술로 변해 있었다. 두 사람은 함께 술을 마시고 즐겁게 놀았다.

얼마 후 현금에게 태기가 있고, 열 달이 지나서 딸아이를 얻었다. 아이는 재주가 뛰어날 뿐만 아니라 미모까지 특출하여 사람들이 선녀라고 칭찬했다. 이덕형(李德泂)의『송도기이(松都記異)』에 나오는 이야기이다.

황진이(黃眞伊)의 이름은 진이이고, 기명(妓名)은 명월(明月)이다. 그녀는 노래를 잘할 뿐만 아니라, 글 솜씨까지 뛰어나 뭇 남성들의 마음을 홀리고 혼을 빼 놓기도 했다. 이 가운데 황진이와 벽계수의 일화는 그 가운데 더욱 유명한 이야기이다.

종친[1] 가운데 벽계수(碧溪守)라는 인물이 있었다. 그는 성품이 매우 근엄했고, 도도한 인품을 가진 사람이었다. 더구나 여색에는 조금도 마음이 동하지 않는 사람이라고 정평이 나 있었다. 그런 명성에 걸맞게 그는 송도의 명기(名妓) 명월(明月)의 명성을 듣고도 일소에 부치던 사람이었다. 그런 사

----

1 종친(宗親): 왕실의 부계 친척을 말한다.

람이 어느 날 손곡(蓀谷) 이달(李達)에게 명월을 보고 싶다며 만날 수 있도록 주선해 달라고 했다.

그러자 이달은 "제 말대로 따라야 만날 수 있습니다. 그러하시겠습니까?"라고 물었다. 명기를 보고 싶은 마음에 벽계수는 그러겠다고 다짐했다. 이달은 "공께서 어린아이에게 거문고를 들려 뒤따르게 하고, 작은 나귀를 타고 명월의 집을 지나 누각에 올라 술을 마시며 노래를 하고 있으십시오. 그러면 반드시 진이가 당신 곁에 와서 앉을 것입니다. 이때에 공이 본체만체하고 일어나 나귀를 타고 가면, 진이가 뒤따라올 것입니다. 만일 취적교(吹笛橋)를 지나도록 뒤돌아보지 않으면 일이 성사될 것이요, 그렇지 않으면 낭패가 될 것입니다"라고 일러 주었다.

벽계수는 손곡이 시키는 대로 실행에 옮겼다. 아니나 다를까 손곡의 말대로 과연 명월이 따라 나왔다. 취적교에 이른 명월이 노래를 부르는 주인공이 벽계수임을 확인하고는 시조 한 수를 지어 늘어진 목소리로 노래했다.

푸른 산속 푸른 냇물아 쉽게 감을 자랑 마라
한번 푸른 바다에 이르면 다시 돌아오기 어려우니
밝은 달 온 세상 가득할 제 쉬어 간들 어떠하리.

원문 靑山裏 碧溪水야 슈이 감을 ᄌ랑 마라.
一到 滄海ᄒ면 다시 오기 어려왜라
明月이 滿空山ᄒ니 쉬여 간들 엣더리.

— 『청구영언(靑丘永言)』

'쉬어 가면 어떻겠느냐?'는 명월의 노래에 벽계수는 '이제 명기의 마음을 사로잡았구나' 하는 성급한 마음이 들었다. 그러다가 이달이 들려준 주의 사항을 깜빡 잊고 뒤를 돌아보고야 말았다. 게다가 뒤를 돌아보면서 나귀 등에서 떨어지는 실수까지 범하고 말았다. 종친 체면에 이 무슨 창피한 일인가? 황진이가 이 모습을 보고 웃으면서 이는 "명사가 아니고 한낱 한량이구나" 하고 즉시 돌아가 버렸다고 한다.

황진이는 양반의 체면까지 땅에 떨어지게 할 만큼 매력적인 사람이었다. 벽계수는 이 실수를 한없이 부끄러워했다는 이야기가 서유영(徐有英)의 『금계필담(錦溪筆談)』에 전한다.

이 시조는 이러한 사연을 모르고 읽으면, 단순히 골짜기를 흘러내리는 물과 밝은 달을 주제로 한 음풍영월(吟諷詠月)의 노래로 치부해 버릴 수도 있다. 하지만 이 노래는 그렇게 단순한 자연 노래가 아니다. 지은이의 의도적인 아이러니 기법이 동원된 노래이다.

'벽계수(碧溪水)'는 종친 '벽계수(碧溪守)'를 대유한 언어이고, '명월'은 자신의 기명(妓名)을 암유적으로 드러낸 시어이다. 여기에 등장한 시냇물은 단순한 골짜기의 계곡물이 아니라, 인생의 덧없음을 비유한 말이다. 대단한 발상이자 상황 전환이다.

황진이는 한번 떠나면 다시 돌아오기 힘든 시간적·공간적인 불가능을 들어 가슴에 호소하고 있다. 한번 늙어지면 다시 돌이킬 수 없는 젊음, 일회성의 희소성을 들어 잠든 감정을 일깨우고 있다.

황진이의 노래는 사람에게 기본적으로 존재하는 성정(性情)의 진솔함을 그대로 드러내고 있다. 이 성정은 곧 이성 간의 그리움을 말하는 것으로, 사람에게 그 무엇보다 가치 있는 일임을 나타낸다.

"감을 자랑 마라 — 다시 오기 어려우니" 하는 것은 한번 주어진 기회는 늘 주어진 것이 아니며, 만일 이 기회를 놓치면 사랑할 수 있는 무한한 가치(價値)까지 잃어버릴 것임을 암시하고 있다.

황진이의 노래에는 우리 민요 「아리랑」에서 "나를 버리고 가신 님은 십 리도 못 가서 발병 났네"와 같은 한(恨)을 담고 있지 않다. 여기에는 김소월의 시 「진달래꽃」에서 "나 보기가 역겨워 / 가실 때에는 / 말없이 고이 보내 드리오리다"처럼 헤어지는 현실을 그대로 수용하려는 무기력한 모습도 없다. 더욱이 보내기는 싫지만 붙잡지 못하고 가시는 임에게 "영변에 약산 / 진달래꽃 / 아름 따다 가실 길에 뿌리오리다 // 가시는 걸음 걸음 / 놓인 그 꽃을 / 사뿐히 즈려 밟고 가시옵소서" 하는 긍정의 한(恨)도 보이지 않는다.

더욱이 여기에는 보내면서 아파하는 상사의 통한이나 유혹의 천박성이 없다. 한 단계 더 높은 탈속적인 이미지와 은근함 그리고 여유로움의 미감을 느낄 수 있다. 목석이 아니라면 어떤 장사(壯士)라도 이 애교에 넘어지지 않을 수 있을까?

"명월(明月)이 만공산(滿空山)ᄒᆞ니"라고 노래한 것은 화자에게 사랑을 나눌 만한 마음의 여유가 있다는 말이다. 그러니 달빛이 온 세상을 비추고 있는 것처럼 명월의 가슴에 사랑이 차고 넘친다는 고백이다. 거듭거듭 읽어 볼수록 사랑을 소망하는 여인의 강렬한 인상을 지울 수 없다.

TV 드라마에서 사랑하는 연인을 위한 이벤트를 본 적이 있다. 커피숍 전체를 빌려서 그곳에 초콜릿 장식과 장미꽃으로 화려하게 꾸며 놓은 다음 연인을 불러 사랑을 고백하는 모습이었다. 화려하긴 했지만 어딘지 모르게 '가볍다'는 느낌이 들었다. 초콜릿과 장미로 표현을 해야 꼭 사랑하는 마음을 다 전달할 수 있을까?

황진이의 시에는 "명월이 만공산하니" 곧 사랑이 온 세상을 덮을 만큼 충만하다고 고백한다. 그러니 여기에는 사랑 때문에 울고불고 할 만큼 그릇이 작지 않다. 추잡스럽지도 않다. 그러면서도 그 결과에 대해 자신이 스스로 끝맺지 않고 상대에게 슬그머니 넘겨주는 여유까지 부렸다.

황진이는 사랑의 가치를 아는 사람과 모르는 사람, 지조를 간직한 사람과 정조를 흐트러뜨리는 사람을 구분할 줄 알았던 명기였다. 벽계수가 나귀에서 떨어지는 우스운 모습을 본 황진이는 명기가 지닌 노련함으로 '한낱 한량에 불과하다'고 즉시 돌아가 버렸다는 일화는 명쾌하고 고소한 느낌을 주는 골계이다. 그녀의 분명한 처신은 어설픈 사내를 혼내주는 것으로 자신의 가치를 한층 높이고 있다.

그녀의 자존심을 볼 수 있는 또 다른 이야기가 있다. 한번은 금성(錦城)의 사또가 잔치를 베풀고 많은 관리와 기생들을 초대한 적이 있었다. 황진이는 그 자리에 나가면서 일부러 헤진 옷을 입고 얼굴도 씻지 않은 채 앞자리에 앉았다. 그리고 그 자리에서 태연자약하게 이[虱]를 잡고, 거문고를 타면서도 전혀 부끄러워하지 않았다고 『성옹지소록(惺翁識小錄)』에 전한다.

황진이는 의미가 없는 자리, 사랑이 없는 자리라면 가치 없게 여겼던 모양이다. 따뜻한 교감이 없는 자리에서는 자신의 감정을 가감 없이 그대로 드러냈으니 말이다. 작은 인연과 체면에 연연하지 않은 황진이의 대범함이 우리에게 큰 생각을 갖게 만든다. 그래서 추하지 않은 사랑은 세월을 넘어 사람들의 생각 속에 오래오래 고귀하게 남게 되나 보다.

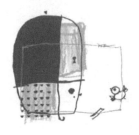

시대를 앞선 실존주의자

황진이, 「동짓달 기나긴 밤」, 「영반월(詠半月)」

실존주의 철학자 사르트르[1]는 시몬느 보부아르와 계약 결혼을 했던 사람으로 널리 알려져 있다. 부부로 살려는 사람들은 결혼식을 치르고 죽음이 서로를 갈라놓지 않는 한 서로 의지하고 함께 살다가 같이 늙어 죽기를 소망한다. 그런데 사르트르 부부는 다른 부부들이 통과의례로 거치는 결혼을 하지 않고, 평생 서로 개인의 의사와 가치를 존중해 주는 반려자로 살았다.

이들의 삶이 사람들의 관심을 끌게 된 것은 단순히 남이 하지 않은 행동을 실천했다는 데 있지 않다. 이들의 결혼은 시대가 발전하면서 각각 개인의 가치가 존중받고, 사람들의 이성이 사고의 중심에 자리한 결과의 산물이라고 여겼기 때문이다. 그러니까 사람들은 그 일을 실천했던 그들의 가치관과 이를 바라보는 사람들의 의식 변화에 주목했던 것이다. 더 나아가 이

---

1 장 폴 사르트르(Jean Paul Sartre, 1905~1980년): 프랑스의 소설가·극작가. 개별적 인간 존재의 자유를 주창하는 실존주의의 대표적 사상가.

러한 삶을 수용한 사회의 포용력에 가치를 두었기 때문이다. 즉 이들의 행동은 인간의 일반적인 본질보다도 인간 개개의 실존, 특히 타자(他者)와 대치(代置)할 수 없는 개인의 실존에 의미를 둔 결과라는 것이다.

20세기에 이르기까지 인류는 개인의 실존 문제를 소홀히 다루어 왔다. 수많은 세월이 흐른 다음, 그러니까 실존주의자들의 세대에 이르러서야 개인의 문제에 구체적으로 관심을 보이기 시작한 것이다. "오직 인간에게만 실존이 본질에 선행한다. 다른 무엇이 되기에 앞서 우리는 존재하며 우리는 자유이다"라는 실존주의자들의 바른 의식이 인간됨의 모습을 드러나게 한 것이다.

이런 관점에서 봤을 때, 계약 결혼과 같은 일은 개인이 높임을 받고, 개인의 자유와 가치가 존중받은 시대, 즉 20세기에나 이르러서야 가능한 일이었다. 사람들의 의식이 그만큼 성숙해야 가능한 일이기 때문이다.

그런데 20세기가 아닌 이보다 몇 세기 앞서 이런 일이 벌어졌다면 실존주의자들은 어떻게 설명할까? 실존주의자들이 생각한 것보다 먼저 개인의 의지를 중요하게 여기고 이를 바탕으로 계약 결혼을 한 사람이 있다면, 우리는 이들을 어떻게 이해하고 설명해야 할까?

명월(明月) 황진이는 실존주의자들의 의식세계를 뛰어넘는 삶을 살았다. 명월은 일찍이 이사종이라는 선비와 계약 결혼을 했다. 실존주의자들이 알면 깜짝 놀랄 일이다. 황진이가 중종 때(1488~1544년)인 16세기 사람이라고 알려졌으니까 이들의 결혼은 실존주의자들이 등장했던 시기보다 무려 4세기나 앞선 일이 된다.

명월이 어느 날 금강산을 유람하다가 어안(御鞍) 천수원(天壽院) 냇가에서 아름다운 노래 소리를 들었다. 노래 소리가 예사롭지 않음을 안 명월은 걸음을 멈추고 한참 동안이나 감상했다. "참으로 기이한 곡조로구나. 세상에서 함부로 들을 수 없는 노래구나. 내가 듣자 하니 이 시대 최고 명창으로 불리는 풍류객이 있다더니, 바로 그 사람인 듯싶구나" 하고 사람을 시켜 찾아보게 했다. 과연 명월의 마음을 사로잡은 노래의 주인공은 당대 최고 명창 이사종(李士宗)이라는 사람이었다.

명창의 노래에 푹 빠진 명월은 "선생님과 함께 6년 동안만이라도 같이 살고 싶습니다"라며 동거를 제안했다. 황진이의 이런 대담한 제안에 이사종이 동의하면서 의미 있는 일이 벌어졌다.

황진이는 이튿날 지체 없이 재산을 모두 이사종의 집으로 옮겼다. 그리고 3년 동안 집안일과 식구 돌보기를 마치 자기 집안 살피듯 했다. 그러자 이사종도 진이의 헌신적인 노력에 보답하고자, 이번에는 이사종이 3년 동안 황진이의 생활을 도우며 살았다. 이렇게 두 사람은 함께 살기로 약속 한 6년을 잘 채웠다.

명월은 "저의 계약기간이 이미 다 되었습니다. 이제 떠나야 할 시간이 되었습니다"라며 훌훌 털고 이별을 고했다. 떠나겠다는 명월을 보고 이사종 역시 추잡스럽게 눈물로 부여잡지 않았다. 그녀의 의사를 존중하고 수용하여 너그럽게 보내 주었다. 6년을 함께 살아 온 사람인데, 왜 사무친 정이 없었으랴? 하지만 그런 사소한 정을 뒤로 하고 두 사람은 말끔히 헤어졌다. 아무나 할 수 없는 일이다. 두 사람 모두 풍류를 아는 멋진 사람들이었던 것 같다. 유몽인(柳夢寅)의 어우야담(於于野談)에 나오는 일화이다.

명월은 많은 남성들로부터 사랑을 받고, 사모하던 사람을 만나 사랑도 나누었다. 하지만 명월의 마음 한 구석에는 늘 허전함이 있었던 모양이다. 사랑은 많이 받아 누리고 누려도 모자란 것이어서 그런 걸까? 아니면 더 오랫

동안 사랑을 나누고 싶었지만 처음 맺은 약속 때문에 헤어져야 하는 일이 서운했을까? 아니면 두 사람이 살면서 나누었던 사랑과 행복이 너무도 그리웠던 탓일까? 아무튼 둘은 헤어졌지만 애정의 끈을 서로 놓지 않았던 것 같다. 서로 그리운 정을 놓지 않고 시심(詩心)을 불태웠으니 말이다.

> 동짓달 기나긴 밤을 한허리 베어 내어
> 따스한 봄 이불 아래 서리서리 넣어 두었다가
> 정든 임 오시는 밤이면 굽이굽이 펴리라.
>
> **원문** 冬至ㅅ달 기나긴 밤을 한 허리를 둘허너여
> 春風 니블 아럴러 셔리셔리 너헛다가
> 어룬 님 오신 날 밤이여드란 구뷔구뷔 펴리라.
>
> —『청구영언(靑丘永言)』

황진이의 시조 가운데 백미로 일컬어지는 시조이다. 사랑했던 임과 헤어져 기다림과 그리움이 가득 찬 노래이다. 지금 화자는 그리운 사람을 열정적으로 기다리고 있다. 그 기다림이 언젠가는 꼭 만남으로 실현되기를 소망하면서 말이다. 그래서 화자는 임과 만날 때를 대비해 일 년 중 가장 긴 동짓날 밤을 끌어와 준비했다.

동짓날 밤의 가치는 시간적으로 겨울의 깊이에 있지 않고 1년 중 밤의 길이가 가장 긴, 그 긴 시간에 의미가 있다. 이 시간은 오랫동안 임과 함께하고 싶은 화자의 바람이 창조해 낸 시간이다. 다른 사람 같으면 칠흑같이 깊은 밤이 길어서 지루하다고 여러 번 잠을 깰 만한 긴 시간이다. 그런데 화자

는 지루함을 도리어 임과 함께 누릴 기쁨과 희망의 시간으로 옮겨 놓았다.

화자의 희망은 시간을 넘어선다. '동짓달 긴긴 밤'이라는 시간을 공간화하여 사랑하기 좋은 봄까지 끌고 간다. 그것도 사랑과 행복이 가득한 공간인 이불 속으로 안내한다. 그래서 어쩌자는 이야기인가? 부귀영화를 꿈꾸겠다는 이야기인가? 아니면 재물을 쌓아 거부가 되겠다는 이야기인가? 그런 보통의 생각이 아니다. 사랑하는 임과 사랑의 공간을 만들어 사랑의 기쁨을 누리겠다는 이야기이다.

이를 두고 금아(琴兒) 피천득 선생은 "진이는 여기서 시간을 공간화하고 다시 그 공간을 시간으로 환원시킨다. 구상(具象)과 추상(抽象)이, 유한(有限)과 무한(無限)이 일원화되어 있다. 그 정서의 애틋함은 말할 것도 없거니와 그 수법이야말로 셰익스피어의 소네트 154수 중에도 이에 따를 만한 것은 하나도 없다. 아마도 어느 문학에도 없을 것이다"라고 격찬했다.

그렇다. 임에 대한 애정을 이보다 더 감동적으로 표현한 시는 드물다. 길고 지루한 동짓달 긴 밤이지만 임과 사랑을 꿈꾸는 사람은 혼자 있어도 외롭지 않다. 그래서 고운 사랑을 꿈꾸는 사람은 곁에서 보는 사람까지 들뜨게 만든다. 황진이의 그리움은 다른 시에서도 계속된다. 한시(漢詩) 한 편을 더 감상해 보자.

반달을 노래함[詠半月]

누가 곤륜산 옥을 깎아다가
직녀의 빗을 만들었을까!
견우와 이별한 후에

슬픔에 겨워 푸른 하늘에 버렸구나.

원문 誰斷崑山玉(수단곤산옥)　　裁成織女梳(재성직녀소)
　　　　牽牛離別後(견우이별후)　　愁擲碧空虛(수척벽공허)

　곤륜산의 옥은 옛사람들이 갖고 싶어 하는 좋은 보석이었다. 그렇게 유명한 곤륜산 옥으로 여인들이 애용하는 빗을 만들었다. 그런데 그 빗이 여인의 손에 있지 않고 저만치 공중에 매달려 있다. 화자는 달[月]을 옥으로 깎아 만든 고급 얼레빗에 대유하고, 허공에 떠 있는 모습을 여인이 사용하다 내던진 빗으로 옮겨 놓았다.

　빗은 여인들이 곱게 단장할 때 사용하는 도구이다. 여인들이 빗을 들어 예쁘게 꾸민 이유가 어디에 있을까? 그 이유는 사랑하는 연인에게 잘 보이고 싶어서이다. 그런데 단장에 쓰여야 할 빗이 멀리 버려져 있다. 왜 던져 버린 걸까? 예쁘게 단장해야 할 이유가 없어졌기 때문이다. 만날 수 없는 아픔이 지나쳐 미련 없이 푸른 하늘에 내동이친 것이다. 화자는 빗을 이렇게 허공에 내다 버림으로 아픔의 정도를 극대로 몰아가고 있다. 화자는 자신의 심정을 대변하는 사물로 내버려진 달을 들어 자신의 감정을 다 말하고 있다. 시작(詩作)의 귀재만이 할 수 있는 기발한 관념의 전환이라 하겠다.

　이 시에서 느껴지는 감정은 앞의 시조에서 느껴지는 것과는 다소 차이가 있다. 앞의 시에서는 사랑 실현에 대한 희망이 담겨 있는 반면, 여기에서는 단장에 사용될 빗이 허공에 던져졌다고 하여 그 희망이 옅어지고 있기 때문이다. 하지만 밑바탕에 깔린 정서는 역시 사랑에 대한 아쉬움이자 그리움이다.

황진이는 자신이 준비한 동짓달 기나긴 밤 시간을 임과 함께 사용해 보지 못했던 것 같다. 여전히 얼레빗은 공중에 매달려 있으니 말이다. 이루지 못한 사랑이라 그런지 연민의 정이 인다. 그렇게 남성들을 골려주며 자신 있게 살았던 명월이지만 이제 힘이 부치는 성싶다.

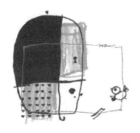

기다림은 시를 낳고

서경덕, 「마음이 어린 후이니」
황진이, 「내 언제」, 「산은 옛 산이로되」

　'송도삼절(松都三絶)'이라는 말은 황진이가 지어낸 것으로, 박연폭포·서
경덕·황진이를 일컫는다. 여기 '삼절'이라는 말에 사용된 '절'은 절경(絶景),
절세(絶世), 절대(絶對) 등에 쓰인 '절(絶)'자와 같은 의미로 '몹시', '심히'와
같은 뜻이다. 그래서 절경(絶景)은 몹시 훌륭한 경치, 절세(絶世)는 세상에
견줄 만한 것이 없을 만큼 뛰어남, 절대(絶對)는 상대하여 비교할 만한 것이
없음을 이른다. 그러니까 '송도삼절'이라는 말은 송도에서 가장 뛰어난 세
가지 존재를 나타낸다.

　황진이는 이런 언어들을 왜 송도에서 뛰어난 존재로 여겼을까? 여기에는
무슨 의미가 담겼을까? 단어들에 담긴 의미를 찾아가 보자.

　박연폭포는 북한 개성직할시에 있는 폭포로 천마산(757m)과 성거산 사이
의 화강암 암벽을 흘러내린다. 높이 37m, 너비 1.5m로 북한에서 천연기념
물 제388호로 지정하고 있다. 이 폭포는 예로부터 사람들이 즐겨 찾는 절승
지여서, 수많은 화가나 묵객들의 소재와 배경이 되었던 곳이다. 그러니 박

▍박연폭포

연폭포는 그 명성으로 보아 송도삼절 가운데 하나로 꼽아도 손색이 없는 사물이다.

다음으로는 서경덕이라는 인물이다. 서경덕(徐敬德, 1489~1546년)은 조선 중기, 개성에서 출생한 고명한 학자이다. 자(字)는 가구(可久), 호(號)는 복재(復齋)·화담(花潭)이다. 그는 과거에 장원급제하여 관리에 임명되기도 했으나, 벼슬에 뜻을 두지 않고 학문에만 매진한 인물이다. 특히 역학(易學)과 경서(經書)에 뛰어나 후학들을 가르쳤던 사람으로 알려져 있다. 그는 줄곧 '이(理)'보다는 '기(氣)'를 중시하는 주기철학의 입장을 취했는데, 오늘날 북한에서는 이를 유물론(唯物論)의 원류라고 여겨 이념의 근간으로 삼고 있다. 그의 학문은 깊이가 있었다. 그는 당대의 최고 석학으로 황진이의 스승이기도 했다. 황진이가 존경한 스승이라는 점에서 선택된 것이 당연한 일로 여겨질 수 있지만, 황진이는 스승을 가까이에서 모신 사람이었다. 따라서 스승의 장점과 단점을 가장 잘 알고 있었다. 그런데도 황진이는 그런 스승을 당당하게 송도삼절 가운데 하나로 꼽았다. 그가 남긴 시들을 통해 그 사연을 들여다보자.

서화담의 문하에는 뛰어난 제자들이 많았다. 그 많은 제자 가운데 서화담은 유독 황진이를 아끼고 사랑했던 것 같다. 제자를 사모하는 시조까지 남겨 후세에 전하고 있으니 말이다. 명월이 미모의 여인인 데다가 많은 재능을 가졌기 때문이었을까? 아니면 뛰어난 글재주를 지닌 탓이었을까?

황진이는 선생님의 관심과 사랑에 보답이라도 하듯 선생님 앞에서 늘 모범적인 제자였다. 그러던 어느 날 공부에만 열심인 줄 알았던 황진이가 결석을 하기 시작했다. 선생님은 제자가 염려되었다. '진이에게 무슨 일이 생긴 걸까? 행여 병이 들어 아프지는 않았을까?' 염려를 더해 가던 스승은 어느새 염려가 연정으로 옮겨가고 있었다.

만물이 쉼을 얻는 어느 밤이었다. 서화담은 밤이 깊어 가는데도 도통 잠이 오지 않았다. 어둠마저 숨을 죽이는 적막한 시간이 되자, 나뭇잎이 떨어지는 소리까지 들렸다. 고요함이 시심을 불러온 것일까? 문득 가슴에 묻어 두었던 제자 황진이를 향한 훈훈한 감정이 고개를 들었다. 화담은 자신의 생각을 캔버스 위에 천천히 그어 내리는 화가의 붓마냥 슬그머니 의미 있는 감정을 그리기 시작했다. 그리고 나지막하게 읊조렸다.

> 마음이 어리석으니 하는 일마다 어리석구나
> 구름 덮인 깊은 산속에 어느 임이 오랴만은
> 지는 잎과 부는 바람이 행여 넌가 하노라.

萬重雲山에 어너 님 오리만ᄂᆞᆫ

지ᄂᆞᆫ 닙 부는 바롬에 힝혀 귄가 ᄒᆞ노라.

—『청구영언(靑丘永言)』

구름 덮인 깊은 산속에 살다 보면 찾아오는 사람마다 반갑지 않은 사람이 있으랴만, 그중에서도 화자에게는 유독 더 기다려지고, 보고 싶은 사람이 있었다. 바로 제자 황진이였다. 그녀를 향한 그리움은 도학자의 마음을 흔들어 놓아 혼란스럽게 만들었다.

화자가 머물고 있는 공간은 깊고 깊은 산속이다. 그것도 만물이 자취를 끊고 숨을 죽이는 밤이다. 어느 누가 찾아오리라고는 상상할 수도 없는 시간이자 공간이다. 지금 화자는 누구를 기다리는 것 자체가 지나치게 어리석은 일이 될 만큼 외진 곳에 있다. 그래서 '하는 일마다 어리석다'며 전적으로 부정하게 된다.

따지고 보면 오지 않을 사람을 부질없이 기다리는 건 또 얼마나 어리석은 일인가? 화자는 자신의 기다림이 어리석은 일이라고까지 인정하면서 마음의 평정을 얻으려 한다. 하지만 결국 그리움으로 쌓여 가는 연정을 누그러뜨리지 못하고 만다. 그 정은 칠흑 같은 밤의 어둠으로도 가려지지 않았다. 그래서 뒹구는 낙엽소리는 기다리던 사람이 찾아오는 소리가 되고, 부는 바람 소리는 임의 숨결이 되었다. 이제 도학자의 마음에는 명월을 그리는 연정으로 가득 채워졌다.

지성이면 감천이라는 말이 이를 두고 한 말일까? 이심전심(以心傳心), 마음에서 마음으로 통한다는 말이 이런 경우를 두고 한 말일까? 황진이도 스승의 마음을 알게 되었다. 이 시가 자신을 향한 사랑 노래임을 알게 된 것이다. 황진이의 가슴은 뛰기 시작했다. 황진이는 반가움과 기쁨을 주체할 수 없었다. 결국 솟구치는 감정을 다독이며, 그리운 마음을 모았다.

> 제가 언제 신의 없이 임을 속였기에
>
> 달이 기울고 삼경이 되어도 왜 제게 와 주시지 않으십니까?
>
> 바람에 지는 잎새 소리야 전들 어떻게 하겠습니까?
>
> **원문** 내 언제 無信ᄒ여 님을 언지 속엿관ᄃᆡ
>
> 月枕 三更에 온 ᄯᅳᆮ지 전혀 업ᄂᆡ
>
> 추풍에 지는 닙 소리야 ᄂᆡᆫ들 엇지 ᄒ리오.
>
> ―『청구영언(靑丘永言)』

'제가 언제 선생님을 속였습니까? 항상 선생님을 사랑한다고 했지요?' 그런데 '선생님은 달 뜨는 밤이 되어도 제게 찾아오신 적이 있었나요?' 황진이만이 할 수 있는 도발이다. 서화담이 스승으로서 어떤 삶을 살았는지, 그 인품을 알게 하는 대목이기도 하다. 황진이도 멋진 스승의 삶을 보고 감동한 나머지 어느새 이성(異性)에게서 느끼는 감정을 느꼈던 모양이다. '제가 그토록 애교를 부리며 데이트하고 싶다는 추파를 보냈습니다. 하지만 관심조차 없는 것처럼 하시더니, 선생님도 저를 좋아하고 사랑하고 계셨군요?' 한다. 눈 내리는 밤, 둘은 서로 완전히 마음이 통했다. 교감을 나눈 사랑 덕분에 추운 겨울밤이 푸근하게 생겼다. 그래서 읽는 이로 하여금 미소를 머금게 한다.

이렇게 두 사람은 아름다운 사랑을 나누며 끝까지 행복한 마음을 간직했다. 서화담이 1546년 세상을 떠나자, 명월은 선생님과 헤어지는 일이 아쉽고 서글펐는지 그 마음을 이렇게 노래했다.

산은 옛 산이로되, 물은 옛 물이 아니로구나

밤낮으로 흘러 내려가니 옛 물이 있을쏘냐

사람도 물과 같은가 보다, 한번 가고 다시 오지 않는 걸 보니.

원문 山은 녯 山이로되 물은 녯 물이 아니로다

晝夜에 흐르거든 녯 물이 이실소냐

人傑도 물과 ᄀᆞ도다 가고 아니 오노미라.

— 『청구영언(靑丘永言)』

산은 옛 산 그대로라는 말은 변화하지 않음을 나타낸다. 함께 만들었던 추억이 그대로 남아 있고, 그 속에서 나누었던 감정이나 사랑은 여전하다는 말이다. 그런데 변화하지 않은 것 가운데서도 물처럼 달라지는 것이 있으니, 떠나는 사람이다. 변화나 바뀜은 바라고 싶지 않지만, 이는 자연의 일이라 사람으로서는 어쩔 수 없는 노릇이다. 현재의 물은 옛 물일 수 없다. 화자는 세상의 이치를 있는 그대로 자연의 순리라 인정하게 된다. 이렇게 생각하고 나니 다소 위안이 되었다.

하지만 현실에서 이루어지는 이별을 인정해야 하는 화자에게는 아쉬움이 많다. 늘 곁에 있어 가르침을 주고받으면 좋으련만, 그러하지 못하는 것이 세상일임을 아쉬워하고 있다. "한번 가고 다시 오지 않은 걸 보니……"

떠나감에 대한 아쉬움과 그리움이 배어 있다. 그래서 인생은 항상 아쉬움이 있는 여정인가 보다.

그리움을 나누었던 사람들이 다시 만날 수 없는 사별은 몹시 슬픈 일이다. 하지만 헤어지면서 사랑을 아프게 경험한 사람은 어떤 면에선 행복한 사람이다. 그녀의 삶을 상상하면 할수록 은근한 감동이 치솟는다. 황진이와 서화담은 이런 관계였다.

황진이에게 선생님은 더 가까이 다가서고 싶었지만 함부로 다가설 수 없는 존재였다. 늘 모범이어서 멀리 두고 바라보고 싶은, 그래서 언제나 마음에 두고 싶은 사람이었다. 서화담은 이렇게 황진이에게 의미 있는 언어가 되었다. 그러니 서화담 역시 황진이에게 송도에서 뛰어난 존재가 되기에 충분하다.

황진이는 송도삼절의 마지막 하나로 자기 이름을 들었다. 애교스러우면서도 재치 있는, 그리고 넉넉한 자신감의 표현이다.

조선 시대의 신분 제도는 구분이 분명하고 엄격한 편이었다. 한번 개인에게 주어진 신분은 개인의 능력이 아무리 뛰어나더라도 쉽게 넘나들 수 없는 높은 벽이었다. 신분이 낮은 사람은 이 때문에 자신의 능력을 펼칠 수도 없었다. 성적(性的)으로 우대받던 남성들조차 이 제도 앞에 무수히 무릎을 꿇은 터여서, 여인들의 경우 거의 불가능한 일이었다.

그럼에도 불구하고 황진이는 신분을 넘어 자신이 원하는 바를 실현한 사람이었다. 남성도 아닌 여성이면서 더구나 천한 기녀 신분으로 자기 가치를 실현했다. 그녀는 많은 귀족 선비들과 함께 어울려 놀았고, 시를 함께 짓기도 했다. 이름 있는 귀족들의 마음을 사로잡아 애간장을 녹여 놓기도 하고, 수많은 남성들의 마음을 설레게도 만들었다.

자신의 이름을 송도삼절의 하나로 든 것은 신분을 뛰어넘는 당당함이자 자신감의 표현이라 하겠다. 파격적인 일이다. 신분의 엄청난 벽 따위는 가볍게 넘어설 수 있고, 정복하지 못할 선비는 없다고 생각한 사람만이 할 수 있는 태도이다.

결국 황진이가 송도삼절에서 마지막으로 자신을 언급한 것은 여성이라는 벽과 신분의 한계를 넘어섰다는 자기만족의 다른 표현이라 하겠다.

여인의 신분으로 그것도 기녀의 신분으로 뭇 콧대 높은 사람들의 자존심을 무너뜨리기도 하고 높여 놓기도 한 황진이는 시대를 뛰어넘은 멋진 사람이다. 그래서 황진이라는 말은 송도에서 그 어떤 사물보다 더 의미 있는 언어가 되었다.

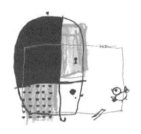

사랑은 죽은 자도 살린다

최호, 「제도성남장(題都城南莊)」
김용택, 「꽃처럼 웃는 날 있겠지요」

중국 당(唐)나라 덕종(德宗) 때, 최호(崔護)라는 젊은이가 박릉에 살고 있었다. 어느 해 청명(淸明) 날, 장안(長安)을 혼자 여행하게 되었다. 봄꽃들로 화려해진 자연에 현혹되어 이리저리 방황하다가 복숭아꽃이 만발한 인가(人家)를 발견했다. 처음에는 물이나 얻어 마실 생각으로 문을 두드렸는데, 한 젊고 예쁜 아가씨가 문을 열고 나와 맞아 주었다.

아가씨는 복숭아꽃이 만발한 정원으로 최호를 안내하고는 친절하게 물까지 대접해 주었다. 최호가 물을 마시는 동안 아가씨는 만개한 복숭아나무에 기대어 수줍은 듯이 서 있었다. 물을 마시면서 최호는 아리따운 아가씨의 자태에 그만 넋을 잃고 말았다. 아가씨 역시 최호의 말끔한 용모와 세련된 말씨에 매력을 느끼게 되었다. 둘은 한순간에 좋은 감정을 주고받았다. 하지만 짧은 만남이라 사랑이 담긴 고백이나 뒷날을 약속하지도 못한 채 헤어지고 말았다. 몹시 아쉬운 만남과 헤어짐이었다.

이듬해 청명절이 되어 최호는 지난해 일을 생각하고는 다시 그곳을 찾았다. 예전처럼 복숭아꽃이 만발했던 집은 그대로였는데, 정원으로 안내하며 물을 대접해 주었던 아가씨는 보이지 않았다. 아쉬움이 느껴졌다. 시심(詩心)이 발동한 최호는 「제도성남장(題都城南莊)」이라는 시 한 수를 지어 대문에 붙여 두고 돌아왔다.

이로부터 얼마 뒤 최호는 볼 일이 있어서 다시 그곳을 지나다가 그녀의 집을 찾았다. 그런데 이번에는 아가씨의 아버지로 보이는 노인이 대문에 나와 있었다. 노인은 시를 붙여 두고 간 사람이 바로 최호임을 알아보고는 "당신이 내 딸을 죽였구려" 하면서 눈물을 흘렸다.

이에 놀란 최호는 그 연유를 물었다. 노인은 딸이 작년 청명절 이래로 마음을 정하지 못하고 멍하니 지냈다고 했다. 더구나 지난번에 외출했다가 돌아오면서 대문에 붙어 있던 시를 보고는 상태가 갑자기 더 나빠졌다는 것이다. 그렇게 지내더니 결국 딸은 식음을 전폐하고 죽어 버렸다고 일러 주었다.

이야기를 들은 최호는 집안으로 들어가 침상에 누운 아가씨를 안고서 "최호가 여기 왔소. 여기 왔단 말이오"라고 울면서 기도를 해 주었다. 그러자 놀랍게도 노인의 딸은 눈을 뜨고 다시 살아나는 기적이 일어났다. 그래서 최호는 그 아가씨와 결혼하여 행복한 삶을 살았다고 전해진다. 당나라 맹계(孟棨)의 「본사시(本事詩)」와 김관식(金冠植)의 『여정집(麗情集)』에 전해진다.

고운 여인을 상사병에 들게 만든 최호, 그리고 한번 맺어진 연정의 끈을 놓지 않고 행복으로 엮어낸 그의 시를 감상해 보자.

제도성남장(題都城南莊)

작년 오늘 이 집에서
그녀 얼굴과 복숭아꽃은 같이 붉었다네.
오늘 그녀는 어디 있을까?
복숭아꽃은 예전처럼 봄바람에 미소 짓고 있는데.

원문 去年今日此門中(거년금일차문중)
人面桃花相映紅(인면도화상영홍)
人面不知何處去(인면부지하처거)
桃花依舊笑春風(도화의구소춘풍)

　1구는 작년에 여인과 가졌던 인연을 되새기는 것으로 시작하고 있다. 이는 지난 만남 이후 화자의 마음속에는 늘 그 여인이 자리하고 있었음을 말해 준다.

　2구에서 사내는 물을 대접해 준 아가씨의 얼굴이 복숭아꽃처럼 붉었다고 말한다. 이 말은 화자 자신만이 느낀 연정이 아니라 그 여인 역시 최호에게 사랑을 느꼈음을 보여준다. 이미 둘의 교감이 상당히 깊었음을 말해 준다. 그러니 화자는 생각 속에서 그 여인을 지울 수 없었던 것이다.

　그렇게 의미 있는 만남이었지만 3구에 와서 그 기대가 무너지고 말았다. 서로 마음이 통해 맺어진 인연이라고 생각했는데, 이제 보니 그 인연이 보이지 않는다. 무슨 일일까? 혹시 그때 느꼈던 감정이 잘못된 것이었을까? 아니면 그때 감정이 맞은 것이라면 그 아가씨는 지금 어디에 있는 걸까? 허전함을 느끼고 있다. 그렇지만 상실된 인연에 그만 종지부를 찍고 돌아 설 수 없는 노릇이었다. 만남에 대한 여운을 4구에 감추어 두고 있다.

4구에서 화자는 지난날과 같은 환경임에도 그 연인을 만날 수 없어 아쉬웠다. 하지만 화자는 만남에 대한 희망을 버리지 않았다. 그 희망의 싹은 사라지지 않고 최호로 하여금 다시 시를 지어 문에 붙여 두게 만들었다.

이 시와 비슷한 감정을 담은 현대시 한 편을 보자. 김용택의 시, 「꽃처럼 웃을 날 있겠지요」이다. 여기에서도 최호의 마음과 같은 여운과 희망을 볼 수 있다.

꽃처럼 웃을 날 있겠지요

작년에 피었던 꽃

올해도 그 자리 거기 저렇게

꽃 피어 새롭습니다

작년에 꽃 피었을 때 서럽더니

올해 그 자리 거기 저렇게

꽃이 피어나니

다시 또 서럽고 눈물 납니다

이렇게 거기 그 자리 피어나는 꽃

눈물로 서서 바라보는 것은

꽃 피는 그 자리 거기

당신이 없기 때문입니다

당신 없이 꽃 핀들

지금 이 꽃은 꽃이 아니라
서러움과 눈물입니다

작년에 피던 꽃
올해도 거기 그 자리 그렇게
꽃 피었으니
내년에도 꽃 피어나겠지요

내년에도 꽃 피면
내후년, 내내후년에도
꽃 피어 만발할 테니
거기 그 자리 꽃 피면
언젠가 당신 거기 서서
꽃처럼 웃을 날 보겠지요
꽃같이 웃을 날 있겠지요.

위 시에서 화자는 이별이 가져다주는 지나친 아픔을 말하고 있다. 아름다운 꽃을 보고 도리어 '서럽고 눈물 난다'고 했으니, 그 아픔이 어떠함을 짐작하게 한다. 화자의 마음이 왜 이렇게 되었을까? 사랑을 잃었기 때문이다. 그 슬픔의 강도를 화자는 말로 표현할 수 없어 아름다운 꽃이 도리어 '서러움과 눈물'이라고 표현하기에 이른다.

하지만 화자는 현실의 서글픔을 그대로 묻어 두지 않고 반전시켜 놓고 있다. 지금의 실현 불가능한 일 앞에서 화자는 한용운이 「님의 침묵」에서 말한 "걷잡을 수 없는 슬픔의 힘을 옮겨서 새 희망의 정수박이에 들어부었습니다"와 같은 반전이다. 안타까운 현실에 젖어 무기력한 상태에 머무르지 않고 슬픔을 만회하기 위해 몸부림을 치고 있다. 이러한 노력은 의미가 있어 어느 정도 극복의 경지에 이르게 된다. 결국 화자는 아쉬움과 서글픔을 극복하고 '꽃처럼 웃는 날'을 기다리는 희망을 말하게 된다.

한없이 큰 슬픔을 누르고 실연에 대한 극복의 의지를 내보이고 있다. 이러한 노력은 독자로 하여금 작가의 아픔이 속히 극복되어 희망대로 웃는 날이 있기를 기원하고 싶어지게 만든다.

앞에서 살펴본 제도성남장(題都城南莊)에서는 최호가 자신의 희망을 언어 속에 살며시 묻어 두자, 감추어진 희망에서 답을 찾을 수 없었던 아가씨는 가슴앓이를 했다. '처음 낭군과 나누었던 연정 때문에 저는 가슴 조이며 정상적인 생활을 하지 못했답니다. 그래서 저는 그리움의 병을 앓는답니다' 하며 아파서 누울 만도 하다. 그러다가 여인은 결국 죽음에까지 이르렀다.

나중에 최호가 들어가 그 마음을 알아주고 확인하자 다시 살아났다는 이야기는 과장이거나 꾸며낸 이야기일 것이다. 하지만 이런 표현은 두 사람이 느꼈던 사랑의 크기가 얼마나 대단했는가를 보여주는 장치로 효과 만점이다. 사랑은 죽음을 넘어서는 아름다운 것임을 보여주기까지 한다.

최호의 시는 잃음에서 얻음으로, 김용택의 시는 잃음에서 절망하지 않고 희망으로 옮기는 긍정을 보여주고 있다. 서로 같은 정서이면도 조금씩 다른 느낌을 준다.

그래서 사연이 담긴 시는 사연을 모르는 시에 비해 선명할 뿐만 아니라 읽은 이에게 보다 더 큰 감동을 불러일으켜 준다.

어떤 사람들은 시의 배경이나 대상 혹은 내용이 함축이나 상징이 뛰어나야 좋은 시라고 말하기도 한다. 보는 사람에 따라 각각 다른 의미나 내용으로 해석될 수 있기 때문이란다. 그러나 이렇게 선명하게 생각을 표현할 경우 시인의 표현의 도를 쉽게 맛볼 수 있게 해 준다. 그래서 사연이 담긴 시는 '시가 어렵다'는 선입견을 상쇄해 주는 역할을 한다.

2. 이 별 이 사 연 되 어

사랑은 감동을 낳고
홍랑, 「묏버들 가려 것어」 / 최경창, 「번방곡(飜方曲)」, 「서로 마주보면」

아픔은 사랑의 크기만큼 크다
김정희(金正喜), 「월하노인에게 빌어」 / 도종환, 「옥수수밭 옆에 당신을 묻고」

지우고 보고 지우고 보아도
정지용, 「향수(鄕愁)」 / 「유리창(琉璃窓)」

참혹한 슬픔
허난설헌, 「곡자(哭子)」

아픔을 노래한 희망
월명사, 「제망매가(祭亡妹歌)」

사랑은 감동을 낳고

홍랑, 「묏버들 가려 것어」
최경창, 「번방곡(飜方曲)」, 「서로 마주보면」

　남성이 지존으로 군림하던 조선 시대에 여성으로서 역사에 기록을 남긴 사람은 그리 많지 않다. 더욱이 천한 기생의 신분으로 세상에 이름을 전하는 이는 더욱 드물다. 그런데 문헌에 기록되고 당당히 양반가의 일원이 되어 자취를 남긴 여인이 있다.

　바로 홍랑(洪娘)이라는 기생이다. 홍랑에 대한 기록은 최경창[1]의 문집에 실려 전하는데, 그 삶이 잔잔한 감동과 재미를 주고 있다.

　최경창은 삼당파[2] 시인 가운데 한 사람으로, 29세 되던 해(1568년)에 문과에 급제하여 여러 벼슬을 두루 거쳤다. 그가 홍랑과 인연을 맺게 된 것은 34세(1573년)에 함경북도 북도평사로 부임하면서부터였다.

· · ·

1　**최경창**(崔慶昌, 1539~1583년): 본관이 해주로 호가 고죽(孤竹)이다. 문장과 학문에 뛰어나 이율곡, 송익필 등과 함께 팔문장(八文章)으로 불렸다.

2　**삼당파**(三唐派): 조선 선조 때 당(唐)나라 시문(詩文)에 능한 최경창, 백광훈, 이달 세 시인을 말한다.

홍랑은 함경도 홍원 출신으로 당시 함경북도 경성(鏡城) 관기였다. 비록 비천한 기생이었으나 문학적인 교양과 미모를 겸비했고 각종 악기와 가무에 능했다. 그 때문에 홍랑은 당시 많은 양반 사대부들이나 시인 묵객들의 흠모의 대상이었다. 그러나 그 누구도 그녀의 마음을 얻을 수는 없었다. 그러던 홍랑이었지만, 삼당시인(三唐詩人)이자 팔문장(八文章)으로 이름이 높았던 최경창에게만은 마음을 열어 세기에 남은 사랑을 꽃피웠다.

문재(文才)와 재기(才氣)가 만나서 서로 마음이 통한 걸까? 두 사람의 관계는 한번 만난 뒤로 나날이 발전해 늘 한 몸처럼 붙어 다녀 떨어질 줄 몰랐다. 최경창의 기록에 따르면 그가 군사작전을 수행하는 막중(幕中)에서도 홍랑과 함께 생활했다고 하니 둘 사이의 관계를 넉넉히 짐작할 만하다.

이들의 사랑이 깊어지자 세상은 시샘하기 시작했다. 두 사람의 사랑이 한참 불타오를 무렵 최경창은 중앙정부로부터 부름을 받게 되었다. 둘에게 시련이 찾아온 것이다. 당시 기생은 노비와 비슷한 신분으로 관아에 속해 있었기 때문에 해당 관청 지역을 벗어날 수 없었다. 그러니 홍랑은 최경창을 따라 나설 수도 없는 처지였다. 이제 두 사람은 어쩔 수 없이 헤어져야만 했다. 하지만 홍랑은 불가항력적인 이별을 두고 그냥 무기력하게 앉아 있을 수 없었다.

헤어져야 할 날이 되어 홍랑은 최경창을 배웅하기 위해 따라 나섰다. 경성에서부터 멀리 떨어진 쌍성(雙城)까지 태산준령을 넘어 며칠 길을 마다 않고 따라갔다. 드디어 두 사람은 경계인 함관령(咸關嶺) 고개에 도착했다. 더 이상 경계를 넘을 수 없었던 홍랑은 헤어지는 아픔을 억누를 수 없어 하염없이 눈물만 흘렸다. 홍랑은 이별의 끝자락에서 뼈아픈 헤어짐의 정서를 버들가지에 실어 이별과 희망을 엮은 시조(時調)를 지었다.

산버들 가려 꺾어 보내노라 임의 손에

자시는 창밖에 심어두고 보소서

밤비에 새잎 나거든 나인가 여기소서.

원문 묏버들 골히 것어 보내노라 님의 손디

자시는 창밧긔 심어두고 보쇼서

밤비예 새닙 나거든 나린가도 너기소서.

— 『청구영언(靑丘永言)』

화자는 떠나는 임의 손에 버드나무 가지를 꺾어 보낸다. 버드나무는 예로부터 이별을 상징하는 나무로 애용되었다. 중당(中唐) 때 시인 맹교(孟郊)의 「절양류(折楊柳)」를 보면 사람들이 이별의 선물로 버드나무 가지를 자주 사용했던 풍습이 나온다.

절양류(折楊柳)

버드나무에 짧은 가지가 많은 것은

이별이 많아 짧아진 것이겠지요.

멀리 떠난 임에게 자주 꺾어 주는 까닭에

어찌 부드럽고 긴 가지를 이룰 수 있으리오.

원문 楊柳多短枝(양류다단지)　短枝多別離(단지다별리)

贈遠累攀折(증원루반절)　柔條安得垂(유조안득수)

버드나무는 자생력이 좋아 사람들이 생활하는 주변이면 어디서든지 쉽게 볼 수 있는 나무였다. 더욱이 사람들이 물을 사이에 두고 만나고 헤어지는 장소에는 흔히 있는 나무였다. 때문에 사람들이 서로 헤어질 때면 특별한 선물을 마련할 수도 없는 처지여서 물가에 자라는 버드나무를 꺾어 이별의 선물로 이용했다.

마침 버드나무는 생명력이 좋아 꺾어다 땅에 꽂아 놓기만 하면, 잎이 마른 듯싶어도 곧 뿌리를 내리는 생명력이 강한 나무이다. 그래서 사람들은 죽은 듯한 버드나무가 다시 살아나는 것처럼 헤어진 뒤에도 다시 만나기를 기원하는 뜻에서 이를 애용하곤 했다. 그러니 옛사람들은 헤어지는 아픔을 노래할 때면, 훗날 다시 만날 것을 소망하는 뜻에서 버드나무를 등장시키게 되었다.

홍랑의 시조에도 맹교의 시에 등장한 '버드나무'가 나온다. 역시 만남에 대한 희망의 등가물이다. 임의 손에 버드나무를 꺾어 쥐어 보낸 것은 그냥 여기에서 사랑을 마감하고 잊어버리자는 말이 아니다. 선인들이 애용했던 것처럼 여기에서 헤어지더라도 다시 만날 것을 바라는 희망인 셈이다. 그래서 손에 들린 버드나무는 죽은 나무가 아니라 다시 살아날 버드나무이다. 둘의 희망이자, 홍랑의 다른 화신으로서의 버드나무가 된다.

홍랑은 그것을 창밖에 가까운 곳에 심어 두고 보아 달라고 한다. 그러면 자기를 그리워할 최경창을 생각하며 그것으로나마 위안으로 삼겠다는 말이다. 몸은 서로 떨어져 있을지라도 결코 헤어질 수 없음을 나타낸 화자의 간절함이다.

홍랑의 이별노래와 같이 이별 정서를 담고 있는 우리 전통민요 「아리랑」을 떠올려 보자. "나를 버리고 가신 님은 십 리도 못가서 발병이 났네"라고 노래한 화자는 임의 아픔을 통해 내가 위로를 받으려는 소심한 태도를 보인다. 이에 비하면 홍랑의 시조는 더 적극적이고 긍정적인 태도를 보여준다. 현실에서는 서로 헤어질 수밖에 없지만, 버드나무 가지를 꺾어 보낸 것을 보면 불가능 속에서도 사랑을 실현하겠다는 적극성이 담겨 있기 때문이다.

이 시조를 받아 든 최경창은 자신도 홍랑과 같은 마음임을 증명이라도 하듯이 한문으로 번역하여 자신의 문집 『고죽유고(孤竹遺稿)』에 옮겨 놓았다. 「번방곡(飜方曲: 경계를 떠나면서 부르는 노래)」이라고 이름 붙여진 한시이다.

번방곡(飜方曲)

버들가지 꺾어 떠나는 이에게 준 것은
나를 위해 뜰 앞에 심어 두라는 말입니다
밤비에 새잎 나는 것을 보시거든
초췌한 소첩으로 알아주소서.

원문 折楊寄與千里人(절양기여천리인)
　　　爲我試向庭前種(위아시향정전종)
　　　須知一夜新生葉(수지일야신생엽)
　　　憔悴愁眉是妾身(초췌수미시첩신)
　　　　　　　　　　　　 —『고죽유고(孤竹遺稿)』

두 사람은 이렇게 시를 주고받으며 짧고 의미 있는 이별식(離別式)을 치

렀다. 이별한 뒤로 홍랑은 줄곧 아쉬움과 그리움으로 세월을 보냈다. 최경창 역시 이별의 아픔이 지나쳤던지 서울로 돌아온 뒤에는 몹시 심한 병을 앓아 자리에 눕고 말았다. 그러더니 그해 봄부터 겨울까지 일 년 내내 자리에서 일어나지 못했다. 최경창이 아파 누웠다는 소식이 함경도 경성에 있는 홍랑에게까지 전해졌다. 사랑하는 사람의 불편한 소식을 들은 홍랑은 가만히 앉아 있을 수 없었다. 곧바로 길을 나서 서울로 향했다.

그의 기록에 따르면 '칠 주야 동안 쉬지 않고 찾아왔다'고 했으니, 홍랑의 마음이 어떠했는지 짐작할 수 있다. 그리움이 얼마나 컸으면, 마음이 얼마나 아팠으면 여인의 몸으로 칠 주야를 쉼 없이 걸었을까? 발이 아파도 아픈 지 모르고, 몸이 피곤해도 피곤한 줄 몰랐으리라. 2년 만에 다시 만난 홍랑은 잠시도 최경창의 곁을 떠나지 않고 병간호를 했다. 그 노력이 효험 있었던지, 최경창은 하루가 다르게 건강을 회복했다.

이런 일이 있자 최경창이 홍랑을 첩으로 삼았다는 소문이 퍼지게 되었다. 이것이 문제가 되어 1576년(선조 9년) 봄에는 사헌부에서 양계(兩界)의 금(禁)을 어겼다[3]는 이유로 최경창을 파직하라는 상소를 올렸다. 이제 두 사람은 더 이상 같이 있을 수 없게 되었다. 두 사람에게 두 번째 시련이 찾아온 것이다. 이별할 시간이 되자, 이번에는 최경창이 안타까운 마음을 시 한 수에 담았다.

• • •

3 양계의 금(禁): 당시에는 함경도와 평안도 사람들이 서울 도성 출입을 제한하는 제도가 있었다. 즉 함경남도 홍원 출신의 홍랑이 서울에 들어와 있는 것을 문제로 삼은 것이다.

> 서로 마주보면 가슴이 뛰어 살며시 난(蘭)을 보냅니다
>
> 이제 가면 하늘 끝이거늘 언제 돌아올 수 있을까요?
>
> 함관령 옛 노래는 다시 부르지 말아요
>
> 지금은 궂은비 내려 푸른 산마저 어두우니까요.

원문 相看脈脈贈幽蘭(상간맥맥증유란)

此去天涯幾日還(차거천애기일환)

莫唱咸關舊時曲(막창함관구시곡)

至今雲雨暗靑山(지금운우암청산)

— 『고죽유고(孤竹遺稿)』

말하지 않아도 둘 사이의 감정을 읽을 수 있다. 특별히 표현하지 않아도 두 사람의 다정한 모습이 그려진다. 읽기만 해도, 생각만 해도 가슴이 찡해 온다.

1구에서 화자는 난(蘭)을 등장시켰다. 예로부터 난은 고귀한 군자의 삶을 나타낸다. 그러니까 난을 들어 자신들의 만남이 고귀한 만남이었음을 말하고 싶다. 다른 사람들이 비웃는 둘의 만남을 화자는 난의 성품에 실어 고귀한 사랑의 경지로 높여 놓았다.

2구에서는 그동안 가졌던 애정 관계가 앞으로는 유지될 수 없음을 말하고 있다. 화자는 만남을 기대하긴 하지만 실제로는 그럴 가능성이 전혀 없음을 저변에 깔고 있다. 참 맥이 빠지게 만드는 구(句)이다. 이러한 생각은 3구에서 더 분명해진다.

3구에서는 지난날 함관령에서 헤어질 때 버드나무를 꺾어 주면서, '창밖

에 심어두고 봐 달라'와 같은 희망이 담긴 노래는 부르지 말아 달라고 부탁한다. 왜냐하면 이제는 정말 만남의 가능성이 희박하기 때문이다.

그 불가능의 이유를 4구에서 더 분명히 말하고 있다. 궂은비 내리고 구름이 끼어 음산한 어두움이 만들어졌기 때문이다. 가능성이 희박하다는 말이다. 화자는 그것이 지금이라고 말했지만, 이는 앞으로도 계속될 것임을 바탕에 담겨 있다. 어쩔 수 없는 이별 앞에서 화자는 환경을 탓하지 않고 내면으로 꾹꾹 눌러 묻어두려고 한다. 화자의 아픈 마음을 읽을 수 있다.

최경창은 홍랑과 두 번째 이별을 한 뒤 곧바로 파직당했다. 얼마 뒤에 다시 복직되기는 했지만, 변방의 한직으로 떠도는 생활을 해야 했다. 그러다가 1583년에 방어사의 종사관에 임명되었으나, 임무를 맡기도 전인 마흔다섯의 젊은 나이에 객사하고 말았다.

임과 헤어져 멀리 함경도 땅에서 그리움에 젖어 지내던 홍랑은 최경창의 사망 소식을 듣게 되었다. 엄청난 슬픈 소식이었다. 사랑하는 이가 죽었다니 이제 그렇게 기다리던 그 기다림마저 의미 없게 되었다. 앞으로는 만남에 대한 꿈마저 꿀 수 없게 되었다. 그렇다고 홍랑은 슬픔을 그대로 묻어 둘 수 없었다. 죽음이 둘을 갈라놓았다고 곧바로 이별한다면 사랑을 주고받았던 사람의 도리가 아니라고 생각했던 모양이다. 그래서 홍랑은 객사한 최경창의 무덤을 찾아 나섰다.

홍랑은 최경창의 묘소가 있는 경기도 파주로 가서 무덤 앞에 움막을 짓고 시묘살이를 시작했다. 젊고 아름다운 여인이 시묘살이를 한다는 것은 보통 어려운 일이 아니다. 홍랑은 다른 남정네들의 접근을 막기 위해 자신의 고운 얼굴을 추하게 만들어 살았다. 시묘살이 자체만으로도 엄청난 고생이었는데 겨울이 되면 모진 추위까지 견뎌야 했다. 그렇게 홍랑은 3년 동안 시묘살이를 했다. 그리하고도 차마 떠날 수 없었던지 무덤에 더 머무르며 근 10여 년 시묘살이를 했다.

그때 마침 조선은 그동안 겪어 보지 못한 사상 초유의 환란인 임진왜란을 만나게 되었다. 그러자 홍랑은 지혜롭게도 최경창이 남기고 간 유품들을 챙겨서 고향인 함경도로 향했다. 홍랑 자신 한 몸이야 즉시 죽더라도 여한이 없겠지만, 그가 남긴 주옥같은 문장과 글씨들은 보존해야 한다고 생각했다.

오늘날까지 최경창의 시와 문장이 전해질 수 있게 된 것은 온 나라가 전화(戰禍)로 황폐해졌을 때도 사랑하는 임의 유품을 지극 정성으로 지켜온 홍랑의 노력 덕분이다. 오직 한 사람만을 위해 자신의 삶을 살았던 홍랑은 전쟁이 끝난 뒤에 해주 최 씨 문중에 최경창의 유작을 전한 뒤에 그의 무덤 앞에서 생을 마감했다고 한다.

홍랑이 죽자 해주 최 씨 문중 사람들은 천한 신분의 기녀를 집안의 한 사람으로 받아들여 장사를 지내 주었다. 그리고 최경창 부부가 합장된 묘소 바로 아래 홍랑의 무덤을 마련해 주었다. 모두 마음 넓은 사람들이 지니는 여유와 포근함이다.

그녀의 무덤은 현재 경기도 파주시 교하읍 다율리 산자락에 있는 해주 최 씨 문중 산에 최경창의 묘소와 함께 있다. 후손들은 1969년 6월 홍랑의 묘비를 세우며 비제(碑題)에 '시인홍랑지묘(詩人洪娘之墓)'라고 써 두었다.

아름다운 사랑 이야기이다. 온몸으로 사랑하고 온 마음으로 노래했기에 그의 삶과 시는 사람들에게 의미와 감동을 준다. 이런 만남과 사랑은 오래 기억하고 싶다. 그것도 고귀하게 말이다.

아픔은 사랑의 크기만큼 크다

김정희, 「월하노인에게 빌어」
도종환, 「옥수수밭 옆에 당신을 묻고」

추사(秋史) 김정희(金正喜)는 조선 후기 문신이자 서화가로 유명하다. 그가 남긴 대표작 세한도(歲寒圖)는 매서운 북풍한설에도 꿋꿋이 견디는 소나무를 그린 그림으로 변치 않은 굳은 절개를 잘 보여주고 있다.

추사는 그림에만 뛰어나지 않았다. 독특한 글씨체인 추사체를 창시했을 뿐만 아니라, 고증학(考證學)과 금석학(金石學)의 대가이기도 했다. 또한 그는 조선 시대 화풍인 남종 문인화의 수준을 한층 발전시켜 놓기도 했다.

그는 1786년 정조 10년 6월 3일, 충남 예산군 용궁리에서 태어났다. 아버지 김노경이 지녔던 서예(書藝) 재능을 물려받아서인지 일찍부터 서예에 탁월한 재능을 나타냈다. 그의 어린 시절 일이다.

옛사람들은 입춘절(立春節)이 되면 자기 집 대문에다 입춘첩(立春帖)을 붙여 복을 기원하는 관습이 있었다. 대개 '입춘대길(立春大吉)', '건양다경(建陽多慶)' 같은 문구를 써서 대문에 붙이는 일이었는데, 추사가 여섯 살 때에 입춘첩을 써서 붙인 적이 있었다. 마침 그곳을 지나던 북학의 기수 박제가가 이를 보고 추사의 재능을 탐냈다. 앞으로 크게 쓰일 것을 예견한 박제가는 추사의 아버지에게 아들을 가르쳐 보고 싶다고 부탁했다. 그래서 김정희는 어릴 때부터 훌륭한 스승 밑에서 공부하게 되었다.

일찍이 재능을 보인 추사는 34세에 문과에 급제하고, 다음해에는 한림초시에 합격했다. 이후 54세까지는 병조참판에 이르는 등 비교적 평탄한 벼슬살이를 했다. 그러다가 55세(1840년)부터 어려움을 겪기 시작했다.

13년 전에 암행 도중 김우명 현감을 봉고파직(封庫罷職)한 일이 있었는데, 이 일로 원한을 산 김우명이 추사 가문을 탄핵하는 상소를 올리게 되었다. 이 바람에 추사는 원치 않은 유배생활을 제주도에서 해야만 했다.

역사에 나타났던 위대한 사람들은 위기의 고난을 도리어 좋은 기회로 삼은 경우가 많았다. 공자는 진채에서 곤액[1]을 당한 뒤에 『춘추(春秋)』를 지었고, 굴원은 정치권에서 쫓겨나는 불운으로 「이소(離騷)」라는 유명한 글을 지었다. 손자(孫子)는 다리가 잘리는 불행을 겪고 나서 병법(兵法)을 논했고, 사마천은 궁형(宮刑)을 당하고 나서 위대한 역사서 『사기(史記)』를 탄생시켰다. 또한 존 버니언(John Bunyan)은 감옥에 갇히는 어려움 속에서 불후의 명작 『천로역정(天路歷程: The Pilgrim's Progress)』을 썼다.

추사의 제주도 유배생활은 그의 인생에서 최대 시련이었다. 하지만 추사역시 역사 속의 위대한 인물들처럼 시련 앞에서 무너지지 않고 도리어 그의 예술세계를 심화시켰다. 지리적인 격리로부터 오는 외로움과 정치적인 소외, 언제 무슨 일이 일어날지 모르는 불안의 위기를 학문과 예술 세계에 몰두하는 기회로 삼은 것이다. 그는 유배지에서 독특한 서체 '추사체(秋史體)'

---

1 **곤액**(困厄): 몹시 딱하고 어려운 사정과 재앙이 겹친 불운.

■ 추사가 남긴 세한도(歲寒圖)

를 완성하고, 우리 기억에 생생한 〈세한도(歲寒圖)〉와 같은 불후의 명작들을 남겼다.

이제 추사가 유배지에서 겪은 가슴 아픈 일로 태어난 시를 보려고 한다. 여기에는 추사가 외로움으로 보낸 고달픈 나날을 볼 수 있다. 추사가 겪은 어려움은 주로 정치적으로 느끼게 되는 배신감과 소외감이었다. 또 다른 것으로는 가족과 떨어져 생활해야 하는 혈육애의 단절이었다. 이런 가운데서도 추사가 마음을 추스르고 유배생활을 잘 할 수 있었던 것은 오직 예술에 전념하는 일이고, 다른 하나는 멀리 떨어져 있지만 자기를 기다리고 지원해 주는 아내를 비롯한 가족과 교감하는 사랑의 끈이었다.

그런데 그 중요한 사랑의 끈이 힘을 잃어버리는 어려움을 만나게 되었다. 그렇게 든든한 버팀목이던 아내가 세상을 떠났다는 부고였다. 이 일은 추사에게 엄청난 충격이 되었다. 이 일에 대하여 추사는 후일 지인에게 보낸 편지에서 이렇게 쓰고 있다. "아내를 잃으신 슬픔에 놀라움을 누를 수 없습니다. …… 나는 일찍이 이런 상황에 익숙해진 적이 있기 때문에 그 단맛과 쓴맛을 잘 압니다. 마음을 안정시키시고 슬픔을 삭이는 데는, 종려나무 삿

갓을 쓰고 오동나무 나막신을 신고 산을 둘러보고 강물소리를 들으며 방랑하는 것이 제일입니다."

자신이 겪었던 고통이 어떠했는가를 사실적으로 말해 주고 있어 그가 겪었을 아픔의 깊이를 짐작할 수 있다.

아내의 부음을 들은 추사는 그동안 아내에게 잘해 주지 못했던 아쉬움이 어지럽게 떠올랐던 모양이다. 자신의 귀양으로 인해 속이 새까맣게 다 타버렸을 아내를 생각하니, 더 없이 안타깝고 가슴 아팠다. 아내가 죽은 것은 추사 자신의 일로 인함이라는 자책감까지 들었던 모양이다. 억장이 무너지는 슬픔을 당해도 추사는 달려갈 수 없는 처지였다. 무슨 말을 꺼낼 수도 없는 형편이다. 그래서 화자는 종려나무 삿갓을 쓰고 오동나무 나막신을 신고 방랑한 것으로 아픔을 달랬다. 이 괴로움은 이런 시를 낳게 만들었다.

> 월하노인에게 빌어 저승에 하소연하리라
> 내세에는 우리 부부가 서로 바꾸어 태어나게 해달라고
> 그러면 나는 죽고, 당신만이 오래오래 살아남아
> 당신도 이 슬픔을 한번 알게 하고 싶습니다.
>
> **원문** 聊將月老訴冥府(료장월로소명부)
> 來世夫妻易地爲(래세부처역지위)
> 我死君生千里外(아사군생천리외)
> 使君知有此心悲(사군지유차심비)

추사가 감당했을 심적 부담과 고통을 느끼게 하는 시이다. 추사는 부부

의 인연을 맺어준다는 월하노인에게 만일 우리가 다음 세상에 다시 부부로 태어난다면, 서로 입장을 바꾸어 태어나게 해 달라고 부탁한다고 했다. '지금 아내를 잃고 느낀, 이 쓰리고 아픈 가슴을 당신도 한번 느낄 수 있도록' 하고 싶어서다.

추사의 마음이 얼마나 아프고 힘들었으면 이렇게 표현했을까? 아내를 사랑하는 마음이 얼마나 깊었으면 이렇게 입장을 바꾸자고 했을까? 아픔이 너무 크다. '당신! 내가 당신을 잃고 힘들어하는 이 괴로움을 당신은 모르지요? 당신도 한번 생각해 봐요. 나중에 우리 부부 다시 바꾸어 태어나면 당신도 한번 느껴보세요. 얼마나 힘들고 아픈지를…….' 노학자가 유배지에서 겪은 아픔의 크기는 아내에 대한 사랑의 크기를 말해 준다. 추사의 아내 사랑의 깊이를 느끼게 하는 노래이다.

추사의 이러한 마음과 동일한 감정을 노래한 현대시가 있다. 도종환의 「옥수수밭 옆에 당신을 묻고」라는 시이다. 두 시에 서로 관통하는 정서를 생각해보고 비교하면서 한번 감상해 보자.

옥수수밭 옆에 당신을 묻고

견우 직녀도 이 날만은 만나게 하는 칠석날
나는 당신을 땅에 묻고 돌아오네.
안개꽃 몇 송이 땅에 묻고 돌아오네.
살아 평생 당신께 옷 한 벌 못 해 주고
당신 죽어 처음으로 베옷 한 벌 해 입혔네.
당신 손수 베틀로 짠 옷가지 몇 벌 이웃에 나눠주고

> 옥수수밭 옆에 당신을 묻고 돌아오네.
> 은하 건너 구름 건너 한 해 한 번 만나게 하는 이 밤.
> 은핫물 동쪽 서쪽 그 멀고 먼 거리가
> 하늘과 땅의 거리인 걸 알게 하네.
> 당신 나중 흙이 되고 내가 훗날 바람 되어
> 다시 만나지는 길임을 알게 하네.
> 내 남아 밭 갈고 씨 뿌리고 땀 흘리며 살아야
> 한 해 한 번 당신 만나는 길임을 알게 하네.

시는 사별한 아내에 대한 슬픔과 그리움을 노래하고 있다. 화자는 사랑하는 아내와 사별하면서 생전에 잘해 주지 못한 가슴 아픈 사연을 절절히 나열하고 있다. 내용상으로 보면 전반부 7행과 후반부 7행으로 나눌 수 있는데, 전반부는 만날 수 없는 안타까운 이별을 말하고, 후반부는 이별을 겪고 난 다음 새롭게 느끼는 것들을 늘어놓았다.

자연은 칠월 칠석이 되면 1년에 한 번이라도 어김없이 만남의 기쁨을 누린다. 그런데 화자는 자연이 맞은 기쁨의 때에 도리어 헤어지는 아픔을 맞았다. 정반대 개념인 기쁨과 슬픔을 대비시켜 그 거리만큼이나 아픔의 크기를 늘려 놓고 있다. 그리고 살았을 때에 옷 한 벌을 해 주지 못하고, 죽고 나서야 처음으로 겨우 베옷 한 벌 해 입혔음을 들어 사전(死前)과 사후(死後)의 일을 대비시켜 안타까운 마음을 더 아프게 만들고 있다.

후반부에서 작가는 사전과 사후의 느낌이나 시간의 차이를 "은하 물로 나뉜 거리가 하늘과 땅"의 차이로 늘려 놓았다. 이별의 아픔을 공간화시켜 놓음으로써 사별로 인한 심리적인 상태를 표현하고 있다. 하지만 화자는 우주적인 엄청난 거리만큼 큰 슬픔을 맞았으면서도 자신을 그런 좌절의 상황에 유기하지 않는다. 그래서 새로운 만남의 방법을 탐색하고 더 나아가 반전을 말하게 된다. 이는 슬픔에 쌓인 부정적인 현실을 극복하려는 화자의 몸부림이라 하겠다. 결국 이러한 반전은 아픔의 강도를 높이면서도 화자에게 치유의 희망을 제공한다.

이제 둘의 노래를 비교해 생각해 보자. 추사는 "이 슬픔을 한 번 알게 하고 싶음"에 머물고 말았다. 이를 두고 추사의 아픔이 더 컸다고 말할 수 있을는지도 모르겠다. 하지만 도종환은 슬픔을 알게 하는 데 머무르는 것이 아니라, 내적 치유의 현장까지 도달하려는 몸부림을 보여준다. 그래서 도종환에 이르면 아픔과 슬픔이 현상에 머무르지 않고 새로운 희망으로 전환되는 것을 보게 된다.

지우고 보고 지우고 보아도

정지용, 「향수(鄕愁)」, 「유리창(琉璃窓)」

정지용은 우리나라 근대시가 현대시로 발전하는 데에 크게 기여한 사람이다. 그런데도 한때 그는 이데올로기의 희생 등으로 어려움을 겪었다. 사람들은 그의 말년에 있었던 비극적인 행적을 문제 삼아 현대문학사에서 얼마간 제외시켰기 때문이다. 따라서 그에 대한 연구는 1960년대에 해금이 되고 난 다음 비로소 시작되고, 그의 작품에 대해서는 1970년대에 와서야 시, 평론 등이 활발하게 논의되었다.

정지용은 1902년 음력 5월 5일에 충북 옥천군 옥천면 하계리에서 태어났다. 어머니가 지용(芝溶)을 임신했을 때에, 연못에서 용이 하늘로 올라가는 태몽을 꾸어 아들의 이름을 지용(池龍: 연못의 용)이라고 지었다고 한다. 지용은 이 이름의 한자(漢字)가 어색했던지, 나중에 발음은 같으면서 뜻이 다른 한자(漢字) 지초 지(芝)와 물이 조용히 흐를 용(溶)자로 바꾸게 되었다.

지용은 1910년 충북 옥천공립보통학교를 마치고 이어 서울 휘문고등보통학교를 졸업했으며, 1923년에는 동창생 박제찬과 함께 일본으로 가서 경도동지사대학 영문과에 입학했다. 그는 대학생활을 하면서 1926년 11월에 《근대풍경》이라는 월간지를 발간하는 등 1929년 졸업할 때까지 많은 시(詩) 작품을 발표했다. 그리고 1929년 9월에 귀국하여 휘문고등학교에서 영어교사로 국내 생활을 시작했다.

지용은 《문장》지의 시(詩) 추천 위원을 맡으면서 조지훈, 김종한, 박두진, 박목월 등 거목 같은 시인들의 등장을 도왔고, 해방 후에는 대학 교수로, 신문사 주필로 활동했다.

어느 날 《이북통신(以北通信)》이라는 주간지(週刊誌)에 "지용월북(芝溶越北)"이라는 거짓 기사가 나오자, 출판사를 돌아다니면서 월북 사실이 없음을 해명하기도 했다. 그러나 다른 날 좌익 계통의 제자가 무슨 일이 있다며 찾아온 일이 있었는데, 이때 두 사람이 함께 시내에 나간 뒤로 그의 행적은 알려지지 않고 있다. 그래서 많은 사람들은 심지어 그의 가족들까지도 월북했다고 믿어 왔다.

어떤 사람들은 그건 사실이 아니라고 말하기도 한다. 최태응은 『해방문학 20년』[1]에서 지용은 대남 영어 방송을 강요당하고 나중에 UN군에게 포로가 되어 거제도 수용소로 호송되었다고 주장했다. 이처럼 여러 추측이 있어 그의 생애의 마침은 아직까지 불분명한 상태다.

정지용이 한국문단에서 본격적으로 활동하기 시작한 것은 1930년대에 '시문학파'의 핵심 구성원으로 활동하면서부터다. 그는 가장 각광받은 모더니스트로서 1930년대 시의 특징을 극명하게 드러내면서, 한국 현대시로의 획기적인 전환을 실질적으로 주도해 나간 인물이다.

● ● ● ●

1 최태응, 『해방문학 20년』(을유문화사, 1965), 234쪽.

그는 현대시의 출발점을 시어(詩語)에 대한 새로운 인식에서 찾았다. 즉 시의 신비는 언어의 신비라는 인식을 바탕으로 하고 있었다. 그는 시(詩)가 사물의 새로운 존재 영역을 드러내 보이는 것이라는 인식을 토대로 시적 감각의 혁신을 이룩했다. 사람들은 그를 "천재적인 민감성으로 언어의 가치를 발견하여, 청신하고 원시적인 시각적 이미지를 창조했다"고 평가한다. 그러한 평가대로 그는 과연 언어감각이 탁월한 시인이었다. 그의 대표적인 시 「향수(鄕愁)」를 감상해 보자.

향수(鄕愁)

넓은 벌 동쪽 끝으로
옛이야기 지줄대는 실개천이 회돌아 나가고,
얼룩백이 황소가
해설피 금빛 게으른 울음을 우는 곳,

— 그 곳이 참하 꿈엔들 잊힐리야.

질화로에 재가 식어지면
뷔인 밭에 밤바람 소리 말을 달리고,
엷은 조름에 겨운 늙으신 아버지가
짚벼개를 돋아 고이시는 곳,

— 그 곳이 참하 꿈엔들 잊힐리야.

흙에서 자란 내 마음

파아란 하늘 빛이 그립어

함부로 쏜 화살을 찾으러

풀섶 이슬에 함추름 휘적시든 곳,

— 그 곳이 참하 꿈엔들 잊힐리야.

傳說바다에 춤추는 밤물결 같은

검은 귀밑머리 날리는 어린 누의와

아무렇지도 않고 여쁠것도 없는

사철 발벗은 안해가

따가운 해ㅅ살을 등에 지고 이삭 줏던 곳,

— 그 곳이 참하 꿈엔들 잊힐리야.

하늘에는 석근 별

알수도 없는 모래성으로 발을 옮기고,

서리 까마귀 우지짖고 지나가는 초라한 집웅,

흐릿한 불빛에 돌아 앉어 도란 도란거리는 곳,

— 그 곳이 참하 꿈엔들 잊힐리야.

72 사연이 담긴 시 이야기
2. 이별이 사연 되어

이 시는 김희갑 선생님이 곡을 붙이고 이동원·박인수가 함께 노래하면서 더 잘 알려진 시이다. 「향수(鄕愁)」는 고향의 풍경과 가족에 대한 그리움을 잘 형상화한 작품이다. 시를 읽고 눈을 감으면 시골 농촌의 평화스러운 모습이 수채화처럼 그려진다. 친숙하고 정겨운 고향 풍경을 쉬운 언어로 담아내고 있어 더 정겹다. 시를 연별로 살펴보자.

1연은 실개천이 흐르고 황소의 울음소리가 나지막하게 들리는 시골의 평화로운 분위기를 보여준다. 여기 나오는 '해설피'라는 말은 해가 질 무렵이라는 뜻이다. 2연은 질화로의 불씨가 잦아드는 방안에서 겨울밤을 한가로이 지새우는 늙은 아버지의 모습이 나오고, 3연에서는 함부로 쏜 화살을 줍기 위해 풀잎 이슬에 바지저고리를 흠뻑 적시던 꿈 많던 어린 시절을 말한다. 4연에서는 어린 누이와 아내가 가을날 고향 들판에서 일하는 광경이 나오고, 5연에서는 늦가을 저녁에 마을 사람들이 가족들과 둘러앉아 정겹게 얘기를 나누는 단란한 정경을 말하고 있다. 이들이 후렴구인 "그 곳이 참하 꿈엔들 잊힐 리야"와 절묘하게 어우러져 우리를 아련한 추억과 회상의 세계로 끌어들이고 있다.

여기서 화자가 추억하고 회상하는 고향은, 추억과 평화와 전설이 깃들어 있는 아름답고 화해로운 원형(原型) 공간이다. 이 상상의 공간을 구성하는 요소는 집, 가족, 자연이다. 그래서 더 편하고 친숙하고 여유로움을 주는 시이다.

이처럼 정지용에게는 눈만 감으면 쉽게 떠올릴 수 있는 시가 있는 반면, 얼른 이해하기 힘든 「유리창」과 같은 시도 있다. 이를 두고 혹자는 "정지용의 개인적인 시적 세계를 놓고 볼 때, 하나의 시 세계를 마감하고 또 다른 시 세계를 모색하는 과도기에 발표된 작품이기 때문"이라고 말하는 이들도 있다. 그러니까 지용이 초기에 가졌던 감각적 세계 이후에 새롭게 펼쳐질 또 다른 시 세계의 성격을 암시하는 과도기적 작품이라는 말이다. 하지만 박용철(朴龍喆)에 의하면 이 시에는 시인의 가슴 아픈 사연이 담겼다고 한다. 전기적 사실이 드러남으로 좀 더 잘 이해할 수 있게 된 시를 보자.

유리창(琉璃窓)

琉璃에 차고 슬픈 것이 어린거린다.
열없이 붙어서서 입김을 흐리우니
길들은양 언날개를 파다거린다.
지우고 보고 지우고 보아도
새까만 밤이 밀려나가고 밀려와 부디치고,
물먹은 별이, 반짝, 寶石처럼 백힌다.
밤에 홀로 琉璃를 닥는것은
외로운 황홀한 심사 이어니.
고흔 肺血管이 찢어진 채로
아아, 늬는 山ㅅ새처럼 날러 갔구나!

이 시를 처음 읽을 때면 '이것은 무슨 소리일까?', '왜 이런 낯선 용어를 썼을까?' 하는 생각이 든다. 그러한 이유는 시인이 자신의 정서를 직접 드러내지 않고 일정한 대상을 들어 비유하여 간접적으로 드러냈기 때문이다. 다시 말하면 "대상이 갖고 있는 정보를 전달해서 가능한 한 그 대상을 이해시키려고 하는 것이 아니라, 그 대상을 언어 기호로 재창조해서 독자로 하

여금 그 대상의 본질을 있는 그대로 느끼도록 유도"하기 때문이다. 이 대상
은 구체적인 형상을 지닌 사물일 수도 있고 추상적·상상적인 것이거나, 사
물의 외형을 갖춘 관념일 수도 있다. 이 같은 점은 독자에게 시가 어렵다는
인상을 주어 접근을 어렵게 만드는 요소가 되기도 한다.

　이제 무슨 소리를 하고 있는지 자세히 들여다보자. 사연이 담겨 있는 시
라는 배경을 알고 접근하면 이해하는 데 도움이 된다.

> 琉璃에 차고 슬픈것이 어린거린다.
> 열없이 붙어서서 입김을 흐리우니
> 길들은양 언날개를 파다거린다.

　정지용은 29세 되던 1930년에 아들을 잃었다. 이 일은 아버지인 지용의
마음을 몹시 아프게 만들어 시심을 동하게 만들었다. 아들을 잃은 젊은 아
버지의 비통한 심경을 절제된 언어와 시적 형상을 통해 객관화하고 있다.

　입김이 이는 것으로 보면 차가운 계절이다. 시인은 지금 밖이 보이면서
도, 가로막혀 있는 유리창 앞에 서 있다. 화자는 유리창을 사이로 바깥과 격
리되어 외부와 만날 수 없는 절망의 공간에 서 있다. 그런데 그 유리창 밖에
어른거림이 보인다. 이는 가슴에 아픔을 남기고 떠난 아들의 모습을 가상
의 눈으로 보고 있음을 나타낸다.

　꿈을 연구하는 사람들에 따르면 꿈이나 환상은 내면에서 이루어지고 있
는 정신활동의 잔재가 드러난 것으로 본다. 그렇다면 지금 시인이 보고 있
는 환상은 시인의 내면에서 활동하고 있는 의식의 잔재, 곧 아들에 대한 정
신활동이 마음의 표상으로 드러난 것이라 할 수 있다. 그것의 모습은 차고

슬픔 그 자체이다.

찬 것은 따뜻함의 반대이다. 찬 것은 '춥다', '괴롭다', '아쉽다', '기분이 안 좋다' 등과 같이 좋지 못한 이미지이다. 좋지 않은 이미지에 또 슬픈 것이 더해졌다. 시인의 마음이 그렇게 아프고 안타까움으로 가득했다는 말이다. 억장이 무너지는, 가슴이 찢어지는 아픔이 접근할 수 없는 유리창을 사이에 두고 어른거림으로 나타났다. 그러니까 속이 터지는 아픔이 마음속에서 점점 더 커지고 있음을 일러 준다. 이것이 바로 시인의 눈에 어른거림으로 나타난 것이리라.

화자에게 아들은 현실 속에서 이미 사라진 존재가 되었다. 때문에 현실에서 아들을 보는 일은 불가능해졌다. 하지만 이를 화자는 인식의 문제로만 둘 수 없었다. 그래서 시인은 입김으로나마 살려 내려는 욕망에서 유리창에 입김을 불었다. 그랬더니 아이가 살아 있는 것처럼 움직인 것이다. 생전의 아이 모습이 그대로 되살아난 것이다. 물론 환상이다.

시를 이렇게 읽어 가는 것은 어떤 면에서 보면 독자의 지나친 해석이며 확대된 감상 행위라고 할 수도 있다. 더 나아가 작가의 마음을 잘 못 읽는 오류라고도 할 수 있겠다.

이를 두고 유종호 교수는 『시 읽기의 방법』이라는 책에서 "작품을 그대로 수용하지 못한 자유연상에 의한 해석"이라고 지적했다. 유 교수의 이러한 견해도 일리가 있다는 생각이다. 하지만 이렇게 단순하게 본다면 시가 너무 무미건조해진다는 느낌이 들어 아쉬움이 있다. 유 교수의 말대로 해석하면 '화자의 마음속에 다양한 의식의 교차가 일어나지 않았더라면 유리창 앞에서 괜히 입김을 불고 섰겠는가?' 하는 생각이 들기 때문이다. 그러면 여기에 등장하는 작가의 마음이 '내가 입김을 불고 있다'와 같은 언어가 단순 서술이 되어 버린다. 이 구절은 이런 유의 가벼운 말이 아니다. 왜냐하면 다음에 등장하는 구절 "유리창을 지우고 지운다"는 것이 더럽혀진 유리창을 청소하고 싶어서 닦는 것이 아니기 때문이다. 정지용의 전기적 사실이 밝혀지지 않았더라면 그렇게 짐작할 수도 있겠다. 하지만 화자의 이런 모습은 무심코 행하는 의미 없는 행동이 아니라는 것을 알 수 있다.

> 지우고 보고 지우고 보아도
> 새까만 밤이 밀려나가고 밀려와 부디치고,
> 물먹은 별이, 반짝, 寶石처럼 백힌다.

환상으로 되살아난 아들은 내가 말을 걸 수도, 만질 수도 없는 존재다. 그러면서도 이 현상에 연연하는 화자의 태도를 보면 그 아픔의 깊이를 헤아리게 한다. 화자는 현재의 현상을 깨끗이 지우고 싶다. 그래서 지우고 또 지우는 것은 아들이 내게서 떠남을 슬퍼하는 내 마음의 안타까움마저 지우고 싶은 심정에서 하는 행동이다.

그런데도 아이의 형상은 지워지지도 않고 또 보이고, 또 보인다. 아직 잊히지 않은, 아니, 지워질 수 없는 아이의 모습이다. 아들을 잃은 것은 아무리 애를 써도 화자의 마음에서 지워 낼 수 없는 안타까움이다. 마음으로 밀어내고 밀어내어 또 지우려고 애를 써도 또 부딪쳐 온다. 지우고 또 지운다는 말은 시인이 인간적인 고통과 절망을 이겨 내려는 치열한 극기의 몸부림이다.

여기에서 느끼는 화자의 안타까움은 극복하려고 노력하면 할수록 시인의 의지와는 상관없이 눈물이 된다. 눈물이 별빛을 받아 보석처럼 보인다.

보석은 어버이 사랑의 결정체가 된다.

> 밤에 홀로 琉璃를 닦는것은
> 외로운 황홀한 심사 이어니.

잃어버린 아들을 잊기 위해 밤을 새워가며 몸부림치는 아버지의 모습이다. 유리창을 닦는 것은 아무도 알아주지 않는 나만의 헛된 짓인 줄 안다. 하지만 아버지는 그것으로나마 '황홀함'으로 삼으려고 한다. 극단적인 반어다. 아들을 잊지 못하겠다는 아버지의 마음이다.

> 고흔 肺血管이 찢어진 채로
> 아아, 늬는 山ㅅ새처럼 날러 갔구나!

너는 그렇게 떠나가는구나. 용납할 수 없는 수용이다. 그래서 아버지의 애간장은 다 녹아났다. 아무것도 할 수 없는 아버지가 떠나간 아들을 허탈한 모습으로 바라보고 있다. 가슴이 찢어지는 아픔이다. 자녀를 잃어 본 사람만이 아는 고통이다. 그래서 가슴을 아프게 한 시이다.

마음을 아프게 하는 이별은 아름다운 사랑에 버금갈 만큼 시심의 원동력이 된다. 이 원동력은 아픔의 깊이만큼 예술의 깊은 원천이 되기도 한다.

참혹한 슬픔

허난설헌, 「곡자(哭子)」

우리는 앞에서 아들을 잃고 힘들어하는 한 아버지의 힘겨운 모습을 보았
다. 한 가족으로 살다가 형편에 따라 서로 떨어져야 할 경우, 사람들은 아쉬
움과 서운함을 느낀다. 그런데 떨어져 살아야 한 경우가 아니라 다시 만날
수 없는 죽음으로 영영 헤어지는 일은 아쉬움을 지나 더할 수 없는 아픔이
자 괴로움이 된다.

그래서 옛사람들은 아버지가 돌아가시는 일을 '천붕(天崩)'이라 했다. '하
늘이 무너졌다'는 말이다. 곧 세상이 사라졌음을 나타낸다. 세상이 사라졌
다는 말은 살 수 없게 되었다는 말이다. 영원히 만날 수 없는 사람들이 느끼
게 되는 아픔의 깊이를 공간적으로 나타내 주는 말이다. 그 아픔이 얼마나
컸으면 하늘이 무너진다고 했을까?

어버이를 잃은 것과 반대로 자식을 잃은 부모의 마음을 나타내는 말도 있
다. 상명지통(喪明之痛)이 그것이다. 자녀를 잃은 아픔이 지나쳐 상심한 나
머지 눈이 멀게 되었다는 말이다. '눈이 멀었다'는 말은 세상을 볼 수 없게

되었다는 말이다. 곧 세상의 가치를 볼 수 없게 되었다는 말이 된다. 결국 세상의 어떤 가치 있는 것도 의미 없게 되었다는 말이다. 그만큼 마음이 아프다는 사실을 나타내 준다. 류달영은 「슬픔에 관하여」라는 글에서 이 슬픔을 '천붕(天朋)'보다 더한 것이라고 했다. 그만큼 아픔의 크기가 크다는 말일 것이다.

사람들은 부모를 잃은 경우, 나의 몸 밖인 우주적인 일, 즉 하늘의 무너짐에 비유했고, 자녀를 잃은 경우, 자기 자신의 내부 문제로 국한시켜 신체의 일부분인 눈이 상실된 것에 비유했다. 사람들은 존속과 비속을 이렇게 서로 대비시켜 아픔의 깊이와 강도를 표현했다.

자녀를 잃은 어버이의 마음을 나타내는 또 다른 말로 '참척(慘慽)'이라는 말도 있다. '참혹한 슬픔'이라는 말이다. 모두 가슴 아픈 일을 나타낸 말이다. 사람들은 슬픔에 대하여 아픔의 정도를 다른 어떤 말로 표현할 수 없어서 이런 말들을 만들어 냈다.

이번에는 남매를 잃고 그 슬픔을 가슴속으로 수만 번 울어야 했던 한 어머니의 시를 보자.

곡자(哭子)

지난해에는 사랑하는 딸을 잃었고
올해는 사랑하는 아들을 잃었네.

슬프고 슬픈 광릉 땅에
두 무덤이 만들어졌구나.

백양나무에는 으스스 바람이 일어나고
도깨비불은 숲속에서 번쩍인다.

지전으로 혼을 부르고
너희 무덤에 술잔을 따른다.

아아, 너희 남매 혼들은
밤마다 정겹게 어울려 놀아라.

비록 뱃속에 아기가 있다 한들
어찌 그것이 자라기를 바라리오.

황대 노래를 부르며
피눈물로 울다가 목이 메도다.

원문		
去年喪愛女(거년상애녀)	今年喪愛子(금년상애자)
哀哀廣陵土(애애광릉토)	雙墳相對起(쌍분상대기)
蕭蕭白楊風(소소백양풍)	鬼火明松楸(귀화명송추)
紙錢招汝魂(지전초여혼)	玄酒奠汝丘(현주전여구)
應知弟兄魂(응지제형혼)	夜夜相追遊(야야상추유)
縱有服中孩(종유복중해)	安可冀長成(안가기장성)
浪吟黃臺詞(낭음황대사)	血泣悲呑聲(혈읍비탄성)

먼저 화자가 설명하는 현실을 살펴보자. 화자는 지난해에 딸을 잃었고, 올해에는 아들을 잃었다. 하나를 잃은 것도 억장이 무너지는 일일진대, 연이어 둘씩이나 잃었다. 상명지통이 맞는 말이라면 화자는 두 눈을 다 잃어버린 셈이다. 세상을 볼 수 없게 되었다는 말이다. 이제 세상의 모든 가치가 의미 없게 되었다는 말이다.

화자의 완전한 절망은 아픔에 대하여 다른 표현할 만한 언어를 찾지 못하고 그냥 '슬프고 슬프다'고만 하게 만들었다. 이 슬픔은 자신이 정을 붙이고 평생 살아온 고향마저 슬픔의 땅으로 만들어 버렸다.

허난설헌은 결혼을 했지만 그 생활이 평탄하지 못했다. 그러다 보니 화자에게 희망이라고는 오직 자녀뿐이었다. 그런데 화자는 그런 희망을 잃었다. 그야말로 절망 그 자체이다. 하지만 화자는 마음에서 아이들을 보낼 수 없었다.

이러한 화자의 노력은 자녀의 잔영(殘影)을 만들어 내게 되었다. 바람이 일어나는 것을 아이들의 잔영으로 보게 되고, 어떻게 만들어진 불빛조차도 아이들의 혼으로 보게 되었다. 흔들리는 백양나무 사이에 자녀들이 숨어 있는 모습을 보게 했다. 결국 화자는 정신이 혼미해져 허깨비까지 보게 된 것이다. 맨 정신이라면 일어날 수 없는 현상이다. 말 그대로 상명지통(喪明之痛)이 만들어 낸 현상이다.

화자는 아이들을 가까이에서 볼 수 있을까 싶어 지전으로 혼을 부른다. 하지만 아들을 만날 수도 없고 볼 수도 없다.

화자는 자신의 몸을 불사르게 내주고 갖은 사랑을 다 베풀지라도 다 하지 못할 사랑임을 알고 있다. 하지만 그래도 어머니로서 할 수 있는 최선의 사랑을 베풀기 위해 조심스레 술잔을 붓고 있다. 아마 술잔이 다 부어지기 전에 아들의 무덤은 어머니의 눈물로 이미 흥건히 젖었으리라.

이어 어머니는 기원한다. 너희들은 세상을 떠났지만 저 세상에서만큼은 밤마다 정겹게 놀아라. 어찌할 수 없는 현실 앞에서 엄마가 베풀 수 있는 마지막 선물이자 기원이다.

이렇게 기원은 하지만 어머니의 슬픈 마음은 어느 곳에서도 위로받을 길이 없다. 이러한 심정은 결국 미래 희망마저 절망이 되고야 만다. 태중에 새로운 생명이 있다고는 하나, 그것 또한 있으면 무엇 하겠는가? 먼저 태어난 자녀들이 이렇게 세상을 떠났는데, 태중의 자녀라고 잘 자란다는 보장이 있다는 말인가? 모든 것이 무의미하게 되었다는 말이다.

13구에 나오는 황대사(黃臺詞)는 당나라 고종(高宗)의 시(詩)를 말한다. 당고종에게는 여덟 명의 아들이 있었는데, 위로 넷은 천후(天后)의 소생이었다. 고종은 처음 맏이 홍(弘)을 태자로 삼았다. 그런데 두 번째 왕비가 그를 시기하여 독살시켰다. 그러자 이번에는 둘째인 현(賢)을 태자로 세웠다. 그런데 현(賢) 역시 성품이 밝지 못하고 어눌한 데다가 늘 수심에 찬 생활을 한다는 이유로 쫓겨나 죽고 말았다. 고종은 이 왕자들을 잃은 다음, 슬퍼하여 애도하는 시를 지었다. 그것이 「황대사」이다.

화자가 「황대사」를 끌어온 것은 하소연할 길 없는 심정을 여기에 의탁해서라도 풀어 내려는 마음에서이다. 고종의 마음과 같음을 나타내고 싶어서이다. 그러다가 화자는 결국 피눈물을 흘리며 목이 메고 만다. '참척(慘慽)'이다. 극도의 처참한 슬픔이다. 온몸이 망가지게 생겼다. 허난설헌의 가슴 아픈 사연이 담긴 시이다.

그녀의 호(號)는 난설헌(蘭雪軒), 이름은 허초희(許楚姬)이다. 우리가 잘 아는 바대로, 『홍길동전』의 작가로 알려진 허균의 누이이다. 허난설헌은

1563년(명종 18년) 강릉 초당 생가에서 초당 허엽의 3남 3녀 중 셋째 딸로 태어났다. 그녀가 15세 무렵 서당(西堂) 김성립(金誠立)에게 시집을 갔다. 그러나 결혼 생활은 기대와 다르게 평탄하지 못했다.

난설헌의 뛰어난 재주와 능력은 오히려 시집생활에 방해가 되었다. 사람들이 그녀의 능력을 수용하지 못했고, 세상이 알아주지 못했다. 그래서 결혼 생활마저 행복하지 못했다. 행복하지 못한 결혼 생활과 여성을 업신여긴 시대로 인하여 허난설헌은 고달픈 삶을 살았다.

이런 까닭이어서인지 그녀의 노래에는 우수적이거나 눈물을 나타내는 시어가 많이 등장한다. 환상적이거나 도교적인 내용도 많다. 대부분 현실에서 이루지 못한 한(恨)이 그런 모습을 만든 성 싶다.

아무튼 그녀는 억눌린 삶을 살았다. 그런 가운데서 유일한 즐거움과 희망은 사랑스런 자녀들이었다. 그런데 그 희망인 아이들이 죽고 말았으니, 그녀의 삶은 산산조각 난 것이나 다름없다.

뛰어난 재주를 꽃피우지 못한 한(恨)이 쌓인 탓일까? 아니면 사랑하는 자녀들을 잃은 아픔이 컸던 탓일까? 허난설헌의 뛰어난 문재(文才)는 꽃을 피우지 못하고 말았다. 그녀는 1589년, 27세라는 젊은 나이로 안타깝게 세상을 뜨고 말았다. 비록 짧은 삶을 살았지만 그녀는 213수나 되는 많은 한시(漢詩)를 남겼다. 생의 길이에 비하면 상당히 많은 작품이다.

우리는 허난설헌을 통해서 어머니의 고귀한 사랑과 시대의 질곡을 넘어서려다 멈추어 선 한 여인의 한(恨) 많은 삶을 보았다. 혈육의 정을 뒤로 하고 이별하는 것은 길지 않은 인생 여정에서 더욱 서글프며 안타까운 일이다.

아픔을 노래한 희망

월명사, 「제망매가(祭亡妹歌)」

사랑의 크기를 잴 수 있을까? 사랑을 일정한 규격에 담아 낼 수 있겠느냐는 말이다. 요즘은 머리의 지적 능력인 IQ를 측정하고, 감성지수인 EQ를 알아내는 시대가 되었으니 사랑의 크기도 수치로 나타낼 수 있을는지 모르겠다.

하지만 꼭 절대 기준을 들이대거나 첨단기기를 동원하지 않더라도 사랑의 질적인 깊이는 어느 정도 잴 수 있겠다는 생각이 든다. 그 핵심은 사랑을 잃은 뒤에 느끼게 되는 감정의 크기를 헤아리면 사랑의 크기도 짐작할 수 있기 때문이다.

사람들이 이별을 할 때에 모습을 보면 함께 나누었던 사랑의 크기에 따라 나타나는 반응이 각각 다르다. 단순히 얼마간 교감을 나눈 사람들이라면 헤어질 때 무관심을 보이거나 약간 서운한 감정을 표현한다. 보통 관계보다 좀 더 많은 사랑을 나눈 경우라면 눈물을 흘리거나 마음의 아픔을 겪게 된다. 만일 더 큰 사랑을 나누었다면 하늘이 무너지는 것과 같은 고통을 경험하고, 더한 경우라면 목숨까지도 내놓는 경우가 그것이다.

이러한 가설을 바탕으로 사람들이 나누었던 사랑의 크기를 짐작해 보려고 한다. 신라 시대에 한 스님의 오누이에 대한 사랑 이야기이다.

스님의 도력(道力)은 왕에게까지 알려졌으니, 세상의 작은 일쯤이야 초연할 줄 아는 사람이라고 할 만하다. 하지만 스님은 오누이와 나누었던 사랑 앞에서 흔들리는 모습을 보인다. 그의 사랑은 누이의 죽음을 접하면서 그 크기를 보여준다. 누이를 잃고 마음 아파하는 월명사의 노래이다. 우리 주변에 는 이별을 노래하는 시가 많다. 하지만 월명사의 노래를 볼 때면 언제나 가슴이 뭉클해짐을 느낀다.

일연이 지은 삼국유사에 보면 월명사가 남긴 향가 작품으로 「도솔가(兜率歌)」와 「산화가(散花歌)」, 그리고 이별의 아픔을 노래한 「제망매가(祭亡妹歌)」가 있다. 그 가운데 「제망매가」를 살펴보려고 한다.

월명사는 두 개의 해가 사라지게 할 정도로 뛰어난 도인(道人)이었지만, 혈육의 죽음을 두고서는 인간적인 번뇌를 쉽게 떨칠 수 없었던 모양이다.

제망매가(祭亡妹歌)

삶과 죽음의 갈림길은 늘 있어서 사람들이 두려워하는 일이지만,
'나는 갑니다'는 말도 못하고 허망하게 가 버렸구나

어느 가을 이른 바람에, 여기저기 떨어져 뒹구는 나뭇잎처럼
한 가지(부모)에서 태어났지만, 가는 곳을 알지 못하겠구나

아아, 극락세계에서 만나 볼 것을 기다린 나는

도 닦으며 만날 날을 기다려야겠구나.

生死路는   生死路隱

예 이샤매 저히고   此矣有阿米次肹伊遣

나는 가느다 말ㅅ도   吾隱去内如辭叱都

몯다 니르고 가느닛고   毛如云遣去内尼叱古

어느 フ술 이른 ㅂㄹ매   於内秋察早隱風未

이에 뎌에 쁘러딜 닙곧   此矣彼矣浮良落尸葉如

ᄒ돈 가재 나고   一等隱枝良出古

가논 곧 모ᄃ온뎌   去奴隱處毛冬乎丁

아으 彌陁刹애 맛보올 나   阿也彌陁刹良逢乎吾

道 닷가 기드리고다.   道修良待是古如

이 노래는 10구체 향가로 내용상 세 단락으로 나눌 수 있다. 첫째 단락에서는 요절(夭折)한 누이에 대한 인간적인 안타까움을 노래한 부분이고, 둘째 단락은 한 가지에서 났다는 표현을 들어 한 혈육의 정을 구체화시키고 있다. 세 번째 단락은 인간적인 슬픔과 고뇌를 종교적인 숭고함으로 승화시키는 정신세계 단락이다.

화자는 삶과 죽음의 문제는 언제나 우리 곁에 있어서, 매양 두려운 존재라고 말하고 있다. 죽음은 사람들이 극복할 수 없는 마지막 한계라는 점에서 누구에게나 두려운 존재이다. 그러면서도 죽음은 어느 누구라도 벗어날 수 없는 관문이자, 반복할 수 없는 일이다. 그래서 여기에 도달해서는 마지막을 잘 정리하고 작별인사라도 하는 것이 사람들의 최소한의 바람이다. 그런데 여기에 등장한 동생은 아쉽게도 그것마저 못했다. 한 형제로 태어나서 같이 정을 나누고 사랑한 사람들이었는데 하고 싶은 말이 어디 한두 마디였겠는가? 그런데도 동생은 '제가 이렇게 갑니다'라는 말조차 못하고 영원히 떠나 버렸다. 오빠는 이런 누이가 너무도 얄밉고 서운했다. 그래서 한없이 눈물을 흘린다.

그러면서도 화자는 도리어 동생의 입장을 헤아려 동생을 위로하려고 든다. 살아 있는 오빠에게 죽음을 말하면, 두려움을 느끼고, 이로 인해 오빠의 마음이 상할까 봐 동생은 아무런 말 없이 떠났을 것이라며 생각하고 있다. 화자는 이렇게 위로함으로 마음의 평온을 되찾으려고 노력한다. 하지만 아무런 말 없이 홀쩍 떠나 버린 동생에 대한 그리움은 여전히 지울 수 없다.

3·4행에서는 "태어날 때는 한 가지에서 났지만, 떨어질 때는 그 가는 곳을 모르겠다"고 한다. 여기에서 '한 가지'는 '한 부모' 즉 오누이 관계를 말하고, '가는 곳을 모르겠다'는 말은 아픔의 강도를 나타내는 말이다. 화자는 사후에 극락이 존재한다는 사실을 믿는 신앙인이었다. 그러면서도 '잘 모르겠다'고 방향을 잃은 모습을 보이는 것을 보면 역시 화자가 느끼는 아픔의 크기를 짐작할 수 있다.

오빠는 이런 현실을 인정하고 싶지 않았지만 헤어짐의 현실을 거부할 수 없었다. 그런데 헤어짐의 아픔이 너무 커서 여기에 쉽게 동의하고 싶지 않았다. 태어날 때는 같은 부모에게서 태어나 출발점을 알 수 있었지만, 헤어질 때는 서로 가는 곳을 모르겠으니 답답할 노릇이다. 그래서 화자의 아픔은 더 컸다. 하지만 화자는 여기에서 머무르지 않는다.

형제자매의 죽음을 할반지통(割半之痛)이라 한다. 몸의 절반을 베어 내는 듯한 아픔이란 뜻이다. 우리는 몸에 가시 하나만 박혀도 괴로움이 이만저만이 아님을 잘 알고 있다. 그런데 몸의 절반을 도려냈으니 그 아픔이 오죽하겠는가? 그 아픔의 정도를 상징적으로 나타내 주는 말이다. 지금 화자는 그런 심한 아픔을 느끼고 있다.

화자는 젊은 나이에 죽은 누이를 가을바람에 떨어진 나뭇잎에 비유하여 요절의 슬픔과 허무를 절묘하게 감각적으로 구상화하고 있다. 이는 세상 어느 곳에서도 찾을 수 없는 동생을 그리워하는 오빠의 사랑과 거기에 걸맞은 아픔의 크기가 만들어낸 표현이라 하겠다.

슬픔이 크지만 월명사는 그렇게 아파하고만 있을 수 없었다. 그는 도인(道人)이었다. 그의 도력은 다음과 같은 일화에서도 확인할 수 있다.

신라 35대 경덕왕 19년(760년)에는 이상한 일이 벌어졌다. 서라벌 하늘에 느닷없이 해가 두 개 나타나 열흘 동안이나 사라지지 않았다. 이를 불길한 징조로 여긴 왕은 당시 불교의식으로 재앙을 물리치려고 했다.

왕은 승려이자 향가(鄕歌)의 최고 작가로 알려진 월명사(月明師)를 불렀다. 부름 받은 월명사(月明師)가 「도솔가(兜率歌)」를 부르며 제를 지내자 이상한 현상이 사라지고 다시 재앙이 일어나지 않았다. 이 일로 월명사는 더욱 유명한 승려가 되었다.

그가 가진 신앙은 인생의 보이지 않은 세계를 상상할 수 있는 능력이 되었다. 그는 남다른 능력으로 동생과 헤어지는 아픔을 그냥 아픔으로만 묻어두지 않았다. 그는 헤어지는 아픈 현실에서 눈을 들어 고통이나 괴로움이 없는 곳, 즉 극락세계를 보았다. 다른 세계를 생각하니 위안이 되고 희망이 생겼다. 그곳에 가면 영영히 함께 살 수 있겠다는 믿음이 있으니 말이다.

그래서 화자는 절망을 희망으로 바꾸어 놓는다. '맞아 거기 가서 보는 거야, 동생은 착하고 선하게 살았으니, 틀림없이 극락에서 왕생할 거야.' 그렇다. 이제 극락에 먼저 가 있을 동생에게 내가 찾아가면 되는 것이다. 이렇게 생각하니 '이별'이 슬픔이 아닌 '만남'에 대한 기대가 되었다. 절망이 아닌 희망으로 승화된 것이다. 이제 문제는 내게 달렸다. 내 삶을 내가 어떻게 사느냐에 따라 먼저 보낸 동생을 볼 수 있느냐 없느냐가 달렸다. 화자는 도만 닦으면 되게 생겼다.

화자는 현재 슬픔을 아픔으로 보는 것이 아니라 만날 날을 기약하고 준비해야 하는 인고의 시간으로 인식하게 되었다. 그러고 나니 다소 위안이 되었다. 월명사는 동생의 죽음 앞에서 자기 자신의 삶이 정화되어 한걸음 더 성숙해지는 것을 경험하고, 이별을 희망으로 바꾸는 내면이 있어 아픔을 조금 덜 수 있게 되었다.

3. 번뇌가 사연 되어

방랑자의 노래
김시습(金時習), 「황혼녘의 생각[晩意]」, 「소양정(昭陽亭)」

불사이군(不事二君)의 붉은 마음
이방원, 「하여가(何如歌)」/정몽주, 「단심가(丹心歌)」

거미줄에 걸린 이화(梨花)
이정보, 「광풍에 떨린 이화」, 「국화야 너는 어이」

해우소에서 얼굴이 붉어진 까닭
정지상, 「송인(送人)」

한 지식인의 고민
최치원, 「추야우중(秋夜雨中)」

방랑자의 노래

김시습, 「황혼녘의 생각[晩意]」, 「소양정(昭陽亭)」

　역사는 세상의 모든 일을 기록하지는 않는다. 기록자의 시각에 들어온 의미 있는 일이나 인물들을 선별적으로 기록하게 된다. 따라서 한 개인이 개인사로 무엇을 하거나 먹거나 잠자는 일과 같은 일은 기록이 없다. 하지만 한 개인의 일일지라도 개인이 사회나 국가, 즉 타자와의 관계 속에서 어떤 일을 했을 경우 역사는 관심을 가졌다.

　잘못된 세상을 개혁하려고 나선 사람이나, 뛰어난 학문적 성과를 이루었거나, 탁월한 능력을 지닌 사람이라면 선명하게 기록했다. 또한 어떤 유형의 삶이든 자기 생애 가치를 가지고 아무나 할 수 없는 분명한 태도를 취한 사람들이라면 역사는 소중히 다루었다.

　뛰어난 재능을 지녔으면서도, 세상과 타협하기 싫어 욕망을 속으로 삭이며 자학하는 삶을 산 사람들의 경우 역사는 안타깝게 기록하고 있다. 세상을 철저히 외면하고 고독한 삶을 살았던 매월당(梅月堂) 김시습(金時習)과 같은 인물이 그런 유의 사람이다.

시습은 조선 초기 사람으로 세종대인 1435년에 태어났다. 이때 조선은 왕조의 기틀이 튼실하여 문화적으로 매우 왕성한 시기였다. 뛰어난 능력과 자질을 가진 사람들에게는 능력을 발휘할 만한 매우 좋은 시기였다. 하지만 시습은 그런 기회를 누리지 못한 불운아였다.

김시습은 태어날 때부터 천재적인 능력을 타고 났다. 외할아버지에게서 천자문을 배웠는데, 말이 서툰 두 살 때부터 한문(漢文) 문장이나 말을 다 알아들었다고 한다. 한번은 할아버지가 병풍에 쓰여진 시구(詩句) "화개함 전성미청(花開檻前聲未聽: 난간 앞에서 예쁜 꽃이 피어나되, 소리 하나 들리지 않는구나)"라는 글귀를 손으로 가리키자, 시습이 병풍의 꽃을 가리켰다고 한다. 또 "조제림하루난간(鳥啼林下淚難看: 숲속에서 새가 울되 눈물은 보이지 않는구나)"라는 글귀를 짚자, 역시 손가락으로 새를 가리켰다고 한다.

시습은 세 살 때부터 어려운 한문책을 줄줄 읽고 한시(漢詩)까지 지어냈다고 한다. 이웃에 사는 최치운이라는 학자가 시습에게 문장을 가르쳐 준 일이 있었는데, 그 자리에서 문장을 모두 외웠다고 한다. 이러한 소문이 널리 퍼져, 당시 재상이었던 허조(許稠)에게까지 전해지게 되었다. 허조는 직접 시습을 찾아가 운(韻)자를 주며 그의 재능을 시험한 적이 있었다. "네가 시를 잘 짓는다고 하던데, 늙을 노(老)자를 넣어 시를 지을 수 있느냐?" 했다. 그러자 김시습은 그 자리에서

> 늙은 나무에 꽃이 피는 것을 보니, 마음만은 늙지 않았구려
> **원문** 老木開花心不老(노목개화심불로)

라는 시구(詩句)를 지어냈다. 어린아이의 머리에서 어떻게 이런 글이 떠오

를 수 있을까? 의심이 될 정도다. 시구를 살펴보면 나무가 늙어 고목이 되었다. 생기가 없어 금방이라도 쓰러질 것 같은 모습이다. 그런데 어, 어! 이 나무에 용케 꽃이 피었다. 꽃은 아무렇게나 피울 수 없는 일이다. 그러니 나무는 겉모습과 달리 내면에 싱싱하고 푸른 젊음을 간직한 나무임에 틀림없다. 시습은 꽃을 피운 모습을 보고 늙은 나무에게서 긍정의 내면을 보았던 것이다. 어린아이가 이렇게 나무 내면의 모습을 관찰하여 형상화한 것은 쉬운 일이 아니다. 이를 보고 허조라는 사람은 시습의 재능을 '과연 소문대로구나' 하며 감탄했다고 한다.

시습이 다섯 살 때에는 어려운 「중용(中庸)」과 「대학(大學)」을 깨우쳐서 오세신동(五歲神童)이라는 소문이 장안에 자자했다. 이를 들은 세종대왕(世宗大王)이 시습을 궁(宮)으로 불러 시험한 일이 있었다. 먼저 대왕이 "너의 학문은 백학이 푸른 소나무 끝에서 춤을 추는 듯하구나"라고 칭찬했다. 그러자 시습은 곧 "성스러운 군주의 덕스러움은 황룡이 푸른 바다 가운데서 날아오르는 듯합니다"라는 대구(對句)를 지어 왕을 놀라게 했다. 시습의 재능을 확인한 세종은 "네가 앞으로 성장하여 학업을 크게 이룰 때가 되면 내가 들어 쓰리라"라고 칭찬해 주었다. 그리고 비단 50필을 하사하면서 아이 혼자 힘으로 가져가도록 했다. 그러자 시습이 비단의 끝을 묶어 혼자 가지고 나갔다고 하니 그의 뛰어남을 짐작하게 한다. 이 이야기는 조선 중종 때 유학자 김정국의 『사재척언(思齋撫言)』에 전한다.

시습은 자타가 인정한 뛰어난 사람이었다. 하지만 세상은 그를 수용하지 못했다. 그가 15세 되던 해 어머니가 돌아가시는 것을 시작으로 시련이 이어졌다. 아버지는 고향인 강릉으로 낙향을 하게 되고 병까지 얻어 가사를 돌볼 수 없게 되었다. 그러자 시습은 외숙모의 도움으로 생활하게 된다. 하지만 얼마 안 있어 설상가상으로 친아들처럼 자신을 돌보아 주던 외숙모마저 돌아가시게 되었다. 겨우 어려움의 터널을 뚫고 성장한 시습은 20세가 되어 결혼을 했다. 하지만 그것마저도 행복을 주지 못했다.

보편적인 삶에서 행복을 얻지 못한 탓일까? 아니면 학문에 대한 열정이 컸던 탓일까? 시습은 중흥사에 들어가 오로지 공부에만 열중했다. 그의 이름자가 지닌 뜻대로 시습(時習)[1]한 것이다. 학문에 깊이 탐닉한 결과 시습의 내면에는 철학적인 이론이 서고, 유가적(儒家的)인 가치체계가 굳건히 자리하게 되었다. 그 무렵 시습의 인생에 엄청난 영향을 미치는 결정적인 사건이 일어났다. 1455년에 일어난 계유정란[2]이 그것이다.

단종의 작은아버지인 세조가 왕위를 찬탈했다는 소식이다. 당시 21세였던 시습은 자신이 이제까지 공부해 온 바, 자신이 진리라고 믿었던 가치체계와 전혀 다른 어긋난 일을 만난 것이다. 그것은 자신의 학문적 이념이나 세상의 질서로 봤을 때에도 불의한 사건이었으며, 왕가의 정통성으로 볼 때에도 결코 용납할 수 없는 일이었다. 이는 청년 시습에게 너무나 큰 절망을 안겨준 사건이 되었다.

시습은 밤낮 사흘 동안 방안에 틀어박혀 고민하며 통곡했다. 그것도 모자라 공부를 위해 가져온 책과 지필묵(紙筆墨) 등을 모두 불 태워 버렸다. 이렇게 하고도 만족할 수 없었던지, "남자가 이 세상에 태어나 자기 도를 실천할 수 있는데도 물러나 인륜을 저버린다면 수치가 되겠지만, 도를 실천할

• • • •

1 그의 이름은 논어(論語)의 "때를 따라 배우면 또한 즐겁지 아니한가(學而時習之, 不亦悅乎)"라는 글귀에서 따 지었다.

2 계유정란(癸酉靖亂): 1453년(단종 1년) 수양대군(首陽大君)이 세종·문종 때부터 왕을 섬겨온 원로 신하들을 제거하고 스스로 정권을 잡은 사건.

수 없을 바에는 차라리 제 한 몸이나 깨끗이 하는 것이 낫지 않겠는가?"[3] 하고 자기 머리털을 손수 가위로 자르고 홀연히 절을 떠나 버렸다. 이때부터 시습은 염세적인 기분에 사로잡혀 일개 초라한 승려로 방랑 생활을 시작한다.

이런 시습의 행적이 나중에 유학사(儒學史)에서 문제시되어 유학의 이단자로 취급받기도 했다. 시습은 유학적 사회질서가 유지되지 못하고 종법질서가 무너진 사회 속에서는 자신이 갈고 닦은 학문적 진리와 바른 가치관이 실현될 수 없다고 생각했다. 그러자 곧바로 그릇된 세상과 타협하지 않고, 세상을 거부한 태도를 나타냈다. 이러한 삶에서 겪게 되는 여러 감정을 시습은 이렇게 담았다.

> ### 황혼녘의 생각[晚意]
>
> 온 골짜기 수많은 봉우리 밖에서
> 뜬구름 사이로 외로운 새가 돌아오는구나.
> 올해는 이 절에서 보내건만
> 다음해는 어느 산을 찾을까.
> 바람이 자니 창마저 조용하고
> 향이 사라지니 선방마저 한가롭구나.
> 이 생 내가 이미 단념했으니
> 내 자취 구름 사이에 머물리라.

• • • •

3 『매월당시사유록(梅月堂詩四遊錄)』.

방랑자의 노래
김시습(金時習), 「황혼녘의 생각[晚意]」, 「소양정(昭陽亭)」 97

원문 萬壑千峰外(만학천봉외)   孤雲獨鳥還(고운독조환)

此年居是寺(차년거시사)   來歲向何山(래세향하산)

風息松窓靜(풍식송창정)   香銷禪室閑(향쇄선실한)

此生吾己斷(차생오이단)   棲迹水雲間(루적수운간)

이제 세상에는 진리가 사라져 혼란스럽게 되었다. 이런 속된 질서에 시습은 자신의 천재적인 소질과 능력을 나타내고 싶지 않았다. 세상의 흐린 물에 갓은 물론 발마저 씻을 수 없다고 생각한 모양이다. 자신의 흔적마저 구름 속에 남기려고 한 것을 보면 시습은 속세의 인연을 완전히 끊으려고 마음먹은 것으로 보인다. 결국 시습은 자신의 이념과 생각을 따라 세상을 등지고, 제도권 밖을 방황하게 된다.

화자는 혼자 살아가야 하는 자신의 외로움을 홀로 된 새와 구름으로 동일화했다. 시류에 합류하지 않고, 세상에서 벗어난 자신의 삶에서 나온 고독과 안타까움이 시의 기저를 이루고 있다. 시습은 "이 생 내가 이미 단념"함으로 세상과의 단절을 선언한다. 오염된 세상과 유리된 삶을 살려고 하니 이 세상 어디에도 머무를 곳은 없어졌다. 시류와 타협하지 않고 곧은 의지를 따라 살려는 천재의 곡진한 삶이 담겨 있다.

시습은 자신의 가치 철학을 흔들어 놓고 세상의 질서를 무너뜨린 사람으로 세조를 지목했다. 시습에게 세조는 그 자체가 불의(不義)이자 더할 수 없는 죄악이었다. 그러니 세조와 관련된 일이라면 분함이 일었다. 그런 그가 서강을 여행하던 중 세조의 수족인 한명회의 시를 접하게 되었다.

> 젊어서는 나랏일을 돕고
> 늙어서는 강호에 묻힌다.
>
> **원문** 青春扶社稷(청춘부사직)
>   白首臥江湖(백수와강호)

불의를 저지른 무리의 그럴싸한 시를 본 시습은 그냥 넘어갈 수 없었다. 곧장 한명회의 시를 다시 고쳐 지었다. '扶(부)'자 대신에 '亡(망)'자를, '臥(와)'자 대신에 '汚(오)'자로 고쳐 넣었다. 그러면 이런 뜻의 시가 된다.

> 젊어서는 나라를 망치고
> 늙어서는 세상을 더럽힌다.
>
> **원문** 青春亡社稷(청춘망사직)
>   白首汚江湖(백수오강호)

시습이 한명회를 이렇게 맹렬하게 비꼬자, 사람들이 이에 동조하며 함께 비웃었다고 전한다. 시습의 가치관과 철학을 엿볼 수 있는 대목이다. 한명회 자신은 국가를 위해 헌신·충성했다고 하지만, 시습이 보기에는 종법질서를 무너뜨리고 나라를 망쳐 놓은 못된 사람이었다. 그래서 시습은 '늙어서 세상을 더럽힌다'고 일침을 놓았다.

그가 무엇을 삶의 가치로 여기고 살았는지를 일러 주는 대목이다. 시습이 천재적인 재능을 묻히고 방황하면서 얻고자 했던 진리와 정의가 무엇이었는가를 알게 해 준다. 누추하게 불의와 타협하느니, 차라리 정의를 위해 한평생 방랑의 삶을 살겠다는 의지를 볼 수 있다.

한번은 시습이 관동지방을 유람하던 중 춘천에 있는 청평사에 머무르면서 이런 노래를 지었다.

소양정(昭陽亭)

새는 밖으로 하늘 끝까지 날아가는데
내 근심의 한은 끝조차 모르겠구나.
산은 태반이 북에서 뻗어 내려오고
강은 절로 서쪽으로 흐르는구나.
기러기 앉는 모래밭은 아득히 멀고
배가 돌아오는 언덕은 그윽하여라.
어느 때에 어그러진 세상 일 떨쳐 버리고
흥에 겨워 여기서 다시 놀아볼까.

원문		
鳥外天將盡(조외천장진)	愁邊恨不休(수변한불휴)
山多從北轉(산다종북전)	江自向西流(강자향서류)
鴈下沙汀遠(안하사정원)	舟回古岸幽(주회고안유)
何時抛世網(하시포세망)	乘興此重遊(승흥차중유)

미물처럼 보이는 작은 새는 자유롭게 마음대로 하늘 끝까지 날아간다. 그야말로 자유로운 모습이다. 그런데 세상과 타협하지 않고 유랑객으로 살

아가는 화자는 자유롭지 못하여 걱정도 많고 한(恨)도 많다. 이는 자신의 거처가 없고 신세가 초라하기 때문에 맺힌 한이 아니다. 호의호식하지 못하고 세상을 전전해야 하는 자신의 모습이 서러워서 그런 것도 아니다. 진리라고 여긴 유가적 근본이념이 철저히 무너져 내린 곳에서 불사이군[4]의 절의를 지키고 견뎌야 하는 현실이 한이 된 것이다.

시습은 자신이 뼈저리게 깊이 느낀 한은 결코 풀릴 수 없다는 사실을 잘 알았던 것 같다. 시습의 내면에 깊이 스며든 한스러움은 그의 다른 문학작품에서 재탄생하고 있으니 말이다. 시습은 현실에서 이루지 못한 일들을 작품 속에서나마 토해 냄으로 내면의 정화를 이루려 했는지 모르겠다. 아무튼 그의 역작 『금오신화(金鰲新話)』에 등장한 주인공들의 모습은 매월당 자신의 삶과 많이 닮았다.

『금오신화』는 우리나라 최초의 한문소설로 다섯 편의 이야기가 들어 있다. 「만복사저포기(萬福寺樗蒲記)」, 「이생규장전(李生窺牆傳)」, 「취유부벽정기(醉遊浮碧亭記)」, 「남염부주지(南炎浮洲志)」, 「용궁부연록(龍宮赴宴錄)」이다. 공교롭게도 이들 작품 속에 흐르는 기조는 전반적으로 비극적이다. 작품 속에 등장한 인물들의 삶은 대체로 정상적이지 못하고 비극적으로 시습의 삶과 무관해 보이지 않는다. 여기에 등장하는 남성 주인공은 모두 재주가 뛰어나고 훌륭하지만, 현실에서 소외된 젊은 지식인들이다. 이러한 인물 형상은 시습이 안고 있는 문제가 현실에서 해결될 수 없는 사안이어서, 작품 속에서 비현실적인 존재들과 그 회포를 푸는 것으로나마 위안을 삼으려는 작가의 의도가 아닌가 싶다.

● ● ● ●

4 불사이군(不事二君): 두 임금을 섬기지 아니함.

이렇게 비현실적인 담론으로나마 회포를 푼 시습은 생의 마지막까지 유리하는 생활을 하게 된다. 말년에 건강의 한계를 느낀 시습은 충청도 홍산에 있는 무량사라는 절에 거처를 마련했다. 여기에서 그는 자신의 학문과 철학을 세상에 펼쳐보지도 못한 채, 1493년 2월 58세로 생을 마쳤다.

김시습의 시와 일생은 불의한 현실과 타협하지 않으려는 한 지식인의 저항이었다. 시습은 잘못된 현실에서 문제가 시작되었건만 그 잘못을 타자에게로 전가하지 않고 도리어 자신의 내면으로 끌어들여 끝내 자학하는 모습으로 저항했다.

결국 이 저항은 현실 세계에서 끝까지 수용되지 못했다. 그래서 그의 생이 아깝고 아쉽고 안쓰럽다. '꼭 이렇게까지 자학했어야 했을까' 하는 생각까지 든다. 그릇된 현실과 적당히 타협할 수 없었는지……. 시대의 질곡 한가운데서 재능의 꽃을 피우지 못한 한 천재의 삶이 안타까움을 준다.

불사이군(不事二君)의 붉은 마음

이방원, 「하여가(何如歌)」
정몽주, 「단심가(丹心歌)」

고려는 1388년 이성계(李成桂)를 우군도통사(右軍都統使)에 임명하고 요동정벌(遼東征伐)을 명했다. 하지만 이성계는 그 명령에 따르지 않고, 위화도(威化島)에서 군대를 이끌고 개성으로 돌아와 버렸다. 일명 위화도 회군 사건이다.

개성으로 돌아온 이성계 일파는 반대파인 최영(崔瑩) 등을 제거한 다음, 우왕을 폐위시키고 아들 창(昌)을 왕위에 오르게 했다. 그리고 자기 세력을 키워 마침내 1392년(공양왕 4년) 고려를 무너뜨리고 조선을 세웠다. 이른바 역성혁명(易姓革命)을 이룬 사건이다.

이처럼 나라가 망하고 새로운 국가가 설 때면 사회는 물론 나라의 녹을 먹는 관리와 지식인들도 함께 어려움을 겪는다. 새로운 나라의 질서를 수용하여 적극 참여할 것인가, 아니면 꺼져 가는 등불같이 힘없는 나라를 되살리기 위해 목숨을 바쳐야 할 것인가? 순간순간 기로에 서기 때문이다.

어려운 시대를 살았던 사람들의 보면 대체로 힘의 원리에 따라 새로운 나라를 위해 몸 바쳐 높은 관직에 오른 사람, 정세와 상관없이 무기력하게 앉아서 나라의 혼란스러움이 극복되기를 기다리는 사람, 쓰러져 가는 나라를 재건하기 위해 목숨 바치는 사람으로 나누어짐을 볼 수 있다.

정몽주[1] 같은 충신들은 불사이군(不事二君)을 외치면서 맨 후자에 삶을 걸었다. 하지만 대세는 새로운 세력에게로 기울어 충신들의 삶은 고난을 예고했다. 구질서를 유지하려던 충신들의 태도는 새로운 질서를 추구하려던 사람들에게 장애가 되었기 때문이다.

정몽주는 어느 날 이성계가 병으로 누웠다는 소식을 듣고 병문안에 나섰다. 지난날 공양왕을 함께 영립(迎立)했던 지기(知己)의 정(情)을 잊을 수 없었던 모양이다. 이 자리에서 정몽주는 이방원[2]을 만나게 되었다. 이방원은 새로운 왕조에 참여하지 않은 정몽주를 몹시 미워하고 있었다. 먼저 이방원이 나서서 정몽주의 마음을 떠 보려는 시를 건넸다.

하여가(何如歌)

이런들 어떠하며 저런들 어떠하랴
만수산 칡이 얽어진들 어떻겠느냐

• • •

1 정몽주(鄭夢周, 1337~1392년): 고려 말의 문신(文臣)이며 대학자이자 충신. 자(字)는 달가(達可)이며 호(號)는 포은(圃隱), 시호(諡號)는 문충(文忠)이다. 문집에는 『포은집(圃隱集)』이 있다.
2 이방원(李芳遠): 자(字)는 유덕(遺德)이며 휘(諱)는 방원(芳遠)이다. 태조(太祖) 이성계의 다섯 번째 아들로 어머니는 신의왕후 한 씨이다.

> 우리도 이같이 얽어져 백 년을 누리세

원문 이런들 엇더ᄒ며 뎌러ᄒᄂᆞᆯ 엇더ᄒ리
萬壽山[3] 드렁츩[4]이 얽어지다 긔 엇더ᄒ리
우리도 이 것치 얽어져서 百年ᄭᆞ지 누리과져.

— 『청구영언(靑丘永言)』[5]

『해동악부』에 한역(漢譯)되어 전하는 원문에는 중장에서 "성황당(城隍堂) 뒤 담이 무너진들 어떠하리"라고 기록하여 『청구영언』의 내용과 다르게 옮겨져 있다.

노래 뜻은 신흥 세력인 이성계 일당이 수구 세력의 원로인 정몽주에게 화해와 타협을 제안한 내용이다. 변혁기의 복잡하고 어려운 현실 문제를 두고 시비(是非)를 가리지 말고, 세상의 흐름에 따라 새 왕조에 합승하자는 내용이다.

만수산 드렁츩이 이리저리 뒤얽혀서 살아가듯 고려니 조선이니 따지지 말고 둥글둥글 얽히어 편안하게 살면서 영화를 누리자고 권유하고 있다.

• • •

3 만수산(萬壽山): 개경 서쪽 교외에 있는 고려 왕실의 일곱 능이 있는 산 이름. 곧 고려를 나타냄.

4 여기서 드렁츩(칡)은 당시의 정적들을 의미함.

5 『청구영언(靑丘永言)』: 조선 영조 때의 가인(歌人) 남파(南坡) 김천택(金天澤)이 고려 말엽부터 편찬 당시까지의 여러 사람의 시조를 모아 1728년(영조 4년)에 엮은 고시조집. 현재까지 전해지는 가집(歌集) 중 가장 방대하고 편찬 연대가 오래되었다. 『해동가요(海東歌謠)』, 『가곡원류(歌曲源流)』와 아울러 3대 가집으로 꼽힌다.

이방원의 정치적인 모사를 담은 상징적인 노래로 타협을 위한 일종의 회유가(懷柔歌)라 하겠다.

이방원은 역성혁명의 성공을 위해 수많은 정적을 죽이는 살벌한 사람이었다. 그러면서도 노선을 달리하는 사람의 마음을 사로잡으려는 심리전을 펴, 정적을 향한 마지막 회유를 시도하려고 했다. 하지만 정몽주는 이에 넘어가지 않고 자신의 의지를 굳히는 노래로 답하게 된다. 정몽주의 노래 「단심가(丹心歌)」를 보자.

단심가(丹心歌)

이 몸이 죽고 죽어 일백 번 고쳐 죽어
백골이 티끌 되어 넋이라도 있고 없고
임 향한 일편단심이야 가실 줄이 있으랴.

원문 이 몸이 죽고죽어 一百 番 곳쳐 죽어
白骨이 塵土ㄱ되여 넉시야 잇고 업고
님 向한 一片丹心이야 ㄱ실 줄이 이시리랴.

—『청구영언(靑丘永言)』

정몽주는 자신의 뜻과 신념을 분명히 선언하고 있다. "이 몸이 죽고 죽어 일백 번 고쳐 죽어……", 가혹하리만큼 냉철한 결단이다. 한 번밖에 없는 죽음을 백 번 되풀이한다고 했다. 한번 굳힌 마음의 결정을 털끝만큼이라도 변화시킬 수 없다는 말이다. 자신의 변치 않은 의지를 강조하기 위해 같

은 말을 반복 사용했다.

화자는 지금 자신이 죽게 되면 무덤에 묻히게 되고, 그다음 썩어서 흰 뼈만 남게 될 것을 잘 알고 있다. 그리고 혼(魂)은 하늘로 돌아가고, 백(魄)은 땅으로 돌아가 사라지지 않을 존재임도 알고 있다. 이러한 시간은 엄청난 시간을 필요로 한다. 그런데 정몽주는 이 영원한 존재가 없어지는 영원 이후가 되어도 자신의 마음은 결코 변할 수 없다고 한다. 반복법과 점층법을 통하여 그의 강한 다짐과 의지를 분명히 하고 있다.

이 노래를 들은 이방원은 정몽주의 군은 절의를 결코 회유할 수 없다고 판단했다. 결국 문객(門客) 조영규(趙英珪) 등을 동원해 정몽주를 선죽교(善竹橋)에서 격살(擊殺)시키고 말았다.

이렇게 수구 세력을 정리한 이방원은 마침내 정종(定宗)에 이어 조선 3대 왕위에 올랐다(1400~1418년). 그는 태조가 이복 아우인 방석(芳碩)을 세자로 책봉하자, 이에 불만을 품고 1398년(태조 7년) 중신(重臣) 정도전, 남은 등을 살해하기도 했다. 이어 강 씨 소생의 방석(芳碩), 방번(芳蕃)을 귀양 보내면서 도중에 죽여 버리기도 했다. 이른바 1차 왕자의 난이다. 이때 방원(芳遠)은 세자로 추대되었으나, 동복 형인 방과(芳果: 定宗)에게 양보했다.

1400년(정종 2년)에는 이른바 2차 왕자의 난이 일어났다. 넷째 형인 방간(芳幹)이 박포(朴苞)와 공모하여 방원 일당을 제거하려는 일이었다. 방원은 이를 즉시 평정하고 세제(世弟)에 책봉되고, 곧 정종(定宗)이 양위[6]하여 조선 제3대 왕에 올랐다.

옛사람들은 성현을 '여세추이[7]를 잘하는 사람'이라고 정의했다. 그렇다

• • • •

6 양위(讓位): 왕위를 물려받음.

면 충절과 지조를 지킨 사람들은 세상의 변화에 적응하지 못한 이들이었을까? 아니면 절개를 낳도록 만든 시대의 흐름 때문일까? 아무튼 자기 신념에 따라 목숨을 거는 일은 아무나 할 수 없는 큰일이라 하겠다.

시속에서 흔히 '성공한 쿠데타는 무죄'라는 말이 있다. 조선은 구세력을 몰아내고 새 나라를 이루는 데 성공했다. 그렇다면 그들의 야욕은 정당한 것이었을까? 아니면 포은은 시대의 흐름을 잘못 읽은 어리석은 사람일까? 역사는 이들의 옳고 그름을 쉽게 평가하지 않는다. 하지만 수많은 사람을 죽음으로 내몰고, 자신의 야욕을 채우려는 사람 앞에 우직하리만큼 자신의 생각을 굽히지 않은 포은의 삶은 아무나 따를 수 없는 고귀한 삶이라 하겠다. 그래서 「단심가」를 생각하면 마음이 굳어지기도 하고 안쓰럽기도 하다.

생각을 달리하는 사람에게 시대의 흐름에 함께하자고 노래로 권유하고, 이를 굳은 지조로 받아낸 사람들의 삶은 우리에게 많은 의미를 준다. 비정하고 냉정한 정치세계에서 벌어진 사건이 시대의 불화에서 어떻게 살아야 할 것인가의 이정표를 던져주어 우리 가슴속에 영원히 남아 있다.

• • •

7 여세추이(與世推移): 세상의 흐름에 맞추어 잘 적응해 감을 이르는 말로, 굴원(屈原)의 「어부사(漁父辭)」에 나온다.

거미줄에 걸린 이화(梨花)
이정보, 「광풍에 떨린 이화」, 「국화야 너는 어이」

버섯을 연구하는 사람들에 따르면, 송이버섯의 경우 생장 조건이 좋으면 포자를 만들지 않고 환경에 맞추어 뿌리로만 살다가 그냥 죽는다고 한다. 그런데 급격한 온도 변화와 같이 생존을 위협하는 특별한 환경이 조성되면 그때야 포자를 만들어 번식한다고 한다. 참 이상한 일이다. 환경이 좋으면 번식을 더 잘할 것 같은데, 우리 생각과는 달리 반대 일이 벌어지니 말이다.

역사에 큰 족적을 남긴 사람들의 삶을 보면 이 버섯의 생태를 떠올리게 된다. 그들은 결코 평탄하지 않은 어렵고 힘든 삶을 살면서 세상이 기억할 만한 큰일들을 이루었으니 말이다. 그리고 보면 인생에서 만나게 되는 환란이나 어려움들은 역설적이게도 사람들을 패배로 이끄는 못된 것만이 아닌 것 같다. 도리어 성숙하게 만들고 멋들어지게 만드는 경우가 많으니 말이다.

이러한 원리는 글을 쓰는 사람들에게도 적용되는 것 같다. 이들에게 고난은 글을 멈추게 하는 장애물이 아니라, 오히려 더 정교하게 만들어 주는 경우가 많았기 때문이다. 우리가 아는 불후의 명작 가운데는 어려운 여건 속에서 태어난 작품들이 많다. 아마 묵객들은 시련을 만나면 사물을 더 섬세하게 보고, 자신을 더 철저하게 성찰하는가 싶다.

조선 후기 영조 때의 문신 이정보(李鼎輔, 1693~1766년)에게서도 그런 모습을 발견하게 된다. 그는 이조판서와 예조판서를 지냈는데, 그는 관직생활을 편안하게 하던 때보다 그 반대로 어려움을 만나면서 더 관조적인 시를 썼다.

이정보가 만난 어려움은 자신의 견해와 다른 왕의 정책을 접하면서부터 시작되었다. 당쟁의 회오리를 경험한 영조는 왕위에 오르면서 탕평책(蕩平策)을 강력히 추진했다.[1] 이 정책에 대해 다른 생각을 가지고 있던 이정보는 1736년 지평(持平) 때 탕평책에 반대하는 시무십일조(時務十一條)를 올리게 되었다. 왕은 이를 못마땅하게 여기고 그를 파직시켰다.

왕은 이정보에게 미안했던지, 아니면 그의 뛰어난 능력을 묻어둘 수 없어서였던지 1737년 다시 부수찬(副修撰)에 기용한 것을 시작으로 부제학(副提學)·대사간·대사성(大司成)·승지(承旨)의 일을 맡겼다. 그러다가 관직 말년인 1750년에 이정보는 재차 탕평책을 반대하다가 다시 인천부사(仁川府使)로 좌천되고 말았다. 이런 인생 여정을 거치면서 이정보의 문학세계는 이전보다 더 넓어지고 관조적이게 되었다.

• • •

[1] 영조는 당쟁의 폐단을 뼈저리게 느낀 임금으로, 1724년 즉위하자마자 당쟁의 폐단을 지적하고 당파를 초월하여 인재를 등용하기에 힘썼다. 구체적으로 일반 유생(儒生)들의 당론에 관련된 상소를 금지시켰고, 1742년 **성균관** 입구에 '탕평비'를 세우는 등 당쟁 해소에 심혈을 기울였다.

광풍에 떨린 이화

광풍(狂風)에 떨어진 배꽃 가며오며 날리다가

가지에 못 오르고 거미줄에 걸렸구나

저 거미 떨어지는 꽃인 줄 모르고 나비 잡듯 하는구나.

원문 狂風에 썰린 梨花 가며오며 날리다가

가지에 못 오르고 거믜줄에 걸리것다

저 거믜 洛花ㄴ 줄 모르고 나뷔 잡듯 하랏다.

— 『가곡원류(歌曲源流)』

    화자는 급변하는 정치적 상황을 광풍(狂風)이라 표현하고, 광풍에 떨어져 나간 자신을 '떨어진 배꽃'에 비유했다. 그리고 그러한 환경에 정착하지 못한 자신의 신세를 이리저리 흩날리는 꽃잎에 비유했다. 또한 파직되고 좌천되는 모습을 거미줄에 걸려 자유롭지 못한 몸으로 나타냈다.

    이러한 처지에 놓인 이정보를 더욱 힘들게 했던 것은 거미가 배꽃을 나비로 착각한 것이다. 곧 진실이 아닌 것을 진실로 착각하며 얽어매는 것이었다. 종장에서 화자가 "낙환 줄 모르고 나뷔"라고 표현한 것은 자신을 향한 정치적인 판단이 잘못되었음을 말한다. 그는 그렇게 처량하게 걸리고 잡히는 것을 아쉬워하면서도 뭔가 판단이 흐린 거미를 비웃고 있다.

    이렇게 이정보는 자연에 의탁하여 자신이 하고 싶은 말을 효과적으로 드러내고 있다. 독자에 따라서는 이정보가 언급하지 않은 내면의 세세한 이야기까지도 더 많이 읽어 낼 수 있다.

이정보는 말년이 되어서도 지난날 정치 현장에서 자신이 취한 태도에 대해, 자부심을 갖고 있었던 것 같다. 곧 자신의 선택과 생각이 그릇되지 않았음을 확신했던 것이다.

국화야 너는 어이

국화야 너는 어찌하여 따뜻한 봄철이 다 지나간 후에야

이렇게 추운 계절에 너 홀로 피었느냐?

아마도 오상고절(傲霜孤節)[2]은 너뿐인가 하노라.

> **원문** 菊花야 너는 어이 三月東風 다 보내고
>
> 落木寒天에 네 홀로 픠엿는다
>
> 아마도 傲霜高節은 너뿐인가 하노라.
>
> ─『가곡원류(歌曲源流)』

국화는 따뜻한 계절을 마다하고 서리가 내리는 차가운 시절을 골라 피어나는 꽃이다. 그래서 지사(志士)의 절개를 비유한 언어가 되었다. 여기에서도 국화는 같은 의미로 이정보 자신을 가리키는 말이다.

'낙목한천(落木寒天)'이라는 말은 만물이 견디기 힘든 추운 시절이다. 이런 때를 골라 피는 국화는 참 대견하고 멋진 꽃이다. 아무도 좋아하지 않은 추운 때를 골라 피웠다는 말은 화자 자신이 아무도 동조하지 않은 때에 하고

• • •

2 오상고절(傲霜高節): 매서운 서리를 이겨 내는 꿋꿋하고 높은 절개.

싶은 일을 했다는 것을 의미한다. 화자 자신의 긍지와 자부심을 나타낸다.

이정보는 사물에 빗대어 자신의 삶에 대한 신념을 새롭게 다짐하고 있다. 자기가 명예를 버려가며 선택한 삶이라서 옳고 그름을 떠나 의미 있는 것으로 자랑하고 있다.

후대 사람들은 탕평책은 의미 있는 정책이었다고 평가한다. 그러고 보면 이정보의 판단은 꼭 옳은 것만은 아니었다. 하지만 당대 현장에서 현실을 파악한 이정보는 자신의 판단이 절대적으로 옳은 일이었고, 틀림없는 바른 간언이라고 생각했다. 그러니 이정보는 결코 자신의 의지를 굽히지 않았던 것이다. 그래서 오상고절(傲霜孤節)의 국화는 이정보에게 의미 있는 존재가 되었다.

그는 글씨와 한시(漢詩)에도 능했을 뿐 아니라 시조에도 재능을 발휘하여 78수나 되는 작품을 남겼다. 순탄한 인생길에 어려움을 만났으되 여기에 맞서 자신의 가치관을 실현한 일은 옳고 그름을 떠나 아무나 할 수 없는 일이다.

해우소에서 얼굴이 붉어진 까닭

정지상, 「송인(送人)」

우리나라 고전 문학사에서 대표적인 라이벌을 들라 하면 흔히 정지상과 김부식을 든다. 두 사람은 같은 시대에 살았으면서 정치적인 면에서 서로 경쟁을 했고, 문학적인 면에서도 그 특징을 서로 달리했기 때문이다. 문학적인 면에서 정지상이 개인의 서정을 옥 같은 시어로 노래한 반면, 김부식은 유가적 엄숙주의를 풍긴 문인이었다. 정치적인 면에서도 둘은 반대 입장을 취하여 서로 정적이 되었다. 둘 사이의 관계가 어떠했는지 그 삶을 살펴보고 후대 사람들이 만들어 낸 일화를 통해 그들의 관계를 들여다보자.

정지상(鄭知常, ?~1135년)은 고려 인종(1122~1146년) 때 서경에서 태어난 사람으로 고려 시대 최고 문인이었다. 그는 시적(詩的) 재능이 뛰어나 아름다운 시를 쓰는 훌륭한 대시인(大詩人)으로 평가받았다. 그의 작품들을 보면 이런 평가가 결코 어긋나지 않았음을 쉽게 알 수 있다. 우선 이별을 주제로 노래한 정지상의 「송인(送人)」이라는 시를 감상해 보자. 이별의 아픔을 이보다 더 절창한 시가 없다고 할 정도로 극찬한 명작이다.

송인(送人)

비 그친 긴 언덕에 풀빛이 푸르기만 한데
임 보내는 남포에는 슬픈 노래뿐이네.
대동강 물은 언제나 다 마를까?
해마다 이별의 눈물이 더해지거늘.

원문 雨歇長堤草色多(우헐장제초색다)

送君南浦動悲歌(송군남포동비가)

大洞江水何時盡(대동강수하시진)

別淚年年添綠派(별루년년첨록파)

첫 구에서 화자는 비가 그친 긴 둑의 풀빛이 봄의 따스함과 포근함으로 싱그럽다고 했다. 두 번째 구에서는 화자를 둘러싸고 있는 외적 환경은 좋은 시절인데, 사랑하는 사람과 헤어져야 하는 화자의 내면 세계는 그러지 못함을 말하고 있다. 화자는 만물을 소생시키는 봄이라는 긍정의 언어와 마음을 아프게 하는 이별이라는 부정을 서로 대비시켜 그 슬픔의 강도를 극도로 높여 놓고 있다. 이렇게 해서 화자는 이별의 아픔의 크기가 지대함을 나타냈다.

세 번째 구와 네 번째 구에서는 과장법을 동원해 그 강도를 더 높여 놓았다. 임과 이별한 사람들의 눈물이 끊임없이 강물에 보태져, 대동강 물이 언제나 마르지 않겠다고 말한다. 비유와 도치, 그리고 과장과 같은 비유법을 들어 임과 이별한 일이 너무도 큰 슬픔임을 나타내고 있다. 그래서 사람들은 이 「송인」을 이별을 노래한 백미(白眉)라고 평가했다.

이 시가 개경 사람들에게 널리 알려지자, 금방 묵객들의 입에 오르내리게 되었다. 그러자 인종(仁宗)은 정지상을 조정으로 불러들여 시회(詩會)에 참여하게 했다. 그러다가 마침내 정지상의 정치적인 능력을 인정하여 정치무대에 기용하기도 했다. 정지상의 정치적인 성장은 왕의 은총을 기대했던 다른 사람들의 표적이 되어 시기와 질투의 대상이 되었다. 그 대표적인 인물이『삼국사기(三國史記)』를 편찬한 김부식(金富軾, 1075~1151년)이다.

김부식은 정지상과 같은 시대 인물로 개경 사람이다. 젊은 날부터 문재(文才)를 인정받아 일찍부터 벼슬을 했다. 개경 문단에서 김부식이 명성을 떨칠 때, 서경 출신 정지상이 뒤늦게 과거에 장원급제하면서 개경에 알려지게 되었다. 두 사람은 조정에서 함께 시를 논하고 의정에 관여했지만, 생각은 서로 달랐다. 그래서 둘은 사소한 시구(詩句) 때문에 갈등을 빚기도 했다. 이규보가 편찬한『동국이상국집』에 따르면 그 갈등의 단초는 다음 시구(詩句)에서 비롯되었다고 한다.

> 임궁(琳宮)에서 수련을 마치고 나오니
> 하늘빛이 참 유리처럼 맑고 깨끗해 보이는구나.
>
> **원문** 琳宮梵語罷(임궁범어파)
> 　　　天色淨琉璃(천색정유리)

어느 날 정지상이 수련을 마치고 나왔다. 마음이 깨끗하고 맑아져 세상 탐욕까지 사라지는 기분이 들었다. 그런 경험만으로도 정지상은 '세상에 이렇게 편안하고 기쁜 삶이 있을까?' 하는 마음이 들어 매우 만족스러워했다. 도인(道人)의 마음으로 사물을 보니, 세상 만물이 모두 아름답게 보였다.

그런 마음의 눈으로 하늘을 보았다. 1년 중 대부분 하늘이 푸른 하늘이었건만, 지금 보고 있는 하늘은 유독 맑고 더 깨끗하게 보였다. 무슨 이유일까? 아마 하늘이 달라진 것이 아니라, 시인의 마음이 수련을 통해 새로워졌기 때문이리라.

김부식은 도(道)에 잠겨 청정한 마음으로 지어낸 정지상의 시가 은근히 부러웠던 모양이다. 권력의 핵심에 있었으면서도 그렇게 청정한 삶을 살지 못한 자신의 삶이 부끄러워서 그랬는지도 모를 일이다. 아무튼 김부식은 정지상의 시구(詩句)를 탐내어 조용히 달라고 부탁했다. 정지상도 이 시구가 그렇게 마음에 들었든지, 아니면 라이벌에게 좋은 것을 주어서는 안 된다는 생각이 들었는지, 끝내 청을 들어주지 않았다.

이 사건은 두 사람의 사이가 좋지 못하다는 사실이 세상에 널리 알려지는 계기가 되었다. 둘은 인종에게 능력을 인정받아 두터운 신임을 얻은 사람들이었지만, 벼슬살이 하는 동안 내내 서로 갈등을 빚었다. 그러다가 둘이 갈라서게 되는 결정적인 또 하나의 사건이 있었다. '묘청의 난'이 그것이다.

서경 천도와 함께 진정한 황제국가로 거듭나기를 바라던 묘청은 그들의 계획이 실패로 돌아가자 난을 일으켰다. 이때 정지상도 백수한과 함께 묘청의 거사에 적극 가담했다. 그런데 '원수는 외나무다리에서 만난다'는 말이 이를 두고 한 말일까? 이 난을 진압해야 하는 총사령관으로 김부식이 임명되었다. 그러니까 이 난에 적극 가담한 정지상은 김부식의 역적이 된 셈이다. 문장(文章)에서 일어난 갈등이 정치적인 입장을 서로 달리하면서 완전히 적으로 맞서게 된 것이다.

결국 이 난은 실패로 돌아가고 김부식의 승리로 끝났다. 김부식은 난을 진압하면서 가장 먼저 정지상을 처형하고, 그의 자녀들에게는 몸에 '서경역적(西京逆賊)'이라는 글자를 새겨서 자기 종으로 삼았다. 김부식이 정지상에 대한 원한이 어떠했는가를 미루어 짐작할 만한 대목이다.

후대 사람들은 정지상이 김부식에게 피살되었기 때문에 약자라고 생각한 모양이다. 그래서 정지상을 귀신으로 부활시켜 놓고 이야기를 만들었다. 약자의 설움을 만회라도 하려는 듯이 정지상 귀신이 김부식을 골탕 먹인 것으로 꾸며 놓았다. 다음 이야기를 보자. 이번에는 김부식이 '봄'을 주제로 시를 지었다.

> 봄은 버들의 천 가닥으로 푸르러 오고
> 복사꽃 만 점(點)으로 붉어 오는구나.
>
> **원문** 柳色千絲綠(유색천사록)
> 桃花萬點紅(도화만점홍)

노래가 끝나자마자 공중에서 정지상 귀신이 김부식의 뺨을 때렸다. 그러면서 "늘어뜨린 버드나무의 줄기가 일천 가닥인지 누가 헤아려 보았느냐? 왜 일천 개라고 단정하느냐? 그리고 복사꽃의 꽃잎은 만 개인지 누가 세어 보았느냐? 무엇을 근거로 그렇게 정형화하여 노래하는가?"라고 물었다. 그러자 김부식이 "그러면 어떻게 하란 말이냐?" 하자 귀신은 "'버들 빛이 실마다 푸르고 복사꽃은 점마다 붉어'라고 하면 좋지 않은가?" 했다. 정적(政敵)인 정지상의 비평을 들은 김부식은 몹시 속상했다. 이 일로 김부식은 정지상을 더욱 미워하게 되었다고 한다.

뒷날 김부식이 어느 절 해우소(解憂所)에서 일을 보게 되었다. 옷을 내리고 차분히 앉아 편안함을 즐기고 있을 때, 또 정지상 귀신이 나타났다. 그러고서는 다짜고짜 김부식의 음낭을 움켜쥐고 물었다. "술도 마시지 않았는데, 왜 대낮부터 얼굴이 붉은가?" 김부식은 태연하게 시로 응수를 했다. "저 언덕에 물든 단풍이 내 얼굴에 비쳐 붉다네." 그러자 정지상 귀신이 이번에는 더욱 더 세게 음낭을 움켜쥐며 "이 주머니 거죽은 무슨 물건인고?" 했다. 그러자 부식은 이번에도 태연하게 "네 아비 음낭은 무쇠였더냐?"라고 답하며 얼굴빛을 변하지 않았다. 화가 난 정지상의 귀신이 더욱 힘차게 음낭을 죄므로 김부식은 결국 측간에서 죽었다고 한다.

위 이야기들은 둘의 관계를 잘 나타내 주는 이야기이다. 이는 후대(後代) 사람들이 선대(先代) 귀재들의 모습을 재현하고 싶어 꾸며 낸 이야기일 것이다. 하지만 가만히 생각해 보면 후대 사람들도 참 짓궂고 재미있는 사람들이다. 정치적인 대립관계에 있던 이들의 관계를 곧이곧대로 죽인다느니 살린다느니 하지 않고 많은 감정을 담아 낼 수 있는 시적 언어를 빌려 살려냈으니 말이다. 두 사람은 서로 대립을 보이는 정적(政敵)이었지만, 시구(詩句)를 통해 살펴보니 당대 혼란기의 긴박감이나 사나운 면이 보이지 않는다. 뒷날 사람들의 너그러운 마음이 그렇게 만든 성싶다. 아무튼 읽는 사람에게 여유와 재미를 느끼게 한다.

이러한 표현은 우리 조상들이 흔하게 사용해 온 문학적인 수법으로 해학(諧謔)의 본보기이라 하겠다. 해학은 원래 대상에서 호감과 연민을 느끼게 하고 웃음과 익살이 있는 문체를 말한다. 해학은 인생을 낙관적으로 생각한다는 점에서 냉소적이라기보다는 관조적이다. 그래서 이 웃음은 우스꽝

스러움, 익살, 무해한 웃음, 공격성을 띠지 않는다. 해학은 현실의 모순이나 결함까지도 있는 그대로 수용하고 삶을 긍정하는 낙관적이고 관조적인 자세를 유지한다.

정지상과 김부식의 일화는 각박하고 자기의 이익만을 위해 정신없는 우리에게 슬그머니 미소를 머금게 해 주는 멋진 해학이다.

한 지식인의 고민

최치원, 「추야우중(秋夜雨中)」

역사를 살펴보면 시대의 흐름에 편승하지 못한 사람들은 역사에서 소외되었다. 그뿐 아니라 역사의 흐름보다 앞선 생각을 하거나, 앞선 행동을 했던 사람 역시 역사는 수용하지 않았다. 때문에 역사의 진행보다 먼저 생각한 사람들은 시대의 흐름에 편승하지 못한 사람들보다 더 힘겹고 많은 소외를 경험했던 것 같다. 그 옛날 「이소경(離騷經)」을 쓴 굴원[1]이 그랬고, 예수 그리스도가 그랬다.

이러한 일들은 먼 나라 사람들에게만 있었던 것이 아니다. 일찍이 우리나라 역사에서도 소외를 경험한 이들이 많았다. 고운(孤雲) 최치원(崔致遠, 857~?)이 바로 그런 인물 가운데 한 사람이다. 그는 자신의 능력과 생각을

· · ·

1 　굴원(屈原: B.C. 343경~289경) 중국 전국 시대의 정치가·애국시인. 이름은 평(平). 원 (原)은 자. 일찍부터 그 명성이 널리 알려졌다. 독창적이고 개성적인 그의 시들은 초기 중국 시단에 많은 영향을 주었다.

알아주는 사람이 없어서 세상을 등지고 고독과 싸우며 외롭게 살았다.

최치원은 신라 6두품 출신으로 경주 사량부에서 태어났다. 어릴 적부터 총명하기로 유명해 13세의 어린 나이에 당(唐)나라로 유학을 떠났다. 『계원필경』 서문에 의하면 그의 아버지는 유학 가는 아들에게 "10년 안에 과거에 합격하지 못하면 내 아들이 아니다"라는 엄한 훈계를 내려 보냈다고 전한다.

최치원은 청운의 꿈을 실현하려는 굳은 의지를 갖고 당나라에 도착했다. 그런데 선진국 당나라는 국운(國運)이 조금씩 기울어 가는 말기적 요소가 나타나고 있었다. 따라서 당나라는 그가 가졌던 기대에 훨씬 못 미치는 나라였다. 지방 곳곳에서 구보의 난이나 방훈(龐勛)의 난과 같은 반란이 일어나 나라가 혼란스러웠다. 그런데도 최치원은 아버지의 기대에 부응이라도 하듯이 "다른 사람이 백 번 하면, 나는 천 번 하였다(人百之己千之)"는 각오로 열심히 학업에 정진했다. 그런 결과 18세 어린 나이에 빈공과에 장원으로 급제하게 되었다.

최치원이 과거에 급제하여 활동하기 시작할 무렵, 당나라는 황소의 난(875~884년)이 일어났다. 소금[鹽] 암상인으로서 반체제 활동을 해오던 산둥[山東]의 왕선지(王仙芝)·황소(黃巢) 등이 난을 일으킨 사건이었다. 이는 앞서 일어난 작은 난들로 어려운 데다, 중앙관리들의 당쟁과 환관의 횡포가 겹쳐서 지배력이 흔들리는 것이 주요한 원인이 되었다. 또한 인민에 대한 수탈이 늘어나고 토호나 상인층에 반 왕조 경향이 고조되는 것도 원인이 되었다. 그런데다가 전국에 기근이 내습하여 사회적인 불안이 절정에 달하자, 이를 틈타 황소가 난을 일으켰다.

황소는 반란을 함께 일으킨 왕선지가 난중(亂中)에 죽자, 그 잔당을 모아

지도자가 되어 장안에 정권을 세웠다. 그리고 국호를 대제(大齊), 연호를 금통(金統)이라 하고 항복한 관리를 기용하여 통치하려고 했다. 그러나 관(關)中]의 정권은 경제적인 기반이 없어서 당나라 왕조를 돕는 투르크계 이극용(李克用) 등 토벌군에게 격파되고 말았다. 3년 뒤에는 장안에서 동방으로 퇴각하여 이듬해 산둥 지방의 태산(泰山) 부근에서 황소가 자결하는 것으로 끝이 났다.

당나라의 녹을 먹던 최치원은 난을 일으킨 무리를 보고 그냥 있을 수 없었다. 881년 그는 붓을 들어 「토황소격문(討黃巢檄文)」을 지어 그들의 부당한 횡포를 지적했다. 이 글은 황소의 난을 진압하는 데 결정적인 영향을 미쳤다. 무력으로도 평정하기 어려운 난을 붓으로 큰 도움을 준 사실은 최치원의 문장 실력을 짐작하게 해 준다. 최치원의 이 같은 노력이 있었음에도 당나라는 국난을 극복하지 못하고, 난 이후 23년을 유지하다가 문을 닫고 말았다.

최치원은 동방의 작은 나라 사람으로서 그것도 붓으로 난을 잠재우는 데 기여한 사람이 되었다. 그래서 후세 사람들은 당나라에서 큰 공을 세운 최치원을 늘 자랑스럽게 여겼다. 이때 최치원이 군무에 종사하면서 지은 글들은 훗날 『계원필경(桂苑筆耕)』 20권으로 엮어졌다.

최치원은 큰 꿈을 안고 당나라를 찾았지만 그곳 현실은 인재를 수용할 만한 환경이나 여건이 되지 못했다. 도리어 이방인인 최치원에게 소외감을 주었고, 아픔과 괴로움을 맛보게 했다. 이러한 환경에서 더 이상 머무를 수 없다고 판단한 고운은 주위 관료들이 만류했지만 29세 때에 부친의 병을 핑계 삼아 신라로 돌아오게 되었다.

떠날 때에 그랬던 것처럼 돌아올 때에도 그는 큰 포부를 안고 귀국했다.

하지만 고국 역시 뛰어난 인재를 받아 줄 만한 환경이 되지 못했다. 신라는 한술 더 떠서 신분을 제약하는 골품제도가 버티고 있었다. 국정도 문란하여 순탄치 못했다. 중앙귀족들이 권력 쟁탈을 일삼아 지배 체제가 흔들렸고, 곳곳에 도적 떼가 횡행하고 반란까지 일어나고 있었다.

891년 양길과 궁예가 세력을 확장했고, 다음해에는 견훤이 자립하여 후백제를 세웠다. 망국의 징조를 보고 미래를 예견한 고운은 힘을 다해 894년 진성여왕에게 「시무책 10조」를 올렸다. 왕은 이를 기꺼이 받아들여, 최치원을 6두품이 오를 수 있는 최고 관등인 아찬에 기용했다. 그러나 골품제의 모순과 왕권의 미약으로 그의 개혁의지는 꽃피우지 못하고 말았다.

최치원은 현실 세계 그 어디서도 자신의 포부를 펼칠 수 없다고 생각했다. 그는 결국 40대에 관직을 버리고 풍류객으로서 삶을 시작하게 된다. 904년을 끝으로 그에 대한 문헌의 기록은 보이지 않는다. 이를 두고 세간에서는 그가 신선이 되어 등천(登天)했다고 미화하기도 했다.

이제 한 시대의 선각자로서 혹은 한 지식인으로서 살았던 최치원의 고뇌와 번민이 담긴 시를 보려고 한다. 이 시를 지은 시기에 대해서는 논란이 다소 있다. 최치원이 유학할 당시 고국을 그리워하는 마음으로 읊은 시라는 설과, 귀국 후에 현실에 적응하지 못하고 느낀 어려움을 노래했다는 설이 있다. 여기서는 귀국한 후 당대의 지식인으로서 자신의 뜻을 펼칠 수 없는 환경을 접하고 느낀 괴로움을 노래한 것으로 간주하고 감상해 보자.

추야우중(秋夜雨中)

가을바람에 괴로움을 노래함은

세상이 나를 알아주지 않기 때문입니다.

창밖에 밤늦은 시간 비마저 내리는데

등잔 앞에 있는 마음은 만 리에 가 있습니다.

원문 秋風唯苦吟(추풍유고음)   世路少知音(세로소지음)

　　　　窓外三更雨(창외삼경우)   燈前萬里心(등전만리심)

기구(起句)에서 화자는 "가을바람에 괴로움을 노래한다[秋風唯苦吟]"고 했다. 이는 화자의 마음과 사물의 일체감에서 일어난 감흥을 말한다. 화자를 둘러싼 환경이 화자가 시를 읊지 않으면 안 될 환경임을 말하고 있다. 가을바람은 나뭇잎을 떨어뜨리는 잔인한 바람이다. 듣기만 해도 만물이 기를 죽이는 무서운 바람이다. 이들이 화자의 내면에 가득한 고독과 괴로운 마음이 만나서 시심을 일으켰다.

화자가 괴로움을 느끼게 되는 구체적인 원인은 무엇이었을까? 화자는 그 답을 승구(承句)에서 구체적으로 말하고 있다. "세상이 나를 알아주지 않기 때문[世路少知音]", 곧 화자의 외적 환경, 즉 지식인을 수용하지 않은 사회, 뛰어나고 탁월한 인재를 알아주지 못한 환경에서 온몸으로 견뎌야 하는 괴로움이다. 곧 자신을 알아주지 않은 세상의 야속함이다.

나를 알아주지 않은 공간, 이처럼 답답하고 어색한 일 또 어디 있을까? 여기서 말하는 '지음(知音)'이라는 말은 '지기지우(知己之友)'라는 말에 연원을 두고 있다. 중국 춘추 시대 거문고의 명인 백아(伯牙)와 그의 친구 종자기(鍾子期)와의 고사(故事)에서 비롯된 말이다.

백아가 거문고로 높은 산에 오르고 싶은 마음을 연주하면 친구 종자기는 옆에서 듣고 있다가 "참으로 근사하다. 하늘을 찌를 듯한 산이 눈앞에 나타나 있구나"라고 말했다. 또 백아가 흐르는 강물을 생각하며 거문고를 타면 종자기는 "기가 막히다. 유유히 흐르는 강물이 눈앞에 지나가는 것 같구나"라고 감탄했다. 이렇게 둘은 서로 잘 알아주며 지냈다. 그러던 어느 날 음악을 들어주고 잘 알아주던 종자기가 죽고 말았다. 그러자 백아는 거문고 줄을 끊고 부순 다음 다시는 거문고를 타지 않았다고 한다. 『열자(列子)』, 「탕문편(湯問篇)」에 나오는 이야기이다.

자기를 알아주는 사람이 없는 공간, 그것은 의미 없는 삶이다. 사회학자들이 일찍이 언급한 '인간은 사회적인 존재'라는 말을 인용하지 않더라도 나를 알아주는 이가 없는 공간에서의 삶은 의미가 없다. 우리의 삶은 사람과 사람의 관계 속에서만 의미가 있기 때문이다. 그런데 지금 화자는 이렇게 관계가 단절된 의미 없는 공간에 놓였다.

전구(轉句)에서 "창밖 밤늦은 시간[窓外三更雨]"을 말하고 있다. 화자가 현재 만나는 시간은 모두가 숨을 죽이는 어두운 밤이다. 처음 화자를 둘러싼 환경은 스산한 가을바람이 부는 공간이었다. 여기에 비까지 내리고 있다. 겹겹이 화자를 힘들게 하는 장애물들이 놓여 있다. 지금 화자의 내면은 저녁에 시를 쓸 때의 환경처럼 춥고, 어둡고, 질퍽거린다. 생명력 있는 모든 사물을 죽일 것만 같은 무서운 기세에 눌려 있다. 그래서 결구(結句)에서 화자는 마음을 정리하기에 이른다.

"등잔 앞에 있는 마음은 만 리에 가 있습니다[燈前萬里心]"라는 말은 비록 몸은 여기 놓여 있지만 마음은 현실에서 이미 떠나 있다는 말이다. 최치원은 어디서도 자신의 포부를 펼칠 만한 장소가 없음을 깨달았다. 그래서 괴로워한다. 자신을 알아주지 않은 세상과는 함께 살 수 없겠다는 생각을 내

보이고 있다.

　최치원은 결국 마음을 정하지 못하고 괴로워서 떠도는 현장으로 나서게 되었다. 화자는 자신이 넘을 수 없는 현실의 벽을 저항하지 않고 오히려 세상의 불합리까지 자신의 내면의 괴로움으로 끌어안으려고 했다.

　최치원은 자신의 생각이나 꿈을 세상에 펼치지 못했다. 하지만 그의 자취는 후세에 많은 영향력을 끼쳤다. 고려 현종은 그를 문창후에 봉했고, 문인들은 학문과 문학의 업적을 기려 '동국문종(東國文宗)'이라고 추앙하게 되었다. 그는 후일 가야산에 들어가 신발만 남긴 채 신선이 되었다고 전해져 후인들은 그를 '유선(儒仙)'으로 부르기까지 했다.

　시대를 앞서 생각하고 앞선 행동을 했던 지식인의 방황은 현실 사회 속에서 착근하지 못하고 겉도는 삶으로 마감하게 되었다.

　대부분 사람들에게 주어지는 평범한 삶을 우리는 기쁘게 여겨야 할까? 아니면 아쉬워해야 할까? 판단이 모호해진다. 아무튼 현실에 뿌리를 둔 사람이라면 우리에게 주어지는 순간순간을 최선을 다해 살아가는 방법이 보통 사람들이 누려야 할 최상의 삶이라는 생각이 든다.

4. 정(情)이 사연 되어

글이 없어도 읽어 낸 사랑
곽휘원 아내의 시

호탕한 그림이 남긴 시
정선의 그림에 부친 조영석의 「화제시(畵題詩)」

연밥[蓮子]에 담긴 사랑
허난설헌, 「채련곡(採蓮曲)」

왕의 마음을 사로잡은 여인
고려 충렬왕의 연인, 「떠나면서 주신 연꽃」

눈을 쓸면서 우는 까닭
김응정, 「소분설(掃墳雪)」 / 정철, 「훈민가(訓民歌)」

남매가 나눈 정
명온공주, 「남매화답시(男妹和答詩)」

글이 없어도 읽어 낸 사랑

곽휘원 아내의 시

옛날 중국에 곽휘원(郭暉遠)이라는 선비가 있었다. 일찍부터 학문에 힘쓴 결과 젊어서 과거에 합격하여 곧바로 관직생활을 시작했다. 그러다 보니 가족과 멀리 떨어져 직무를 수행해야 하는 경우가 많았다. 교통이 발달한 시대도 아니었으니까 한번 집을 떠나면 가족과 만나는 일이 쉽지 않았다. 보고 싶어도 참아야 했고, 안부를 묻고 싶어도 때를 기다려야 했다.

관직 일로 바쁘던 곽휘원은 어느 날 모처럼 여유로운 시간을 얻었다. 집에 남아 있는 아내와 가족들의 안부가 궁금해졌다. 당시는 우편제도도 없던 시절이었으니까 곧장 안부를 전하지 못하고 혹 사람이 이동하게 되면 인편에 편지를 보내는 것이 최선의 방법이었다.

휘원은 고향에 가는 사람이 있다는 말을 듣고 급히 붓을 들었다. 그러고는 아내에 대한 그리움을 구구절절 모두 적었다. 아내와 아이들에 대한 염려를 적고 친지들에 대한 안부도 빠짐없이 챙겨 물었다.

편지가 모두 완성되어 먹물이 다 마르면 봉투에 넣으려고 기다리고 있었다. 그러다가 행자(行者)가 급히 떠나야 한다고 성화를 하는 바람에 서둘러 편지를 봉투에 넣어 보냈다. 우리 속담에 "잘 낳고 싶은 아들, 눈먼다"고 했던가? 휘원은 글로 채워진 편지를 놔두고 잘못하여 아무런 글이 없는 백지를 넣어 보내고 말았다.

남편이 아내를 그리워했던 것처럼 아내 역시 근무지에 나가 있는 남편이 항상 그립고 보고 싶었다. 아내는 남편이 '식사는 잘 하실까? 맡은 일은 실수 없이 잘 하고 계실까? 건강은 어떠실까?' 늘 염려되었다. 하지만 형편이 형편인지라 어쩌지 못하고 막연히 남편에게서 오는 편지만을 기다리는 것으로 그리움을 달랬다.

그러던 차에 드디어 '남편에게서 편지가 왔다'는 전갈을 들었다. 행자의 말을 듣는 순간 아내의 가슴은 두근거리기 시작하여 맥박수가 올라갔다. 여러 생각이 머리를 스쳐 지나갔다. '남편은 언제나 내게 자상했는데, 그런 남편이 내게 무슨 말을 했을까? 건강히 잘 지내신 걸까? 내게 사랑 고백은 했을까?' 만감이 교차되는 마음으로 편지를 받아들었다. 아내는 마음이 조급했지만 행자가 보는 앞에서 차마 편지를 열 수 없었다. 남편의 글을 보고 붉어질 얼굴을 쑥스럽게 여겼던 모양이다. 결국 발이 드리워진 아무도 없는 곳까지 들어가 혼자서 편지를 열었다. 그런데 아내가 받아 든 편지에는 이상하게도 아무런 글이 없는 백지(白紙)였다.

아내는 눈을 의심했다. 아무리 뒤져 보아도 남편의 편지는 아무런 내용이 없는 백지였다. 기대가 컸는데 서운했다. 보통 사람이라면 허탈하여 투정을 부리거나 짜증을 냈을 법하다. 그런데 곽휘원의 아내는 슬기로웠다. 글이 없는 편지를 받아 들고는 그것을 남편의 마음으로 읽어 냈다. 하도 쓸 말이 많아서 몇 장을 채우고도 모자랄 일이어서, 그냥 백지로 보낸 것으로 해석했다.

아무런 내용이 없는 백지를 곧 남편의 사랑 고백으로 읽은 것이다. 그래서 아내는 글이 없지만 그 속에 담긴 남편 사랑을 읽고 감격했다. 그러고는 자신의 감흥을 절제된 시로 표현했다. 진한 사랑과 믿음이 없이는 불가능한 일이다.

> 푸른 발을 드리운 창 아래서 당신 편지를 열고 보니
> 작은 편지지에 처음부터 끝까지 여백만 가득했답니다.
> 착한 당신, 따로 떨어져 사는 것이 한이 되어
> 글로 다 쓰지 못하고, 그리운 마음만 가득 채워 보내셨군요.
>
> **원문** 碧紗窓下啓緘封(벽사창하벽함봉)
>   尺紙終頭徹尾空(척지동두철미공)
>   應是仙郎懷別恨(응시선랑회별한)
>   憶人全在不言中(억인전재불언중)

읽으면 읽을수록 감동이다. 아내는 아무런 말이 없는 하얀 종이에서 '당신 사랑에 감격했어요. 여보! 정말정말 사랑해요'라는 근사한 마음을 얻었으니 말이다. 수십 장의 편지로도 다 나타내지 못할 사랑을 아내는 느꼈기 때문이다. 그래서 원망 대신 짧은 시를 쓴 것이다.

나는 휘원의 아내가 쓴 시에서 남편을 향한 사랑의 표현을 글로 다 되살리지 못하겠다. 아내는 '당신, 어떻게 이렇게 멍청하게 맹탕의 편지를 보낼 수 있어요?'라고 항의하지 않았다. '당신 지금 내게 장난하는 거요?' 하고

핀잔을 주지도 않았다. 아내는 남편이 굳이 글을 쓰지 않아도, 남편의 마음을 다 읽었기 때문이다. 그래서 마음이 동(動)해 더 깊은 사랑의 언어를 만들 수 있었다.

이 이야기는 청나라 때 재야 시인으로 널리 알려진 원매(袁枚)의 시론집 『수원시화(隨園詩話)』에 나온다.

사람들은 세상이 삭막하고 각박하며 사랑이 없다고 수군댄다. 그렇다면 우리가 사는 세상이 진정으로 그런 걸까? 사랑이나 인정이 정말로 식어 버린 걸까?

쉽게 동조할 수 없다. 우리가 사는 세상은 예나 지금이나 사람들이 서로 몸을 비비며 사는 세상이니까 인심이나 사랑의 크기가 줄어들었다고는 생각되지 않는다.

그렇다면 사람들은 왜 허전함을 느낀다고 말하는 걸까? 아마 우리에게 곽휘원의 아내가 가졌던 사랑을 읽어 내는 마음이 부족해서 그런 것이 아닌가 싶다. 바쁜 생활을 한다며 허둥대다가 사랑을 보는 눈을 잃어버린 것은 아닌가 싶다. 아니면 말이나 글로 표현하지 않은 무의식의 감정을 우리의 눈이 보려고 하지 않기 때문은 아닐까? 현대는 백지를 받아 든 곽휘원의 아내가 지녔던 눈과 마음이 더욱 필요한 시대가 아닌가 싶다.

호탕한 그림이 남긴 시
정선의 그림에 부친 조영석의 「화제시(畵題詩)」

　겸재(謙齋) 정선(鄭敾, 1686~1759년), 관아재(觀我齋) 조영석(趙榮祏, 1686~
1761년), 현재(玄齋) 심사정(沈師正, 1707~1769년)은 조선 후기 유명한 화가들
로서, 호에 들어가는 글자를 따 이들 셋을 삼재(三齋)로 부르기도 했다. 이
가운데 특히 겸재 정선은 우리나라 산천을 독자적인 화법으로 그려낸 '진경
산수화풍'을 확립시킨 인물이다.

그는 전통적인 북종화법과 새로 유입된 남종화법을 결합시킨 독창적인 화
법으로 우리나라 전국 각지의 빼어난 경치를 화폭에 담아냈다. 특히 그는
금강산의 수많은 봉우리가 한눈에 들어오도록 하는 부감법을 사용하여 100
여 폭의 금강산 전도를 그려 내기도 했다.

　그의 화풍에서 또 다른 특징은 중국 산수를 배경으로 그리던 당시 우리나
라 화단 풍에서 우리나라 산수를 주제로 삼았다는 점이다. 이는 당대 화단
에 놀라운 변화라 하겠다.

　겸재 정선에게는 관아재 조영석이라는 친구가 있었다. 두 사람은 한양

북촌 순화방에서 이웃하여 살면서 30여 년을 허물없이 지낸 지기였다. 조영석 역시 산수화와 인물화에 뛰어났으며 시(詩)와 글씨에도 일가를 이루어 그림과 함께 삼절(三絶)로 불렸다. 그의 작품 〈죽하기거도(竹下箕踞圖)〉, 〈봉창취우도(蓬窓驟雨圖)〉 등은 현재 국립현대미술관에 보관되어 있다. 겸재와 관아재 사이에는 그림을 둘러싼 일화가 전한다.

1738년 겨울 어느 날, 관아재가 겸재에게 가볍게 부탁을 했다. "언제 시간이 되면 우리 집 문설주 위에 빈 여백이 있는데 거기에 그림 하나 그려 주시게." 그러자 겸재도 별 생각 없이 "그림세"라고 대답했다. 그러고는 그려 달라는 사람이나 그려 주겠다는 사람이나 이런 저런 별다른 말 없이 많은 시간이 흘러 버렸다.

달빛이 환한 어느 겨울 저녁, 겸재가 막내아들을 앞세우고 불쑥 조영석의 집에 나타났다. 집에 들어선 겸재는 느닷없이 "벼루에 먹을 갈게. 내 오늘 지난날 약속을 지키러 왔네"라고 말할 뿐이었다.

먹을 갈자 겸재는 문설주 위 빈 공간에 구도를 잡더니, 붓을 놀려 엄청난 기세로 몰아치는 듯한 절강의 가을 파도를 그려 내기 시작했다. 그 형세가 어찌나 기이하고 장하던지, 붓끝에서 파도가 우르르 쾅쾅 휘몰아치는 것만 같았다. 마치 바닷물결이 실제로 파도치는 것처럼 그림이 살아 있었다.

이제 그림이 완성되었다. 너무 실감 나는 그림이라 곁에서 지켜보던 사람도 그림에 빠져들었다. 조영석이 감격한 나머지 붓을 들어 옆에다 시를 쓰기 시작했다.

> 겸재 늙은이가 한밤중에 호탕한 흥이 일어
> 문 열고 바로 들어와 벼루를 찾네.

먹을 갈아 신운(神運)에 맡기고

긴 등불 밝혀 환하게 돕는다.

바람 우레 몰아치듯 붓으로 그려내니

놀란 물결에 문짝이 모두 젖는구나.

내 집은 이로 더 아름다워지고

예원에선 좋은 일만 일겠도다.

원문 鄭老中宵豪興生(정로중소호흥생)

   開門直入喚陶泓(개문직입환도홍)

   淺深磨墨供神運(천심마묵공신운)

   左右長燈助眼明(좌우장등조안명)

   六筆幷驅風雷迅(육필병구풍뢰신)

   三扉盡濕浪濤驚(삼비진습랑도경)

   吾堂自此增顔色(오당자차증안색)

   藝苑居然好事成(예원거연호사성)

정선이 무슨 까닭으로 갑자기 아들을 데리고 나타난 것일까? 지난날 지키지 못한 약속이 생각난 걸까? 아니면 친구에게서 입은 은혜가 생각 난 걸까? 달빛이 대지에 내려앉은 모습을 보자 환상적인 영상이 떠올랐는지도 모를 일이다. 분명한 동기야 알 수 없지만, 너무 밝은 저녁 달빛이 화가의 화정(畵情)을 발동시킨 것만은 분명해 보인다.

먼저 수련(首聯)을 보자.

> 겸재 늙은이가 한밤중에 호탕한 흥이 일어
> 문 열고 바로 들어와 벼루를 찾네.
>
> **원문** 鄭老中宵豪興生(정로중소호흥생)
> 　　　開門直入喚陶泓(개문직입환도홍)

조영석은 전혀 예상치 못한 시각에 갑자기 나타난 친구라서 더 반가움을 느꼈던지 벗의 방문을 '호탕한 흥취'라고 적었다. 조명시설이 좋지 못한 시절이었으니까 달빛이 아무리 밝은 저녁이라 하지만 그림 그리기에 좋은 시간은 아니었다. 그런데도 친구 집에 예고 없이 찾아간 것을 보면 정선의 심사가 보통이 아니었던 것 같다. 아마 화마(畵魔)라도 들렸던 모양이다.

정선은 들어오자마자 예를 갖출 틈도 없이 먹을 갈라고 주문한다. 무척이나 급했던 모양이다. 친구에게 놀람을 주고 싶어서 그랬을까? 아니면 머릿속에 떠오르는 영상이 지워질까 봐 그랬을까? 무슨 흥이 일어서 그랬는지 모르지만 분명 그림을 그리고 싶은 마음만은 충일했던 것 같다. 다음은 함련(頷聯)이다.

> 먹을 갈아 신운(神運)에 맡기고
> 긴 등불 밝혀 환하게 돕는다.

원문 淺深磨墨供神運(천심마묵공신운)

左右長燈助眼明(좌우장등조안명)

자신의 몸과 마음을 신운(神運)에 맡겼다고 했다. 뜻밖에 찾아온 것부터 수상하더니 이미 정선은 화마(畵魔)에 붙들린 상태가 되었다. 주변사람 눈치나 환경에 개의치 않고 그림에 몰두하여 붓을 굴린다. 신(神)에 붙들려 무아지경에서 굿을 하는 무당처럼 여건을 고려하지 않고 생각에 맡겨 그리고 있다. 주변에서는 등불을 잡아 도와주면서도 그저 감탄할 뿐이다. 감탄으로 사람들이 입이 벌리고 있는 것 같다.

다음은 경련(頸聯)이다.

바람 우레 몰아치듯 붓으로 그려내니

놀란 물결에 문짝이 모두 젖는구나.

원문 六筆抃驅風雷迅(육필병구풍뢰신)

三扉盡濕浪濤驚(삼비진습랑도경)

몰입하여 그림을 그려 나간 정선의 모습이 떠오른다. 손에 붙들린 붓이 신들린 듯이 자유롭게 모양을 만들어 낸다. 그 움직임이 범상치 않고 우레처럼 힘 있다. 이렇게 그려진 그림이 얼마나 실감 났으면, 놀란 물결에 문짝이 다 젖는다고 표현했을까? 그림이 살아 있고 활기차다.

그림을 보지 않아도 태풍에 밀려드는 엄청난 큰 파도가 눈앞에 그려진다. 화마에 몸을 맡긴 겸재의 신화(神畵)이다. 그래서 그림이 없어도 그림의 영상이 떠오른다. 마지막으로 미련(尾聯)이다.

내 집은 이로 더 아름다워지고
예원에선 좋은 일만 일겠도다.

> **원문** 吾堂自此增顔色(오당자차증안색)
> 藝苑居然好事成(예원거연호사성)

홀륭한 화가의 신들린 그림은 집의 품격까지 높여 놓았다. 값진 보화를
담은 그릇이 보화 덕분에 가치 있어 보이는 것처럼 그림 덕에 집이 더 가치
있게 되었다. 이제 그 집에 사는 사람들에게는 좋은 일까지 생기게 되었다.
그러니까 덤으로 희망까지 얻게 된 셈이다. 푸근한 우정을 나누며 살아간
사람들의 이야기에는 삶의 진한 향기가 배어난다.

이제 호탕한 겸재의 그림은 볼 수 없지만, 일화가 담긴 시가 전해지고 있
어 잊혀버린 그림을 상상하게 만든다. 그래서 예술은 영원하다고 하는 성
싶다.

연밥[蓮子]에 담긴 사랑

허난설헌, 「채련곡(採蓮曲)」

연꽃은 물에 사는 다년생 수초이다. 물속에서 곧은 대를 수면까지 뻗은 다음 정갈하고 싱싱한 잎을 물위로 내밀고 살아간다. 종류에 따라 어떤 것은 큰 돗자리만 한 넓은 잎을 가진 것도 있고, 또 어떤 것은 어린아이 손바닥만 한 아기자기한 잎을 가진 것도 있다. 연이 꽃을 피울 때면 꽃대를 물위로 곧게 솟아 올린 다음 아기자기하거나 큼직한 꽃을 수수하거나 사랑스럽게 피워낸다. 꽃의 화려함이 다할 때쯤이면 연은 주먹만 한 열매를 맺는다. 이를 연밥이라고 한다.

이런 연꽃을 사람들은 아끼고, 좋아하고, 사랑한다. 사람들이 연에 애정을 갖는 것은 그 꽃이 아름답기도 하거니와 무엇보다 그 생태가 지니는 의미를 좋게 여기기 때문이다.

불가(佛家)에서는 일찍이 흙탕물에서 자라는 연꽃을 의미 있게 여겼다. 더러운 물속에 살지만, 그런 여건에 동화되지 않고 오히려 아름다운 꽃을 피워 내는 것에 주목한 것이다. 이런 연의 생태는 불교의 교리와 여러 면에서 닮아 있었다. 마치 불자들이 세속에 살면서도 물욕에 물들지 않고, 부처님의 가르침에 따라 선한 삶을 추구하는 모습과 비슷하기 때문이다.

연의 또 다른 특징은 꽃이 피어날 때 꽃 속에 '연밥'을 맺는다는 점이다. 이러한 연의 생리는 불교 이론인 연기설, 즉 원인과 결과는 따로따로 존재한 것이 아니라 하나라는 원리와 매우 흡사하다. 즉 꽃은 열매를 맺기 위한 수단으로 열매의 원인으로 본 것이다. 따라서 연꽃은 원인으로부터 결과가 동시에 존재한다는 부처님의 가르침과 잘 맞아떨어진 사물인 셈이다.

불가에서 연꽃을 의미 있는 것으로 여기는 또 다른 일화가 있다. 범왕(梵王)이 영산(靈山)에서 석가에게 설법을 청한 일이 있었다. 이때 석가는 대중 앞에서 아무런 말 없이 연꽃을 들어 보였다. 많은 사람들은 그것이 무엇을 의미하는지 도무지 깨닫지 못했으나 유독 가섭(迦葉)이라는 제자만이 그 뜻을 깨닫고 미소를 지어 보였다. 가섭의 영특함을 알아차린 석가는 그에게 정법안장[1]과 열반묘심,[2] 실상무상,[3] 미묘법문[4] 등의 불교 진리를 가르쳐 주게 되었다.

이 고사 때문에 생겨난 말이 염화미소(拈花微笑)다. 즉, 말하지 않아도 마음에서 마음으로 통하여 깨달음을 얻게 된다는 말이다. 이는 불가(佛家)에서 수행의 근거와 방향을 제시하는 선종의 중요한 화두이다. 이를 염화시중(拈花示衆)이라고도 하는데, 선종에서 선(禪)의 기원을 설명하기 위해 인용한 말이다. 『대범천왕문불결의경(大梵天王問佛決疑經)』에 기록되어 있다.

• • •

1 정법안장(正法眼藏): 사람이 본래 갖추고 있는 마음의 묘한 덕.
2 열반묘심(涅槃妙心): 번뇌와 미망에서 벗어나 진리를 깨닫는 마음.
3 실상무상(實相無相): 생멸계를 떠난 불변의 진리.
4 미묘법문(微妙法門): 진리를 깨닫는 마음.

■ 연꽃. 연밥의 모습도 함께 보인다.

　연(蓮)에 대한 사랑은 불가(佛家)에서만 있었던 일이 아니다. 유가(儒家)에서도 연을 좋아했다. 중국 송나라의 유명한 유학자 주돈이(周敦頤)는 연을 예찬하는 글 「애련설(愛蓮說)」을 지었다. 여기에서 "연꽃은 홀로 진흙에서 나왔으나 물들지 않고, 맑은 잔물결에 씻겨도 요염치 않으며, 속은 비었고 겉은 곧으며, 덩굴 치지 않고 가지 치지도 않으며, 향기는 멀수록 더욱 맑고, 꼿꼿하고 깨끗이 심어져 멀리서 볼 수는 있어도 가까이에서 함부로 할 수 없는 존재이다. 나는 이를 사랑한다"고 극찬했다.

　여기에 언급된 "향기는 멀수록 더욱 맑다[香遠益淸]"라는 말은 후대 사람들이 군자의 우정을 이야기할 때면 자주 인용하던 말이다. 가까이 있을 땐 모르다가도, 멀리 떨어지면 그 향기가 더욱 맑게 느껴지는 사람, 무심한 듯 하면서도 따뜻한 손길이 느껴지는 사람을 연꽃에 비유했던 것이다. 이렇게 연꽃은 유가(儒家)에서도 사랑을 받았다.

더 넓게 보면 연꽃은 불가나 유가, 혹은 도(道)를 희구하는 사람들만의 전유물이 아니었다. 어린아이들은 물론 보통 사람, 청춘 남녀 사이에서도 자주 회자된 사물이다. 연꽃을 소재로 한 허난설헌의 시를 보자.

채련곡(采蓮曲: 연밥을 따는 노래)

가을날 맑고 긴 호수에 옥 같은 물 흐르고
연꽃 무성한 자리에 목란배 매었네.

물 사이로 임에게 연밥을 던지다가
남의 눈에 띄었을까 봐 한나절 내내 얼굴 붉혔네.

원문　秋淨長湖碧玉流(추정장호벽옥류)
　　　荷花深處係蘭舟(하화심처계란주)
　　　逢郎隔水投蓮子(봉랑격수투련자)
　　　遙被人知半日羞(요피인지반일수)

가을날 호숫물은 쪽빛 하늘을 담아 옥처럼 푸르다. 호수 한편에는 연꽃 무리가 군락을 이루고 있고, 그 곁에는 작은 배가 매어져 있다. 한 폭의 수채화처럼 차분하고 정겨운 모습이다.

여기에 수줍은 아낙네가 배를 타고 저어 들어간다. 호수에 배를 띄우고 노니는 것은 나들이 삼아 바람을 쐬기 위한 것이 아니다. 더욱이 연밥 속으로 깊이 들어간 것은 연꽃 향기에 취하고 싶거나, 연밥을 따기 위해 온 것이 아니다. 화자의 내면에 은밀한 생각이 있었기 때문이다. 연꽃 구경을 빌미삼아 은밀한 그리움을 마음에 두고 있었기 때문이다.

이성 간의 그리움, 이것이 싹틀 때면 사람들은 얼마나 행복해지는가? 화자는 지금 이 행복을 즐기고 있다. 물가에서 임을 만나기로 한 것이다. 그런데 세상은 이성을 함부로 만날 수 있는 시대가 아니었다. 임과 밀회 장면을 다른 사람들이 보면 곤란하겠다는 생각이 들어 연꽃이 핀 호수를 선택한 것이다.

마침내 저쪽에서 좌우를 두리번거리며 임이 다가오고 있다. 그렇게 다가온 임은 내 근처 물가에 멈추어 섰다. 임을 바라보는 화자의 가슴은 마구 뛰었다. '임이 나를 찾지 못하면 어쩔까?' 화자의 가슴은 더 크게 고동쳤다. 그래서 연밥 하나를 불쑥 따서 임의 먼발치에 던졌다. '저 여기 있어요'라는 말을 담아서 말이다.

화자가 임에게 던진 연밥은 한자(漢字)로 '연자(蓮子)'라고 한다. 여기에는 연의 열매라는 그 자체 의미 외에 또 다른 뜻이 숨어 있다. '연자(蓮子)'는 '연자(憐子)'라는 말과 중국식 발음이 같다. 때문에 사람들이 이성 간에 사랑을 표현할 때면 이 말을 대신 쓰기도 했다. 그러니까 '그대를 사랑합니다'는 고백인 셈이다.

이렇게 보면 그녀가 던진 연밥은 단순히 '저 여기 있어요'라는 신호만이 아니다. 임에게 '당신을 사랑합니다'라는 고백인 셈이다. 사랑은 이렇게 엮어졌다. 기쁨이자 행복이자, 짜릿함이다. 이렇게 한 단어에 중의적인 의미를 실어 표현하는 것을 한시(漢詩)에서는 쌍관의(雙關義)라고 한다.

조선 시대 사람들은 남녀 간의 사랑과 거기에 관련된 이야기를 저속한 것으로 여겼다. 그래서 고려속요를 남녀상열지사(男女相悅之詞)라고 천하게 여겨 비웃기까지 했다. 그러니 화자가 살았던 시대는 사랑을 마음 놓고 표현할 수 없는 때였다. 그렇지 않아도 남녀 간의 사랑이란 좋은 것이면서도 왠지 남이 알면 쑥스러움을 느끼게 되는 이상야릇한 관계이다. 그래서 화자는 남이 볼까 봐 반나절이나 두 볼에 홍조가 가시지 않았던 것이다. 어여쁘고 청순한 아가씨의 불그스레한 핑크빛 볼이 눈앞에 그려진다.

화자는 엄격하고 제한된 사회 속에서 담대하게 사랑을 표현했다. 이렇게 연꽃에 마음을 실어낸 작가의 용기와 넉넉한 마음이 크게 보인다. 대담하면서도 용감한 사랑 이야기다.

이 글을 읽은 여러분은 사랑을 어떻게 표현하는가? 자유분방하게, 아니면 은근 슬쩍? 아니면 내숭을 떠는지? 어떤 유형의 표현이든 사랑을 나타내 보이는 일은 설레고 행복한 일이라 하겠다. 하지만 표현할 때에 너무 직설적인 언어로 감정을 드러내면 그 언어의 질량이 가벼워질 수 있다. 그렇게 되면 자칫 천박스러움을 면할 수 없다. 그저 이름만 떠올려도 반나절이나 홍조가 가시지 않은 것처럼 마음만으로도 늘 가까이 가고 싶고, 멀리 있어도 변하지 않은 맑고 깨끗한 사랑을 꿈꾸면 어떨까?

왕의 마음을 사로잡은 여인

고려 충렬왕의 연인, 「떠나면서 주신 연꽃」

고려 26대 왕 충선왕(忠宣王)은 충렬왕의 맏아들로 어머니는 제국대장공주[1]이다. 비(妃)로는 계국대장공주,[2] 순화원비,[3] 조비,[4] 순비,[5] 숙비[6]를 두었다. 그는 1277년(충렬왕 3년) 세자에 책봉되어 1298년 1월 충렬왕의 선위(禪位)를 받아 왕이 되었다.

충선왕은 정치·경제·사회 전반에 걸쳐 고려 사회의 폐해를 직시하고 과감하게 개혁 정치를 했다. 먼저 정방(政房)을 폐지하고 재상의 권한을 대폭

* * *

1 제국대장공주(齊國大長公主): 원(元)나라 세조(世祖)의 딸.

2 계국대장공주(薊國大長公主): 원나라 성종(成宗)의 질녀이자, 진왕(晉王) 감마랄(甘麻剌)의 딸. 1296년에 원나라에서 결혼했다.

3 순화원비(順和院妃): 홍규(洪奎)의 딸.

4 조비(趙妃): 조인규(趙仁規)의 딸. 1292년(충렬왕 18년)에 결혼했다.

5 순비(順妃): 허공(許珙)의 딸.

6 숙비(淑妃): 김양감(金良鑑)의 딸.

축소하여 정치권력이 중앙에 집중되도록 했다. 그러다가 조비무고사건[7]으로 퇴위를 당해 외가가 있는 원(元)나라로 되돌아가 살았다. 이어 다시 충렬왕이 왕위에 오르자 충선왕이 펴려던 정치적인 개혁은 중단되고 말았다.

충선왕이 고려를 떠나 원나라에 머무르는 10여 년간 고려에서는 왕 부자의 알력이 표면화되어 정치세력이 분열되면서 1299년에는 치열한 정쟁이 벌어지기도 했다.

1308년 충렬왕이 죽자 충선왕이 다시 귀국하여 왕위에 올랐다. 그는 국가 기강 확립과 인재 등용, 왕실 족내혼 금지, 권세가 횡포 엄단 등을 내용으로 하는 복위교서를 발표해 혁신정치를 천명했다. 그러나 원나라에서 오래 생활했던 타성에 젖어 복위 2개월 만에 제안대군(齊安大君) 숙(淑)에게 왕권을 대행시키고, 다시 원나라로 되돌아가 버렸다. 이후 5년 동안 귀국하지 않고 고려에서 전해 오는 나라의 실정을 듣는 것으로 국정을 살폈다.

충선왕이 실시한 정책 가운데 각염법[8]은 한 해에 포(布) 4만 필의 국고수익을 올리는 등 좋은 성과도 있었다. 그러나 토지개혁은 권세가들의 반대로, 관제개혁은 원나라의 간섭으로 실패하고 말았다. 또한 충선왕이 오랫동안 원나라에서 생활했기 때문에 본국에서 포 10만 필, 쌀 4,000곡(斛) 등 기타 많은 물자를 운반해야 하는 폐단을 낳기도 했다. 신하들이 여러 차례 귀국을 요청했고 원나라에서도 귀국을 명했지만 응하지 않고 그대로 머물

• • •

7　조비무고사건(趙妃誣告事件): 계국대장공주는 조비가 충선왕의 총애를 독차지하는 것을 시기하여 조비가 자신을 저주했다고 무고하는 편지를 원나라 황태후에게 보냈다. 이에 원은 충선왕이 즉위 후 개정한 관제를 모두 복구하도록 하고, 같은 해 8월에는 충선왕을 퇴위시키게 되었다.

8　각염법(榷鹽法): 소금 전매제도.

러 있었다. 그러다가 1313년(충선왕 5년)에 강릉대군(江陵大君) 도(燾)에게 전 위함으로써 그의 역할은 끝났다.

이후 충선왕은 만권당(萬卷堂)을 연경(燕京)에 세워 많은 서적을 수집하고 요수(姚燧)·조맹부(趙孟頫) 등 원나라 이름 난 선비들을 불러 연구하게 했다. 또한 고려의 이제현(李齊賢)을 불러 그들과 교유하게 하여 양국의 문화 교류에 큰 영향을 주기도 했다.

1316년(충숙왕 3년) 심양왕의 위(位)마저 조카 연안군고(延安君暠)에게 물 려준 뒤에는 티베트(토번) 승려에게서 계(戒)를 받고 보타산(寶陀山)에 불공 을 드리러 가기도 했다. 1320년 원나라 인종(仁宗)이 죽자 고려 출신 환관 임백안독고사(任伯顏禿古思)의 무고로 티베트에 유배되었고, 1323년 태정제 (泰定帝)가 즉위하자 유배에서 풀려나 2년 후 원나라에서 죽었다.

충선왕은 한 나라의 왕이었으면서도 왕으로서 역할과 생활을 하지 않고 원나라에 머물면서 평범하게 살아가려고 했다. 게다가 거기에서 죽기까지 했다. 그렇게 한 이유는 무엇일까?

자신의 천부적인 성품 탓일까, 국내외 정치적인 역학 관계 때문이었을 까? 아니면 외가가 원나라여서 그랬을까? 행여 사랑하는 연인이 발길이라 도 붙잡고 있어서 그랬는지도 모를 일이다. 충선왕은 그럴 만한 일화를 남 겨두었다. 예로부터 남녀 간의 애정 문제는 남녀노소를 막론하고 나라까지 기울게 했다는 요소가 아닌가? 충선왕에게는 끔찍이 아끼고 사랑했던 여인 이 원나라에 있었다. 그 여인과 애틋한 사랑 이야기가 흥미롭다.

충선왕이 임금이 되기 위해 원나라에서 고려로 돌아올 때 일이다. 충선 왕은 고려의 왕이 되어야 했기 때문에 사랑했던 여인과 헤어져야 했다. 어 쩔 수 없는 이별 상황에서 충선왕은 연꽃을 꺾어 여인에게 주면서 이별의 아쉬움을 달랬다.

　연꽃은 연밥과 더불어 연인들이 사랑 고백할 때 사용한 상징물이다. 왕은 이 상징물을 선물함으로 마지막 이별 의식을 치렀다. 그리고 차마 떨어지지 않은 걸음을 돌려 고려로 향했다.

　오는 도중에도 왕은 그녀를 잊지 못해 상실의 아픔을 크게 느끼고 있었다. 마음을 추스르지 못한 왕은 제일 믿을 만한 신하 이제현을 시켜 그 여인의 동정을 살펴보고 돌아오게 했다.

　과연 가 보니 그 여인은 이별의 아픔이 얼마나 컸던지 며칠째 아무것도 먹지 못하고 앓아누워 있었다. 매우 초췌한 여인은 심지어 말도 잘 못하는 처지였다. 떠나오면서 신하를 시켜 다시 가 보게 한 일이나, 실연으로 앓아누워 괴로워하는 여인의 모습을 보면 두 사람의 관계가 얼마나 깊었는지 가히 짐작할 수 있다.

　여인은 왕의 명을 받아 다시 문안하러 온 신하에게서 왕이 여전히 자기를 사랑하고 있음을 확인했다. 왕이 그렇게 떠나긴 했지만 왕 역시 이별의 아픈 마음을 간직하고 있음도 느낄 수 있었다. 여인은 왕의 사랑을 확인하긴 했지만 그래도 허전함은 달랠 길이 없었다. 자신의 아픈 마음을 알리기라도 하고 싶었다. 그래서 자신의 마음을 담은 시 한 수를 힘겹게 써서 임금께 전하도록 했다.

> 떠나면서 주신 연꽃 한 송이
> 처음에는 붉기만 하였는데,
> 줄기 떠난 지 며칠 못 되어
> 초췌함이 내 모습과 같습니다.

원문　贈送蓮花片(증송런화편)　　初來的的紅(초래적적홍)

　　　　　辭枝今幾日(사지금기일)　　憔悴與人同(초췌여인동)

"그리도 선연히 붉던 연꽃이 제 줄기를 떠난 지 며칠 못 되어 시들었습니다"라는 말은 초췌해진 자신을 말하고 있다. 화자의 이런 표현은 사랑하는 사람에게 여리게 보이고자 함과 동시에 자신의 사랑의 크기를 말하려고 한 것이다. 이러한 고백은 남성에게 존재하는 보호 본능이라든지, 사랑의 감성을 자극하기 위해 동원된 언어들이다. 결국 화자는 이 고백을 통해 사랑 회복에 대한 강한 열망을 표현한 것이다.

연꽃은 연인들이 사랑을 고백할 때에 사용하는 밀어이다. 연꽃은 꽃을 머금으면서 그 속에 맺혀질 연밥을 함께 맺는다. 때문에 연꽃을 드는 것만으로도 사랑의 결실을 생각하게 하는 언어가 된다. 그래서 연꽃은 사랑의 결과를 예측할 수 있는 꽃이다. 그런 의미에서 왕이 연꽃을 들어 이별의 징표로 준 것 역시 매우 의미 깊은 일이다. 첫째는 '사랑한다'는 고백으로서 징표이며, 둘째는 연꽃 속에 감추어진 연밥처럼 어떤 상황에 놓이더라도 사랑의 결실을 맺고 싶은 소망을 담은 것이기 때문이다.

꽃을 받은 여인도 충선왕이 가졌던 느낌과 희망을 가졌던 모양이다. 연꽃이 얼마간은 붉고 생기 있는 모습을 유지한 것처럼 말이다. 그런데 그것은 기대와 다르게 몇 날이 못 되어 곧 시들어 버렸다. 이 모습을 화자는 자신의 처지와 동일시했다. 이는 왕과 맺었던 인연과 사랑에 대한 희망이 사라졌음을 나타낸 말이다. 그래서 여인은 초췌해졌고, 이는 왕에 대한 그리움의 절정을 나타낸 웅변이 되었다.

의미 있는 시를 받아 든 이제현은 돌아오자마자 왕에게 사실대로 고해야 했다. 하지만 현명한 신하는 이실직고(以實直告)하지 않고 거짓으로 바꾸어 전했다. "가서 보니 그 여인은 술집에 들어가 젊은 사람들과 술을 마시고 있었습니다. 그래서 그녀를 찾아 헤맸으나 만날 수가 없었습니다." 그러자 왕은 분히 여겨 침을 뱉고는 그녀를 기억 속에서 지웠다고 한다. 사실대로 전했더라면 왕은 연꽃을 꺾어 주었던 마음대로 훗날의 사랑을 생각했을지 모를 일이다. 그런데 왕은 자신이 여인을 사랑했던 것보다 그 여인이 왕을 향해 가졌던 사랑에 못 미침을 깨달아 감정을 누그러뜨렸던 것이다.

이듬해 왕의 생일 때 일이다. 왕이 지난날 여인과 맺은 사랑을 잊었다고 생각한 이제현은 왕에게 축수의 잔을 올리고는 뜰아래 엎드려 지난날 자신의 잘못을 고했다. "폐하, 제가 죽을죄를 지었습니다." 뜻밖의 고백에 놀란 왕은 무슨 일이냐고 물었다. 이때 이제현은 위의 시를 올리면서 사실대로 아뢰었다. 왕은 눈물을 흘리며, "그날 만약 내가 이 시를 보았더라면 무슨 일이 있어도 다시 그녀에게로 돌아갔을 것이다. 그대가 나를 사랑한 까닭에 거짓으로 말하였으니 참으로 그 충성이 간절하다 하겠소"라고 칭찬해 주었다고 전한다. 사랑에 얽힌 일화에 현명한 신하의 재치까지 담겨 있어 좋다. 모두 아름답고 지혜로운 모습이다. 이 이야기는 임금과 신하 사이의 아름다운 미담으로 『용재총화』[9]에 전한다.

사랑 앞에서는 왕도 어쩔 수 없었던 모양이다. 사랑을 해 보지 않은 사람은 사랑의 절절함과 짜릿함, 그리고 그 아픔을 모를 일이다. 그래서 이성 간

• • • •

9 『용재총화(慵齋叢話)』: 조선 초기의 문신 성현(成俔: 1439~1504년)이 지은 잡록(雜錄). 고려 때부터 조선 성종에 이르기까지의 민속이나 문학에 대한 논의가 많은 비중을 차지한다. 그 밖에 역사·지리·종교·학문·음악·서화(書畵)·문물제도 등을 다루고 있어 당시 각 분야의 상황을 이해하는 데 많은 도움을 준다.

의 사랑은 감미롭고 안타까운 일인지도 모른다. 이 정도의 사연이라면 충선왕이 왕위를 버리고 원나라에 가려고 했던 이유가 될 만도 하겠다는 생각이다.

눈을 쓸면서 우는 까닭

김응정, 「소분설(掃墳雪)」

정철, 「훈민가(訓民歌)」

농경사회에서 가족제도는 대체로 여러 세대가 함께 어울려 사는 대가족 제도였다. 이 제도가 농경사회에 유용했던 이유로는 여러 가지가 있다. 우선 많은 식구는 농경사회에서 필요로 한 넉넉한 노동력을 제공하여 부를 창출할 수 있게 해 주었다. 또한 가족관계 속에서 저절로 이루어지는 친밀함은 끈끈한 인간관계를 유지할 수 있도록 도와주었다. 그 때문에 농경사회에서 사람들은 여러 세대가 함께 모여 사는 대가족제도를 택했던 것이다.

우리나라의 경우 농경사회를 유지시켜 주는 겉 구조물이 이 대가족 제도였다면, 이를 내면에서 정신적으로 지탱해 주는 것은 '효(孝)'라는 개념의 정신적인 구조물이었다.

그동안 우리 사회에서 이 대가족 제도가 제 기능을 발휘할 수 있었던 배경에는 이 내·외의 구조물이 든든하게 제 구실을 해 주었기 때문이라고 생각한다. 다수의 노동력이 생활의 넉넉함을 가져다주는 요소였다면, '효'라는 것은 대가족 제도가 잘 유지되도록 질서를 부여해 주는 역할을 했기 때문이다.

'효'는 부모의 끝없는 사랑에서 출발한다. 인간이라면, 부모의 끝없는 사랑에 대하여 바른 반응을 보이는 것이 자녀의 마땅한 도리라고 여긴다. 이러한 자녀의 바른 도리를 사람들은 '효(孝)'라고 불렀다. 이 관계는 사랑과 효가 짝을 이루어서 쉽게 끊으려야 끊을 수 없는 튼튼한 연결 고리가 되었다. 우리나라에서 이것이 없었다면 대가족제도는 무너졌을지도 모를 일이다. 그래서 전통사회에서 '효'라는 윤리는 매우 강조되었다.

옛사람들은 이 효를 모든 행실의 근본으로 여기고 실천해 왔다. 그 기본은 '어버이가 주무실 때에 잠자리를 펴 드리고, 새벽에는 편히 주무셨는가?' 문안드리는 혼정신성(昏定晨省)이었다. 여기서 '저녁에서부터 아침까지 살핀다'는 말은 온종일 부모를 잘 모셔야 한다는 의미이다.

생전에 그렇게 모시다가 부모님이 돌아가시면 3년 상을 치러야 했다. 부모의 묘 곁에 여막(廬幕)을 짓고 3년 동안 상복을 입고 묘를 살피는 일이었다. 이를 시묘살이라 하는데, 그 기간이 3년이나 되는 것은 내가 태어나 부모 품에서 3년을 자란 뒤 홀로 생활할 수 있게 되었기 때문이다. 이 길러 주심에 대한 보답으로 자녀는 부모님 사후에 3년 동안 묘를 보살펴야 한다는 것이다.

이렇게 3년 상을 치르고 나면 부모의 신주를 위패에 새겨 사당[가묘(家廟)]으로 옮겨 모시고 제를 올려야 했다. 그런대로 신분이 있는 집은 4대 조상의 신주를 모셨고, 일반 가정에서는 2, 3대 조상만 모시기도 했다. 살아 계실 때는 혼정신성을 다하고, 돌아가신 뒤에는 3년 동안 시묘살이를 하고, 그 뒤에 제사를 모시는 것이 우리나라 사람들이 실천하는 효(孝)의 근간이었다. 이러한 절차는 매우 엄하고 번거로운 의식이었지만 사람들은 이를 금과옥조로 여겼다. 이제 선인들이 실천했던 효의 실제를 들여다보자.

중국 전한(前漢) 시대에 백유(伯兪)라는 사람이 있었다. 어느 날 백유가 잘못하여 어머니께 벌을 받아야 했다. 백유의 어머니는 아들이 잘못하면 언제나 회초리를 들었다.

어머니가 백유의 종아리를 때리기 시작했다. 그런데 백유는 아파하기는커녕 눈물을 흘리며 울고 있었다. 어머니가 이상히 여겨 "다른 때는 회초리를 들어 때려도 울지 않더니, 오늘은 왜 그리 슬피 우느냐?" 물었다. 백유는 울음을 추스르고서 어머니께 공손히 대답했다.

"지난날 제가 잘못하여 어머니께 매를 맞았을 때는 어머니의 회초리가 매섭고 아팠습니다. 그런데 오늘은 그렇게 아프던 매가 아프지 않습니다. 아마도 어머니의 힘이 약해졌기 때문이라 생각합니다."

사람들은 대부분 매를 맞으면 아파서 운다. 누군가 나에게 도움을 주지 않아서, 혹은 내가 누리는 혜택을 빼앗아 갔다며 울고 따지는 경우가 많다. 더 나아가 자신이 따뜻하지 않고 불편하다며 운다. 그런데 백유는 매를 맞은 자신의 다리가 아파서 우는 것이 아니라, 때리는 사람의 형편을 헤아려 울었다. 분명 성숙한 사람만이 할 수 있는 모습이다.

우리나라에도 백유에 못지않은 사람이 있었다. 내가 춥고 아프고 힘들어 우는 것이 아니라, 어버이의 처지를 생각하여 우는 사람 말이다. 일생 동안 부모님께 효성을 다했던 해암 김응정(金應鼎)의 사연이다. 시를 통해 그가 실천했던 '효'를 살펴보자.

해암(懈巖) 김응정은 1527년 전라남도 강진군 병영면에서 태어났다. 그는 왕으로부터 경릉참봉과 사헌부 벼슬을 하사받아서 편안하게 살 수 있는 사람이었다. 그런데도 그는 어버이를 섬겨야 한다는 이유로 관직을 버리고 번거롭고 힘든 일을 자청했다. 아버지가 돌아가시자 그는 시묘살이를 시작했다. 그러면서도 그는 자신의 효가 늘 부족하다고 생각했다.

소분설(掃墳雪: 무덤에 눈을 쓸면서)

흰 눈이 수북이 내린 골짜기에서 삼베옷에 버선을 벗고
무덤에 눈을 쓸다가 빗자루를 부여잡고 흐느껴 우는 까닭은
어디 발 시려 울겠는가, 아무런 말씀이 없어서 웁니다.

원문 白雪 자자진 골에 뵈 옷애 보선 벗고
墳墓 우희 눈 쓰다가 뷔 안고 우는 뜻은
어디셔 발 시려 울니요 말삼 아니 하실세 우노라.

—『청구영언(靑丘永言)』

해암(懈巖)은 무녀독남으로 태어나 34세에 아버지를 잃게 되었다. 그러자 아버지의 묘 곁에 움막을 짓고 3년 동안 시묘살이를 했다. 시묘살이를 마친 그해, 또 어머니마저 돌아가시게 되었다. 그러자 해암은 또 묘 곁에 움막을 짓고 3년 동안 시묘살이를 했다. 시묘살이의 어려움은 집에서 생활하는 것보다 몇 배 더 힘들고 어려운 고행이다. 그런데도 해암은 6년씩이나 기꺼이 시묘살이를 한 것이다.

해암이 정성껏 시묘살이를 하던 중 겨울이 되어 몹시 추운 날이었다. 하루는 눈이 많이 내려 묘를 완전히 덮었다. 해암은 일찍 일어나 무덤에 쌓인 눈을 비로 쓸어 내렸다. 자신의 몸에 치장한 그 자체가 부모님에게 못된 행

실로 여겨질까 봐 짚신도 버선도 없는 맨발이었다. 무덤이 산골짜기에 있었으니, 혜암은 얼마나 추웠을까?

그렇게 지극 정성으로 시묘살이를 했으면서도 혜암은 어버이의 은혜에 훨씬 못 미친다고 생각했다. 그래서 자신이 행한 효가 도리어 부끄러움이 된다고 여겼다. 아무리 잘 모시고 잘 해드려도 어차피 불효인 것을 깨달았기에 쓸기를 마치지 못하고 빗자루를 든 채로 울고 있었던 것이다.

눈물을 흘리는 것은 차가운 겨울바람 때문이 아니다. 눈이 하도 많아 쓸기 힘들어서 그런 것도 아니다. 눈 내린 추위 속에서도 아무 말씀이 없으신 어버이의 마음을 느꼈기 때문이다. 한나라 백유가 흘린 눈물과 같은 눈물이다.

이런 마음을 가진 사람, 이런 생각을 가진 사람, 나보다 추위 가운데 누워 계신 부모님을 생각하는 사람의 마음에는 무엇이 들었을까? 우리 같은 범부(凡夫)들은 아무리 깊이 잘 헤아린다고 해도 혜암의 마음 한 모퉁이에도 미치지 못할 것 같다. 그의 가슴에는 분명 따뜻함이 있고, 사랑이 있고 효가 가득했던 것 같다. 나보다 어버이를 생각한 사람, 분명 아무나 할 수 없는 일이다. 아무나 미칠 수 없는 도인의 경지라는 생각이 든다.

부모에게 효(孝)를 다했던 혜암이 이번에는 국가에 애사가 났다는 소식을 들었다. 혜암이 39세 되던 해에 문정왕후가 승하했다는 소식이었다. 이에 혜암은 다시 상복을 입고 생활했다. 그러다가 혜암이 41세 되던 해에는 또 명종이 승하했다는 소식을 들었다. 그는 역시 3년 동안 상복을 입었다. 군사부일체라는 말을 실천한 것이다. 이 기간에도 그의 태도는 변함이 없었다. 그가 상복을 입고 지내면서 남긴 시를 읽어보자.

> **명종 임금이 세상을 떠났다는 소식을 듣고 지음[聞名墓昇遐作]**
>
> 추운 겨울에 베옷 입고 눈비 맞으면서
> 구름 낀 햇볕 쬔 적 없지만은
> 서산에 해 진다 하니 그를 눈물겨워하노라.
>
> **원문** 三冬에 뵈옷 닙고 巖穴에 눈비 마쟈
> 구름 낀 볏 뉘도 쬔 적이 업건마는
> 西山에 히지다 ᄒ니 눈물 계워 ᄒ노라.
>
> ——『청구영언(靑丘永言)』

조선 시대 유자(儒者)들은 군사부일체(君師父一體)를 금과옥조(金科玉條)로 여겼다. 하지만 이를 실천한 이는 많지 않았다. 그러나 유독 해암만은 철저했던 것 같다. "햇볕 쬔 적 없지만" 하는 말은 임금의 은총을 받은 적이 없다는 말이다. 그래도 그는 왕의 승하 소식을 듣고 서러워하여 연거푸 6년 동안 상복을 입었다. 지극한 애국자가 아니면 할 수 없는 일이다.

해암의 애국은 여기에서만 끝나지 않았다. 임진왜란과 정유재란으로 나라가 어려움에 처하자, 그의 전 재산을 팔고, 손수 소금을 구워 마련한 돈으로 군량미 오백 석을 마련하여 의병장 고경명과 조헌을 돕기도 했다.

그는 학문에도 조예가 깊어 수백 수의 시조를 지어 『해암 가곡집』이라는 문집을 만들기도 했다. 하지만 아쉽게도 그의 작품은 우리가 읽어 본 작품을 비롯해 8편만이 전할 뿐이다.

효(孝)와 관련된 또 다른 가르침으로는 송강 정철의 「훈민가(訓民歌)」를 들 수 있다. 내용을 해암의 마음과 비교하면서 읽어 보자.

「훈민가(訓民歌)」는 송강 정철이 45세 때인 1580년(선조 13년)에 강원도 관찰사로 재직하면서 백성들을 권면하기 위해 지은 연시조이다. 전체 16수 가운데 첫 번째, 두 번째, 네 번째 수만 살펴보자.

아버님께서 날 낳으시고 어머님께서 날 기르시니
두 분이 아니었다면 이 몸이 태어나 살 수 있었을까
하늘같이 끝없는 은혜를 어떻게 다 갚을 수 있을까.

원문 아바님 날 나흥시고 어마님 날 기르시니
두 분 곳 아니시면 이 몸이 사라실가
하늘 フ튼 フ업슨 은덕을 어디 다혀 갑스오리.

형아, 아우야, 네 살을 만져보아라.
누구에게서 태어났기에 모습조차 같은 것인가?
같은 젖 먹고 자라났으니 딴 마음을 먹지 마라.

원문 형아 아익야 네 술 홀 만져 보아.
뉘손디 타 나관디 양지조차 フ틋슨다.
흔 졋 먹고 길너나 이셔 닷 ㅁ 음을 먹디 마라.

어버이께서 살아 계실 때 섬기는 일 다하여라.
돌아가신 뒤에 아무리 애통해한들 무슨 소용이 있겠는가

평생에 다시 할 수 없는 일이 이뿐인가 하노라.

원문 어버이 사라신 제 셤길 일란 다 ᄒ 여라.

다나간 휘면 애돏다 엇디ᄒ리.

平生애 곳텨 못홀 일이 잇ᄯ인가 ᄒ노라.

1수에서는 부모님에 대한 효도를, 2수에서 형제간의 우애를, 4수에서는 풍수지탄(風樹之嘆)의 경계를 주제로 하고 있다. 여기에서 강조하는 것도 해 암이 몸소 실천했던 효(孝)와 같은 맥락을 하고 있다. 이처럼 '효(孝)'는 우리 조상들에게 매우 중요한 요소였다. 효는 모든 행실의 시작이며, 모든 질서 의 근본이 되었다.

오늘날에는 진리처럼 여겼던 '효(孝)'에 대한 생각이 많이 달라졌다. 예전 에는 부모의 한없는 사랑의 보답으로 자녀가 부모를 반드시 모셔야 했다. 그런데 요즘은 아들이 부모를 모시겠다고 하면 며느리가 싫어해 불편을 만 들고, 딸이 부모를 모시겠다고 하면 사위가 면박을 주어 괴로움을 만드는 세상이 되었다. 이제 어버이를 모시고 사는 일은 시대에 뒤떨어진 노릇이 되어 버렸다.

현대는 국가에서 부모를 보살피는 제도나 장치를 마련하면 이를 이용해 부모님이 편안함을 누릴 수 있도록 돕는 것이 효(孝)가 되는 세상이 되었다. 부모의 사랑이 예전만 못한 것도 아닌데, 유독 자녀들만이 시대를 따라 부 모 대하는 양상이 달라졌다.

효를 실천하는 방법은 시대에 따라 다를 수 있다. 그러나 우리 조상들이 얼마 전까지 실천해 왔던 그 '효'의 정신만큼은 가슴 속에 지녀야 한다는 생

각이다. 자식이 아무리 부모님을 잘 공경한다 해도 부모에게서 받은 사랑
에 견주어 보면 초라하기 이를 데 없기 때문이다. 우리가 무엇을 좀 해 드린
다고 해도, 그저 우리가 살아가는 삶 자체가 부모에게 근심이 되는 것을 어
찌 효도한다고 할 수 있을까?

남매가 나눈 정
명온공주, 「남매화답시(男妹和答詩)」

우리나라의 역사는 굴곡이 많았다. 우리가 처한 지리적인 여건 때문인지, 아니면 우리의 힘이 약했기 때문인지 분명한 이유야 알 수 없지만 외침을 많이 받았고 내정 간섭도 많이 받았다. 기껏 이룬 통일국가도 다툼으로 얼룩졌고, 한번은 잃어버리기도 했으며, 오늘날에는 두 토막이 난 채 지내고 있다.

이러한 역사적인 아픔 때문인지 우리는 역사 문제에 대해 상당히 민감한 편이다. 더욱이 일본이 우리 역사에 관여하려 들거나, 중국이 동북공정[1]을

• • • •

1 **동북공정**(東北工程): 동북변강역사여현상계열연구공정(東北邊疆歷史與現狀系列硏究工程)의 줄임말로 동북 변경의 역사와 현황에 대한 체계적인 연구 프로젝트라 하겠다. 중국 사회과학원에서 시작했는데, 동북 3성인 요령성, 길림성, 흑룡강성의 성 위원회가 참여하여 지원하는 학술연구 프로젝트이다. 이를 통한 중국의 목표는 한민족의 최초 국가인 고조선의 정통성을 이어받은 고구려의 역사를 중국의 역사로 편입하려는 것이다. 더 나아가 우리나라까지 중국의 한 변방으로 취급하려는 의식이 담겨 있다.

언급할 때면 우리의 신경은 더 날카로워진다. 그럴 때마다 사람들은 역사 교육을 떠올리고, 이에 따라 역사 수업시간마저 늘였다 줄였다 한다.

그런 덕분에 우리는 그 나름대로 역사에 대한 상당한 지식과 관심을 가지게 되었다. 더욱이 조선 시대 역사를 접함에서 왕에 대한 이야기와 왕자에 대한 이야기, 성리학을 주창했던 사람들의 이야기에 대해서는 꽤 정통한 편이다.

그런데 지난날 사회의 한 축을 담당했던 여성들에 대한 이야기는 소홀히 여기는 편이다. 조선사회가 남성 중심의 사회여서 그런지, 여성에 대해서는 기록이 적을 뿐 아니라 관심을 많이 기울이지도 않았다. 더욱이 높은 지위에 있었던 왕실의 공주들에 대해서는 더 가볍게 다루고 있다. 그러니 역사의 중심에 서지 못했던 왕의 딸인 공주들의 삶에 대한 정보 역시 어설픈 편이다.

귀한 집안에 태어났던 공주들은 어떤 삶을 살았을까? 남성들의 세계에 묻혀 잘 드러나지 않은 공주의 삶은 어떠했을까? 그 삶을 엿볼 수 있는 시 한 편을 살펴보려고 한다. 시를 이해하기 위해 조선 시대 공주들의 생활을 대강 들여다보자.

조선 시대 공주는 태생에 따라 두 부류로 나뉘었다. 조선이 건국될 때만 해도 왕의 딸에 대한 명칭은 특별히 구분하지 않았다. 그러다가 태종 때에 적자2와 서자3에 대한 법률이 생겨나면서 왕실에도 이런 규정을 적용하게 되었다. 따라서 적녀(嫡女)를 공주(公主)라 하고, 후궁의 딸인 서녀(庶女)를

• • • •

2 적자(嫡子): 정실(正室)의 몸에서 태어난 아들.
3 서자(庶子): 첩에게서 태어난 아들. 별자(別子). 얼자.

옹주(翁主)라 부르게 되었다.

이들은 대개 시집가기 전 13살 전후까지는 궁내에서 생활했다. 그러다가 혼기가 되면 왕자들 혼례와 마찬가지로 왕과 왕비가 정치적인 이해관계에 따라 배우자를 선택해 주면 결혼했다. 혼인을 하면 공주들은 남편을 따라 궁 밖에서 여타의 여인네들과 다름없는 삶을 살았다. 때문에 왕녀들도 당대 여느 여자들과 마찬가지로 남편의 축첩에 상처를 입고, 무관심에 눈물을 흘려야만 했다.

공주가 비록 왕녀 신분이긴 했지만, 일단 출가하게 되면 남편 집안의 정치적인 입지에 따라 공주의 삶도 달라졌다. 하지만 신분에서는 시댁보다는 친정의 정치적인 입지에 따라 영향을 많이 받았다. 곧 친정의 정치적인 입지가 탄탄하면 시댁에서도 신분이 유지되었지만, 친정인 왕실이 몰락하거나 힘을 잃게 되면 공주의 신분 역시 보장될 수 없었다.

물론 왕녀들의 삶은 일반적으로 보통 여성들과 비교하면 부유하고 호화스러웠으며 평탄했다. 왕녀라는 신분 덕분에 특권을 누림은 물론, 경제적으로 엄청난 혜택을 누리며 살았다. 하지만 일반 평민 여인들이 재혼(再婚)과 개혼(改婚)을 암암리에 했던 것에 비하면 공주는 재가(再嫁)나 개가(改嫁)를 할 수 없었다. 이런 면에서 본다면 왕녀들의 운신의 폭은 비교적 제한된 삶을 살았다고 해야 할 것이다.

명온공주가 남긴 시를 보면 왕녀들의 결혼 생활을 짐작하게 해 준다. 조선 23대 왕 순조의 장녀인 명온공주(明溫公主) 역시 결혼할 나이가 되어 궁궐 밖으로 시집을 갔다. 옛날에 결혼이라면 요즘 중·고등학생쯤에 해당되는 어린 나이에 하니까 부모 곁을 떠난다는 것 자체가 외롭고 힘겨운 일이었다. 그래도 혼기(婚期)라는 때를 놓칠 수 없어 어쩔 수 없이 치러야 할 통과 의례였다.

명온공주는 안동 김 씨 가문으로 시집을 갔다. 시집이라는 곳이 잘 단장되었다고는 하나 호화스런 궁궐 여건에야 훨씬 못 미쳤다. 남편이 아무리 마음에 들고, 이성(異性)에 대한 그리움이 크다손 치더라도, 함께 놀던 형제들과는 비교할 수 없을 만큼 낯선 환경이었다. 더욱이 명온공주는 나중에도 자녀가 없는 삶을 살았다. 그러니 아녀자로서 무자식의 힘겨움은 또 얼마나 심했을까? 그냥 보통의 생활을 한 사람도 시집을 가게 되면 그렇게 많은 외로움을 느껴야 하는데, 하물며 궁궐 생활을 했던 귀족 중의 귀족인 공주가 느꼈을 외로움이란 그 깊이가 어떠했으리라는 것은 짐작할 수 있다.

공주는 날마다 시름이 쌓이고, 낯선 시댁 생활이 외롭고 힘겨웠다. 더욱이 밤이 길어질 때면 긴긴 밤 동안 사랑하는 가족이 그립고 또 그리웠다. 그리움을 주체할 수 없었던 공주는 마음을 담은 시를 오빠에게 보냈다.

남매화답시(男妹和答詩) — 오빠에게 보내는 시

서리 내리는 가을밤이 길기도 하여
홀로 희미해져 가는 등불을 마주했습니다.
머리 숙이니 친정 생각 간절한데
창밖 기러기 소리 그리움을 더 심하게 합니다.

원문 九秋霜夜長(구추상야장)　　獨對燈火輕(독대등화경)
低頭遙想鄕(저두요상향)　　隔窓聽雁聲(격창청안성)

가족과 헤어지는 아픔이 공주의 가슴을 무겁게 눌렀다. 그날따라 서리까지 내려 몸도 마음도 움츠러들게 했다. 그야말로 설상가상(雪上加霜)이다. 그러니 공주의 마음은 가족에 대한 그리움으로 애가 탔다. 시를 보고 있으면 그리움에 지친 어린 궁녀의 마음이 몹시 아프게 느껴진다.

공주는 당면한 현실을 한탄과 울음으로 묻어 둘 수 없었다. 그래서 붓을 들었다. 그리움과 아픔이 있는 현실에서 희망이 담긴 삶으로 반전시키려는 노력을 한다. 그래서 오래도록 등잔불 앞에 앉아 불꽃이 희미해져 가도록 생각하고 또 생각한다. 그리움에 대한 정(情)의 크기를 말해 준다.

지난날 함께 놀았던 오빠와 동생들, 한 번 더 안고 뒹굴고, 말장난을 하고, 다투고, ······정다웠던 날들이 그림처럼 지나갔다. 지난날 오빠와 나눈 사랑과 정이 유난히도 깊었던 탓에 생각하면 할수록 그리움이 더 깊어진다. 그러다가 그리움이 지나쳐 머리가 밑으로 숙여지더니, 이제 지울 수 없는 아픔이 되고 말았다.

이런 공주의 마음을 골려주기라도 하려는 걸까? 아니 애타는 가슴을 더 고달프게라도 만들고 싶은 자연의 애꿎은 장난일까? 공주의 처지와는 상반되게 기러기는 자신이 가고 싶은 곳으로 소리를 내며 마음대로 날아가고 있다. 화자 역시 기러기처럼 달려가고 싶다. 하지만 그렇게 할 수 없어 더 힘든 밤이다. 마음대로 날아갈 수 있는 기러기와 그렇지 못한 공주의 처지가 대비되어 더 아프게 만든다. 궁궐에 남아 있는 가족들이 너무도 그리운 밤이다.

이렇게 간절한 그리움이 담긴 동생 글을 오빠가 받았다. 오빠는 단번에 동생의 마음을 헤아릴 수 있었다. 오빠의 마음도 동생과 같았다. 그래서 오빠도 그냥 가만히 앉아 있을 수 없었다. 조용히 붓을 들어 동생의 시에 답하

는 시를 썼다. 시를 보면 오빠의 마음에도 동생을 그리는 마음이 송알송알
맺혔음을 볼 수 있다.

남매화답시(男妹和答詩) — 여동생에게 보내는 시

창가에 나뭇잎 지는 소리 나는데
동생의 시름은 또 몇 겹이나 될까
수척한 달빛에 꿈속마저 그리움 되어 괴롭구려
꺼져 가는 등불은 누구를 위해 아직도 타고 있을까?

원문 山窓落木響(북창락목향)　　幾疊詩人愁(기첩시인수)
　　　瘦月夢邊苦(수월몽변고)　　殘燈爲誰留(잔등위수류)

창가에 떨어지는 나뭇잎은 가을의 깊이를 말해 준다. 어느 새 가을이 점
점 깊어져, 차갑고 추운 밤이 되었다. 이 추운 밤, 외로움에 지쳐 힘들어할
동생을 생각하니, 오빠의 마음도 안타까워졌다. 동생의 외로움을 달래주고
싶은 마음에서 하늘의 달을 보았다. 어두운 하늘을 비추는 달도 수척해 보
였다. 수척한 달은 그리움에 지친 오빠의 가슴에서 가냘픈 동생의 얼굴이
되었다. 그래서 더 가슴 아파 잠을 이루지 못하고 뒤척이는 밤이 되었다. 뒤
척임마저 힘든 밤이다.

오빠는 "꺼져 가는 등불은 누구를 위하여 아직도 타고 있을까?"로 마무
리 한다. 등불이 꺼져 가는데도 끄지 않고 그대로 두고 있다. 외롭고 힘든
삶이지만 금방 찾아가서 해결해 줄 수도 없는 노릇이다. 하지만 지금 꺼져

가는 약한 등불만이라도 보고 있는 것은 행여 그리움에 지친 동생의 마음을 위로하는 오빠의 심정이다. 오빠는 동생을 무척이나 많이 사랑한 듯싶다. 오빠의 따뜻한 마음이 동생의 외로움을 넉넉하게 달래고 덥혀 주었으리라. 오누이가 나눈 따뜻한 사랑과 관심이 그리움으로 상한 서로의 가슴을 포근하게 만들어 주었으리라.

5. 우국이 사연 되어

불사이군(不事二君)의 절개
원천석, 「흥망이 유수하니」, 「눈 맞아 휘어진 대를」

저승 가는 길에는 주막도 없다
성삼문, 「수양산 바라보며」, 「송죽설월송(松竹雪月頌)」, 「절의가(節義歌)」

죽음을 부른 시
권필, 「궁류시(宮柳詩)」

절개(節槪)가 충(忠)이 되어
박팽년, 「제한운월효월도(題寒雲曉月圖)」, 「가마귀 눈비 마자」, 「금생여수(金生麗水)라 하니」

나라가 태평하면 나귀에서 떨어져도 즐겁다
숙종 임금, 「진단타려도 제시(陳搏墮驢圖題詩)」

머리가 희어진 까닭
황현, 「절명시(絶命詩)」

호랑이보다 더 무서운 것
정약용, 「애절양(哀絶陽)」 / 박노해, 「노동의 새벽」

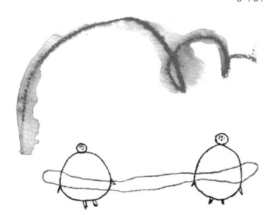

불사이군(不事二君)의 절개
원천석, 「흥망이 유수하니」, 「눈 맞아 휘어진 대를」

나라가 혼란스럽거나 어려움을 만나면 그 시대를 책임지는 지식인들도 시대와 함께 고난을 겪는다. 더욱이 국가의 운명이 달라지는 역성혁명(易姓革命)과 같은 변혁기에는 더욱 그렇다. 험악한 시대를 살아간 지식인들은 시대의 성향에 따라 명암을 달리하곤 했다. 지식인들은 시대의 흐름과 더불어 살아가는 사람들이라 하겠다.

지식인들이 겪어야 하는 어려움은 당사자에게는 무거운 짐이기도 하지만 후대에 좋은 교훈이 되기도 한다. 그들이 견뎌낸 고난을 통해 삶의 가치 기준을 보여주기 때문이다.

어려움에 직면한 지식인들 가운데는 저항을 통해 자신의 생각을 드러낸 사람이 있는가 하면, 혹자는 흐름에 따라 동조하고 타협하는 삶을 살기도 했다. 어떤 이들은 이것도 저것도 아니라며 말없이 초야에 묻혀 살며 침묵으로 자신의 철학을 드러낸 사람도 있다.

후세 사람들은 치열한 의식으로 시대에 저항했던 지식인들의 의기를 칭송하기도 하고, 흐름에 동조했던 지식인인 경우 뛰어난 처세술을 비판하기도 한다. 또한 정의감을 안으로 눌러 삭이며 무명으로 초연하게 살았던 지식인에게는 동정의 마음을 보내기도 한다.

초야에서 무명으로 지낸 지식인의 경우 그들은 능력이나 지위 면에서 보면 일신의 유익을 구할 수 있었다. 그런데도 호의호식을 바라지 않고 자신의 신념에 따라 살았던 사람들이다. 이런 선비들의 용기를 우리는 과소평가할 수 없다. 그 대표적인 인물로 운곡(耘谷) 원천석(元天錫, 1330~?)을 들수 있는데, 그가 남긴 시를 통해 그 삶을 들여다보자.

운곡은 1330년 종부시령(宗簿寺令)을 지낸 윤적(允迪)의 아들로 태어났다. 어릴 때부터 문장에 뛰어난 데다 학문에 힘쓴 결과 이른 나이에 진사가 되었다. 그는 태조 이성계와 동문이었고, 뛰어난 능력을 가져 태종(太宗: 芳遠)이 왕자였을 때 사부가 되기도 했다. 또한 조선 개국공신인 정도전과 동년배(同年輩)로 막역한 사이였다. 하지만 그는 유학자의 양심에 따라 조선 개국에는 참여하지 않았다.

『운곡시사』[1]에는 22세부터 65세까지 770편, 1,146수에 대한 기록이 있다. 이 외에도 운곡은 『야사(野史)』 6권을 지었는데, 이를 후손에게 물려주면서 보는 것을 삼가라고 유언으로 남겼다. 뒷날 후손들이 이 유언을 지키지 못하고 열어 보았는데, 그 내용이 조선 왕조에 대한 부정적인 내용을 담고 있었다. 이에 후환이 두려운 후손들이 모두 불살랐다고 전한다.

운곡은 고려 말의 정치적인 문란함을 보고 개탄하면서도, 나라를 무너뜨리고 새 나라를 세우는 일은 부당한 것으로 여겼다. 그래서 새 왕조가 개국

• • • •

1 『운곡시사(耘谷詩史)』: 원천석이 22세 때부터 65세까지 쓴 시를 모은 시집.

하자 불사이군(不事二君)이라는 유가적 덕목에 따라 동조하지 않고 치악산 (雉岳山)에 들어가 끝내 세상에 나오지 않았다. 거기에서 운곡은 마지막까지 부모님을 봉양하며 살았는데, 그가 언제 죽었는지에 대한 자세한 기록은 전하지 않는다.

조선 3대 왕 태종은 어릴 때 운곡에게 가르침을 받아서 그의 인간 됨됨이와 학문적인 능력을 잘 알고 있었다. 때문에 왕위에 오른 다음 원천석을 불러 높은 관직을 주려고 했다. 그러나 운곡은 왕의 호의에 끝까지 응하지 않았다.

한번은 태종이 그의 집을 찾아갔으나, 소문을 미리 들은 운곡이 산속으로 피해서 두 사람은 끝내 만나지 못하고 말았다. 그러자 태종은 계석(溪石)에 올라가 집을 지키는 할머니에게 선물을 후히 주고 돌아왔다. 그러고도 왕은 미안했던지, 나중에 운곡의 아들 형(泂)을 불러 기천(基川)² 현감으로 임명해 주었다. 후세 사람들은 그때 왕이 올랐던 바위를 태종대(太宗臺)라 불렀는데, 지금도 그 바위가 치악산 각림사(覺林寺) 곁에 있다.

얼마든지 출세의 길을 갈 수 있었던 운곡은 편안하고 안락한 생활을 구하지 않았다. 그가 노래한 대로 흥망이 운수에 달렸다고 했지만, 그는 왕조를 뒤엎은 정치적인 문란에 동조할 수 없었던 모양이다. 그런 까닭에 운곡은 고려가 망한 뒤 개경을 찾았을 때 흥망의 무상함을 이렇게 읊었다.

> 흥망이 다 운수에 달려
> 고려 궁궐 만월대 폐허 되고 가을 풀만 무성하구나

● ● ●

2 지금의 경북 풍기(豊基).

오백 년 고려의 왕업은 목동의 구슬픈 피리 소리에나 담겼으니

석양에 이곳을 지나는 나그네 슬픔을 이기지 못하겠구나.

원문 興亡이 有數하니 滿月臺도 秋草 | 로다

五百年 王業이 牧笛에 부쳣시니

夕陽에 지나는 客이 눈물 계워 ᄒ노라.

—『청구영언(靑丘永言)』

　초장에서는 시각적인 요소인 '만월대', '추초(秋草)'가 나오고, 중장에서는 청각적인 이미지 피리소리가 등장한다. 화자는 이 두 감각을 들어 서로 대조시키고 있다. 종장에서는 객(客)에게 의탁하여 자신의 회고의 정을 드러냈다. 초·중장에서는 서경을 나타내고 종장에서 서정을 드러내 선경후정(先景後情) 형태로 전개했다.

　'추초(秋草)', '석양(夕陽)'은 고려 왕조를 나타낸 은유다. '가을날 마른 풀'이라는 말은 온몸으로 섬겨 오던 왕조가 무너졌다는 말이고, 종장에 '석양'이라는 말은 '이제 다 됐다'는 말이다. 곧 희망이 사라졌음을 나타낸다. 화려했던 지난날의 영화가 이제 마른 풀처럼 시들고 석양처럼 저물었으니 안타깝다는 말이다.

　한시(漢詩)에서 석양의 피리소리는 지나간 옛날을 그리워하는 뜻으로 사용되거나, 가고 없는 벗을 그리워하는 의미로 쓰인다. 중국 진(晉)나라 때 죽림칠현(竹林七賢)의 한 사람인 향수(向秀)라는 이로부터 유래되었다. 죽림칠현으로 어울리던 사람들이 죽거나 뿔뿔이 흩어진 다음, 그의 옛 벗들과 함께 노닐다가 피리소리를 듣고는 지난날 생각에 사무쳐 「사구부(思舊賦)」

를 지었다. 이로부터 사람들은 피리소리를 옛날을 그리워하는 의미로 애용하게 되었다.

여기에 등장한 피리소리도 같은 의미라고 보면 좋겠다. 화자는 옛 왕조를 그리워하고 그 멸망을 안타까워하고 있다. 운곡은 인류의 역사가 끊임없이 변화한다는 사실을 잘 알아서 흥망이 운수(運數)에 달렸다고 했다. 세상사가 이렇게 변화되는 것도 정한 이치임을 알고 있다. 그러면서도 자기가 사는 이 시대에 자신이 몸소 변화를 겪어야 한다는 사실에는 수용하고 싶지 않았다. 그래서 눈물겨워하고 있다.

다음 시조를 보자. 가슴 깊은 곳에서 쉴 새 없이 흘러내리는 화자의 눈물을 볼 수 있다. 그러면서도 자신의 가치관을 지켜 내려는 노력을 드러낸다.

> 눈 맞아 휘어진 대나무를 누가 굽었다 하는가?
> 굽힐 절개라면 눈 속에서도 푸를 것인가?
> 아마도 한겨울 추위를 이겨내는 높은 절개는 너뿐인가 하노라.
>
> **원문** 눈 마쟈 휘여진 디를 뉘라서 굽다턴고
> 굽을 節이면 눈 속에 푸를쇼냐
> 아마도 歲寒孤節은 너뿐인가 ᄒ노라.
>
> ―『청구영언(靑丘永言)』

많은 사람들은 운곡을 설득하려고 협박과 회유를 했다. 이것이 모여 혹한에 내리는 차가운 눈이 되었다. 운곡은 쌓이는 눈의 무게를 견디지 못해 굽어지기는 했다. 하지만 부러지지는 않았다. 이를 두고 누가 흉볼 수 있다는 말인가? 혹한 속에서도 푸름을 간직하고 있는 것을.

운곡은 지난날 자신이 섬겨 온 왕과 새롭게 탄생한 왕, 두 왕을 함께 섬길 수 없다고 생각했다. 그것이 선비 정신이요, 사람의 일이라고 여겼다. 푸름을 잃지 않은 대나무의 절개는 운곡의 삶이자 철학이다.

굽어진 대나무의 괴로움, 운곡의 마음은 상처투성이가 되었다. 태종이 계속 구애(求愛)를 했지만 운곡은 치악산(雉岳山)에 들어가 세상과 등지고 살았다. 한 왕조에만이라도 충직한 신하가 되고 싶은, 끝까지 푸름을 잃지 않은 유학자적인 삶이다.

허목(許穆)[3]은 선생의 묘갈(墓碣)에서 운곡의 절개 있는 삶을 "군자는 숨어 살아도 세상을 저버리지 않는다고 하더니 선생은 비록 세상을 피하여 스스로 숨었지만 세상을 잊은 분이 아니었다. 변함없이 도를 지켜 그 몸을 깨끗이 하였다"라고 적었다. 이러한 일이 어찌 쉬운 일인가? 시류를 따라 철새 정치인들이 태반인 이 세대이기에 운곡의 삶은 시사하는 바가 더욱 크다고 하겠다.

• • • •

3 허목(許穆, 1595~1682년): 조선 중기의 학자. 호는 미수(眉叟). 1675년(숙종 1년) 때 우의정을 지냈다. 사상적으로 이황(李滉)의 학통을 이어받아 이익(李瀷)에게 연결시킴으로써 남인 실학파의 기반이 되었다.

사연이 담긴 시 이야기
5. 우국이 사연 되어

저승 가는 길에는 주막도 없다

성삼문, 「수양산 바라보며」, 「송죽설월송(松竹雪月頌)」,
「절의가(節義歌)」

세상에는 귀하고 가치 있는 것이 참으로 많다. 값비싼 보석이 귀하고, 아름다운 자연이 가치 있고, 우리가 사는 세상이 가치 있다. 또한 세상 속에 살아가는 사람이 귀하고 그들이 가진 바르고 따뜻한 마음이 귀하다. 그리고 불굴의 의지를 가지고 살아가는 사람들의 삶이 가치 있는 것들이다. 이렇게 들다 보면 세상에 존재하는 모든 사물은 존재 자체만으로도 매우 귀한 존재임에 틀림없다. 하지만 이 가운데 가장 귀한 것은 아마 사람 개개인이 지닌 생명이라고 생각한다.

개인적으로 보면 생명은 세상에 하나밖에 없는 유일무이한 것이어서 무엇보다 소중하고 값진 것이다. 내가 없으면 세상마저 없다. 따라서 내가 존재함으로 세상은 가치 있게 된다고 하겠다. 어느 누구도 이를 훼손해서는 안 되며 스스로도 가볍게 여겨서는 안 될 것이다. 그래서 예수는 "사람이 만일 온 천하를 얻고도 자기 목숨을 잃으면 무엇이 유익하리오"[1]라고 갈파했던 것이다.

역사를 보면 천하보다 귀한 생명을 역사 앞에 당당하게 버린 사람이 많다. 국가를 위하고 가족을 위하고 혹은 친구를 위해서……. 이들의 목적과 대상은 서로 다르지만, 그 무엇을 위해 천하보다 귀한 목숨을 바치는 일은 참으로 가치 있는 일이라 할 수 있다.

후세에 사육신으로 명명된 성삼문, 하위지, 이개, 박팽년, 유성원, 유응부 등은 세대를 넘어 의미 있는 죽음을 맞은 사람들이라 하겠다. 이들은 국가를 위해 그리고 자신들의 철학과 이념에 따라 천하보다 귀한 생명을 걸었기 때문이었다. 이들은 자신의 의지를 분명히 했고 결코 불의와 타협하지 않았다. 그래서 당당하게 죽음을 택했다. 그들이 귀한 생명을 지불해 가며 얻으려 한 절대 가치와 의(義)는 무엇일까? 성삼문이 남긴 시편들을 통해 그 답을 유추해 보자.

성삼문(成三問)은 1418년(태종 18년)에 태어났다. 그가 태어날 때 공중에서 "낳았느냐?"고 묻는 소리가 세 번 있어서 이름을 '삼문(三問)'이라 지었다고 전한다. 나면서부터 하늘이 관심을 둔 사람이어서 그랬을까? 성삼문은 21세 때인 1438년(세종 20년) 식년문과(式年文科)에 급제하는 것을 시작으로, 세상에 두각을 나타내기 시작했다. 1447년에는 문과중시[2]에 장원[3]하고, 이어 집현전 학사로, 집현전 수찬(修撰)을 역임했다. 또한 왕명에 따라 신숙주와 함께 『예기대문언독』[4]을 편찬하기도 했다.

● ● ● ●

1 신약성서 마가복음 8장 36절
2 문과중시(文科中試): 정기적으로 10년마다 병년(丙年)에 당하관 문신의 승진을 위해 시행하던 과거. 문신중시(文臣重試)라고도 한다.
3 장원(壯元): 과거에서, 갑과에 첫째로 급제함.
4 『예기대문언독(禮記大文諺讀)』: 조선 세종이 성삼문, 신숙주 등에게 명하여 만든 책으

1442년 성삼문은 박팽년, 신숙주, 하위지, 이석정 등과 함께 삼각산 진관사(津管寺)에서 사가독서[5]를 했고, 정음청[6]에서는 정인지, 최항, 박팽년, 신숙주, 강희안, 이개 등과 함께 한글을 다듬는 데 기여했다. 그는 음운학(音韻學)에 관심을 가져 중국어와 우리말과의 음운학적 관계를 규명하려는 노력을 기울이기도 했다. 이 일로 명나라 한림학사(翰林學士)인 황찬을 열세 번이나 찾아 음운에 대해 논의하고, 또한 명(明)나라에 여러 차례 가서 음운(音韻)과 교장(敎場) 제도를 연구하기도 했다. 세종이 노년에 온천에 갈 때에도 성삼문은 박팽년, 신숙주, 최항, 이개 등과 함께 동행할 정도로 왕의 신임을 받았다.

하지만 그는 세종이 54세를 일기로 세상을 떠나자 어려움을 맞았다. 세종의 뒤를 이어 문종이 왕위에 올랐는데, 건강치 못하여 2년 3개월 만에 세상을 뜨고 말았다. 그러자 열두 살밖에 안 된 어린 단종이 조선 6대 임금에 오르게 되었다. 단종은 나이가 어려 정사를 잘 돌보지 못했다. 이를 핑계 삼아 수양대군이 왕위를 넘보기 시작했다. 결국 대군은 종법질서를 어기고 한명회·권람 등과 함께 단종을 몰아내고 조선 7대 왕위에 올랐다.

이때부터 성삼문은 정치적인 격변기의 어려움을 온몸으로 경험하게 되

● ● ● ●

로 오경 가운데 하나인 『예기(禮記)』의 본문에 토를 달았다. 1767년(영조 43년)에 교서관에서 간행했다. 6권 6책의 활자본.

5 사가독서(賜暇讀書): 뛰어난 인재에게 휴가를 주어 관청의 공무 대신 학문 연구에 전념하게 한 제도. 학자 양성 및 유교 통치이념 정립을 위한 정책의 일환으로 실시되었다. 1424년(세종 6년)에 시작되어 세종 말엽에는 신숙주, 성삼문 등 6인에게 절에서 글을 읽게 하는 등 여러 차례 시행되다가, 1456년(세조 2년) 집현전 혁파와 함께 폐지되었다.

6 정음청(正音廳): 조선 세종이 훈민정음 창제 후 서적 편찬과 인쇄를 위해 궁중에 임시로 설치한 기관.

었다. 변고를 만난 성삼문은 혼란스런 정치적인 격랑에 휩쓸리지 않고, 자신의 학문과 철학에 따르게 된다. 그는 결코 수양대군이 만들어 낸 새로운 정치질서에 편승하지 않았다.

수양대군은 김종서를 죽이고 집현전 신하들에게 정난공신[7]의 호(號)를 내리며 자신의 체제를 구축해 나갔다. 많은 신하들은 대군의 일에 협력하고 순응하여 차례로 돌아가며 축하연을 베풀었다. 하지만 성삼문은 이를 수치(羞恥)로 여기고 혼자 참여하지 않았다. 고난을 예고한 선택이었다.

자신의 주장을 굽히지 않는 한, 하나밖에 없는 목숨을 걸어야 하는 버거운 일이 기다리고 있었다. 대부분의 사람들은 생과 사가 결정되는 일 앞에서는 나약해져 적당히 타협하려고 든다. 그런데 성삼문은 불의라고 여기는 일과 타협하지 않고 목숨을 위협하는 상황에 당당하게 맞서고 있다. 이렇게 험악한 정치 변혁기에 남들과 다르게 자신의 철학을 실천하는 일은 쉬운 일이 아니다.

성삼문의 이러한 선택과 태도는 일시에 느끼게 되는 분함을 표출하거나 반대를 위한 거부가 아니었다. 그것은 그의 일생 동안 삶 속에서 미리 준비되고 다져진 철학적인 가치관에 따른 결정이었다.

한번은 성삼문이 백이(伯夷)와 숙제(叔齊)의 사당인 이제묘(夷齊廟)를 지나게 되었다. 백이와 숙제는 고죽군(孤竹君)[8]의 두 아들로, 중국 은(殷)나라 말에서 주(周)나라 초반 때 사람이다.

● ● ●

7 정난공신(靖難功臣): 세조가 왕위에 오르도록 계유정난(癸酉靖難) 때 공훈을 세운 신하에게 내린 공적(功績) 칭호이다.
8 중국의 상(商)과 주(周) 시대에 요서(遼西) 지역에 있던 제후국인 고죽국(孤竹國)의 왕.

아버지 고죽군은 막내아들인 숙제에게 나라를 물려주고 싶었다. 하지만 고죽군이 죽자 숙제는 아버지의 뜻을 따르는 일이 예법에 어긋난다며 맏형인 백이에게 왕위를 양보했다. 하지만 백이 역시 이는 아버지의 뜻을 거스르는 일이라며 받아들이지 않았다. 결국 두 사람은 나라를 떠나 좋은 군주가 있는, 당시 문왕(文王)이 다스리는 주(周)나라로 갔다.

주나라에 도착해 보니, 마침 문왕이 죽고 아들인 무왕(武王)이 다스리는 때였다. 무왕은 땅을 넓혀 가는 정복에 의욕적인 사람이었다. 욕심을 이기지 못한 무왕은 아버지 문왕의 위패(位牌)를 수레에 실은 채로 은(殷)나라 정벌에 나섰다. 백이와 숙제는 "아버지의 장례가 끝나기도 전에 병사를 일으키는 일은 불효며, 또한 신하로서 군주를 치는 것도 어질지 못한(不仁) 일"이라며 말렸다. 하지만 무왕은 간언을 외면하고 출정해 은을 멸망시키고 지배하게 되었다. 그러자 두 사람은 주나라 녹(祿)을 먹는 것 자체가 부끄러운 일이라며 수양산(首陽山)에 들어가 숨어 버렸다. 여기서 두 사람은 고사리를 캐 먹으며 지내다 굶어 죽었다고 전한다. 이 일로 사람들은 백이와 숙제를 역사상 가장 절개 있는 사람이라고 여기게 되었다.

성삼문은 이들의 사당을 지나면서 시를 지었다. 여기에는 그의 삶의 태도와 철학이 잘 드러나 있다. 성삼문은 백이와 숙제가 그토록 지키려고 했던 유명한 절개마저도 탐탁찮은 것으로 평가하고 있다. 비록 이들이 산으로 숨었지만 주나라 산에서 난 채소를 먹었으니 잘못되었다고 지적한 것이다. 시를 살펴보자.

수양산을 바라보며 백이와 숙제를 한하노라
굶주려 죽을지라도 고사리를 딸 것인가

아무리 풀이라지만 그 누구 땅에 난 것인가?

원문 首陽山 바라보며 夷齊를 恨ㅎ노라

듀려 죽을ㅅ진들 採薇좃ᄎ ᄒᆞ올것가

아무리 푸시엣 것신들 긔 뉘 땅에 난 것고.

— 『청구영언(靑丘永言)』

그의 철저함은 여기에서 머무르지 않는다. 그가 세종을 섬길 때, 소나무
와 대나무를 소재 삼아 지은 시가 있다. 여기에도 그의 철학은 잘 드러나 있
다. 소나무·대나무를 들어 지조를 노래하고, 눈·달[月]을 들어 깨끗함을 노
래하고 있다.

송죽설월송(松竹雪月頌)

소나무와 대나무는 곧고 또 굳세니
굳세고 곧은 것은 군자가 존경하는 바로다

달과 눈은 밝고 또 깨끗하니
밝고 깨끗한 것은 군자가 기뻐하는 바로다.

조래산에는 소나무가 없고,
기수(淇水)에는 대나무가 없겠네
군자가 옮겨와서 지척에 두었으니,

여름에는 눈이 내리지 않고

낮에는 달이 뜨지 않건만은

군자가 소유하고 있음에

계절이 따로 없도다.

화자는 대나무와 소나무의 상징성을 언급한 것으로 시작한다. 그만큼 '곧고 굳은 절개'는 화자가 강조하고 싶은 언어이다. 그래서 화자는 상징의 나무들을 한그루도 아니고 모조리 곁에 옮겨 심는다. 그러니 이제 산에는 소나무가 없고 기수에는 대나무가 없게 생겼다. 실제 이들을 곁에 옮겨 왔다는 말일까? 그렇지 않다. 엄동설한(嚴冬雪寒)에도 푸름을 잃지 않은 소나무와 대나무가 지닌 상징성, 그 절개, 그 관념을 옮겨 왔다는 말이다.

이제 곁에 두었으니, 여름이나 달이 뜨지 않은 때가 되어도 상관없게 생겼다. 언제나 변함없는 삶을 살겠다는 의지를 말해 준다. 성삼문은 이런 생각으로 삶을 살았다. 그러기에 엄청난 정치 변혁의 한가운데에서도 자신의 안위에 머무르지 않고 자신의 철학을 유감없이 드러낼 수 있었던 것이다.

세조가 단종을 쫓아내고 왕위에 오르자, 성삼문은 예방승지(禮房承旨)로서 국새(國璽)를 안고 통곡했다. 나라의 정통성을 거슬러 왕이 된 수양대군을 왕으로 섬길 수 없다고 판단했다. 하늘에는 태양이 둘일 수 없고, 백성에게는 군주가 둘일 수 없다고 믿었다. 결국 그는 진리라고 여기는 것을 위해 천하보다 귀한 목숨까지도 버리려는 각오를 하게 된다. 그 의지를 불태운 노래가 바로 그 유명한 절의가이다.

> ## 절의가(節義歌)
>
> 이 몸이 죽어서 무엇이 될꼬 하니
>
> 봉래산 제일봉에 낙락장송 되어서
>
> 백설이 온 세상에 가득할 때 독야청청하리라
>
> **원문** 이 몸이 죽어가셔 무엇이 될고 ᄒᆞ니
>
> 蓬萊山 第一峰에 落落長松 되야이셔
>
> 白雪이 滿乾坤헐 제 獨也靑靑 ᄒᆞ리라.
>
> ──『청구영언(靑丘永言)』

화자는 먼저 죽음을 들고 나선다. 불의와 타협하지 않겠다는 강한 의지를 드러내고 있다. 지금 화자가 만난 환난은 어떠한 어려움과도 비교할 수 없을 만큼 거세고 강하다. 그런데도 화자는 여기에 굴하지 않고 죽음을 각오하고라도 타협하지 않겠다는 의지를 드러낸다.

화자는 '죽어서 무엇이 될까?'를 생각했다. 그것은 죽은 후에라도 당당하고 굳센 것이라야 했다. 그래서 "봉래산 제일봉(第一峰)에 낙락장송(落落長松)"이 될 것을 선언한다. 봉래산(蓬萊山)은 동해(東海) 한가운데 신선이 살고 있다는 상상의 산을 말한다. 그 산 가운데서도 제일 높은 봉우리를 선택하고 거기에서 가지를 쭉쭉 늘어뜨린 소나무가 되겠다고 말한다.

그래서 어찌하겠다는 말인가? 편하고 즐겁게 뽐내며 살겠다는 말인가? 그렇지 않다. 독야청청(獨也靑靑)하겠다고 한다. 그것도 따뜻한 봄날이나 여름날이 아닌 겨울철에도 말이다. '백설이 만건곤'이라는 말은 계절적으로 만물이 잎을 떨어뜨리고 침묵에 들어가는 추운 계절이다. 이는 세조의 무리가 날뛰는 무서운 계절을 은유적으로 나타낸 말이다. 그렇게 험악한 시절이 되어도 화자는 독야청청하겠다고 선언한다.

그러니까 화자는 소나무를 들어 그 나무가 지닌 특성처럼 꿋꿋한 절개를 지키겠다고 다짐한 것이다. 그래서 강한 느낌을 준다. 어떤 날카로운 칼날보다 더 예리하고 어떤 명검보다 더 빛난다. 누구 하나 동조하지 않더라도 내가 진리라 여긴 충(忠)을 저버릴 수 없다는 화자의 강인한 모습이 눈앞에 선명하게 그려진다. 아무나 할 수 없는 결단이다.

성삼문은 극형을 받기 위해 수레에 실려 나가면서도 얼굴빛 하나 변하지 않았다고 한다. 오히려 좌우를 돌아보며 "그대들은 어진 임금을 보좌해서 태평성대를 이루시오. 삼문은 돌아가 옛 임금을 지하에서 뵐 것이오" 했다고 전해진다. 그는 1456년 6월 8일 이개, 하위지, 유응부 등과 함께 군기감 앞길에서 39세 젊은 나이로 잔혹하게 죽임을 당했다. 그가 죽음을 앞두고 지었다는 시를 감상해 보자.

사람이 먹어야 할 것을 먹고 사람의 옷을 입었으니
평소에 지닌 뜻을 어길 수 있으랴?
한 번 죽는 것에 진실로 충의(忠義)가 있음을 알았으니
현릉(顯陵: 문종의 능)의 송백(松栢)이 꿈속에 무성하게 보이네.

원문 食人之食衣人衣(식인지식의인의)

素志平生莫有違(소지평생막유위)

一死固知忠義在(일사고지충의재)

顯陵松栢夢依依(현릉송백몽의의)

화자는 사람의 음식과 옷을 거론하여 자신을 무지몽매한 짐승과 구별한다. 곧 이성(理性)을 가진 사람임을 강조하면서, 사람에게만 있는 도리와 도덕, 의리가 자기에게 충일함을 말하고 있다. 더 나아가 양심이 있고 지켜야 할 예의가 있다고 말한다. 그래서 자신은 그 당연한 도리를 위해 그 어떤 것도 실행할 의지가 있음을 분명히 한다. 그 실행의 결과가 죽음이더라도 이는 잘못된 선택이 아니라 충의(忠義)임을 강조하는 것이다. 꿈속에서 문종의 무덤에 무성한 소나무를 본 것을 언급한 이유는 자신의 죽음에 추호(秋毫)의 부끄러움이 없음을 말하고 싶어서이다.

　　이제 성삼문의 의지는 확고하다. 하지만 연약한 인간인지라 죽음 앞에서 느끼게 되는 두려움마저 말끔히 지울 수는 없었다. 누가 죽음을 즐겨한단 말인가? 죽음은 어느 누구에게나 예외 없이 두려운 존재이기 때문이다. 더욱이 불의를 저지른 사람들의 어긋난 의(義)에 희생당하는 자신의 모습을 생각하면 죽음이 더욱 아깝고 괴로운 일이다. 죽음을 앞두고 고뇌에 찬 성삼문의 절명시(絶命詩)를 살펴보자.

죽음에 임하여 부르는 노래[臨死賦絶命詩]

울리는 저 북소리 목숨을 재촉하고
서풍에 밀린 해도 기울어지려 하네.
황천으로 가는 길에는 주막도 없다는데
오늘 밤은 뉘 집에서 자고 갈까.

원문　擊鼓催人命(격고최인명)　　西風日欲斜(서풍일욕사)
　　　黃泉無客店(황천무객점)　　今夜宿誰家(금야숙수가)

자신을 둘러싼 주변 여건은 온통 죽음을 예고하고 있다. 사형을 알리는 북소리가 울리고, 그렇게 이글거리던 해마저 서풍에 밀려 힘을 잃고 희미해졌다. 이제 영락없는 마지막이다.

더욱이 '저승으로 가는 길에는 잠시 여장을 풀 만한 주막마저 없다'는 것을 생각하니 화자는 더 난감해졌다. 죽음을 각오하기는 했지만, 그 옛날 월명사가 동생을 보내며 '극락세계에서 다시 만날 수 있으리라'며 가졌던 희망적인 심정이나 언어를 찾지 못했다. 현실을 가치로 여기는 유가적 사상이 지배하고 있어서였을까? 그에게는 자신의 죽음을 보상해 줄 만한 이상세계가 없다고 생각한 모양이다. 화자는 처절한 아픔과 외로움을 느낀 것 같다. 인간적인 연민의 정을 느끼게 한다. 결국 성삼문은 처음 가졌던 자신의 의지대로 당당하게 죽음을 맞는다.

이러한 그의 곧고 굳은 삶의 대가는 너무 가혹했다. 그릇되게 권력을 잡은 사람들은 성삼문의 굳은 절개를 두려워하여 그의 가족들을 무참하게 죽였다. 그의 부친 성승도 극형에 처해졌고, 성삼문의 세 동생인 삼빙, 삼고, 삼성, 그리고 그의 여섯 아들인 맹첨, 맹평, 맹종, 헌, 택, 그리고 갓난아이 등도 모두 살해되었다. 가산은 몰수되었고, 아내와 며느리는 관비로 보내졌다.

봉래산 제일봉에 낙락장송 되는 일이 얼마나 힘든 일인가! 그의 충절의 대가는 얼마나 큰 희생을 담보로 했는지 모른다.

후대 사람들은 성삼문을 그대로 묻어 둘 수 없었다. 영조 34년에 이르러 성삼문은 이조판서(吏曹判書)에 추증(追贈)되고 충문(忠文)이라는 시호(諡號)를 받게 되었다.

그리고 보면 어느 시대이고 지식인이 목숨을 걸 만한 일들은 있었다. 일제 때에는 나라의 광복을 위해 목숨을 걸었고, 군사독재 시절에는 민주주의를 위해 목숨을 초개와 같이 여겼다.

오늘날 우리가 사는 시대에도 목숨을 걸 만한 가치 있는 일이 있을까? 있다면 그것은 무엇일까? 뒷날 사람들은 우리에게 무엇을 위해 목숨을 걸었다고 평가할까?

죽음을 부른 시

권필, 「궁류시(宮柳詩)」

우리가 속한 사회나 국가는 어떤 과정을 거쳐 무슨 이유로 만들어지게 되었을까? 이에 대하여 사람들은 오랫동안 많은 연구를 해 왔다. 그 결과 납득할 만한 지식과 정보를 얻을 수 있게 되었다. 그 가운데 『사회계약론』[1]을 보면 인류 초기 사회가 어떻게 만들어지게 되었는지에 대한 과정을 비교적 잘 이해할 수 있게 해 준다.

여기에 따르면, 인류가 공동체 생활을 시작하게 된 이유는 사람들이 자연 상태에서 만나게 되는 위험이나 취약성을 극복하기 위해서였다고 한다. 그러니까 자기를 보호하려는 본능에서 사람들은 자발적으로 공동생활을 시작했다는 말이 된다.

공동생활 초기에는 혈연으로 맺어진 단순한 집단 형태로부터 출발했다

* * *

1 『사회계약론(Du contrat social)』: 프랑스의 작가이자 사상가인 루소(Jean Jacques Rouseau, 1712~1778년)의 저서.

가 세월이 지나면서 사회나 국가와 같은 커다란 형태로 발전하게 되었다. 이러한 집단체제 속에서 사람들은 소속감을 느끼고 안정과 편안함을 누릴 수 있었다. 급기야 오늘날에는 국가나 사회가 없이는 삶을 영위할 수 없는 데까지 이르렀다.

사회나 국가는 처음 사람들이 의도한 대로 개인의 취약성을 극복하고, 안전을 지켜주도록 그 기능을 발휘해야 했다. 그런데 역사를 살펴보면 국가는 개인에게 꼭 그렇게 긍정적이지 못한 경우가 많았다. 힘을 가지고 혜택을 누리는 소수의 사람들에게는 그 취약성이 상당히 극복되었지만, 힘이 없고 가난한 사람들에게는 도리어 해가 된 경우가 많았기 때문이다. 또한 강자는 조직 유지의 필요성을 들어 약자를 이용하여 부리고 무시하는 경우도 허다했다.

이런 경우 사회나 국가는 개인의 의도에 반하는 구조물인 셈이다. 이럴 때면 힘없는 사람은 목적을 상실한 사회나 국가를 향해 침묵하다가 견디기 힘든 경우 강한 저항을 보이기도 했다.

조선 시대 1467년에 일어난 이시애의 난이나 1596년에 일어난 이몽학의 난, 1894년 갑오농민전쟁 등이 대표적인 예이다. 개인적인 불만이 집단을 이루었을 때는 큰 난이나 전쟁이 되었고, 그러지 못한 경우 한 지역을 중심으로 개인적인 의적 활동 등과 같은 형태로 나타나기도 했다. 이러한 사회 현상은 역사의 변화를 가져오기도 했고 또한 문학작품의 중심 소재가 되기도 했다.

허균이 지은 최초의 한글 소설 『홍길동전』은 이러한 이야기들을 잘 이용한 예라 하겠다. 여기에는 의적 홍길동을 등장시켜 적서차별과 탐관오리의 횡포를 고발하고 이상사회를 추구하고 있다. 또한 일찍이 의식이 깬 실학자들의 경우, 양반사회의 무능과 위선을 풍자하는 작품을 써서 그릇된 사회를 고발하기도 했다. 이는 작품을 통해 더 큰 힘을 누리는 세력을 향해 저항하는 한 형식이라 하겠다.

역사를 살펴보면 직접 난을 일으키거나 행동으로 옮기지 않더라도 필력으로 사회의 구조적인 모순이나 불합리에 저항한 경우가 많았다. 이는 큰 세를 이루어 대규모의 저항으로 발전하지는 못했지만, 부당한 권력자들에게 상당한 영향을 미치기도 했다. 그 대표적인 예로 조선 시대 석주(石洲) 권필(權韠)이 지은 「궁류시(宮柳詩)」를 들 수 있다.

권필은 조선 중기의 시인으로, 1569년 서울에서 권벽(權擘)의 다섯째 아들로 태어났다. 선조 20년(1587년) 진사 초시와 복시(復試)에 장원했으나, 임금에게 거슬리는 글자를 썼다고 해서 삭과(削科)² 되는 어려움을 겪었다. 이 사건이 있은 뒤로 권필은 벼슬에 회의를 느껴 과거에 응시하지 않고 야인으로 생활했다.

권필이 살았던 시대는 광해군의 비(妃) 유 씨(柳氏)와 그 아우 유희분(柳希奮) 등의 외척³들이 권세를 쥐고 마음대로 휘두르던 때였다. 권필은 이를 매우 못마땅하게 여겼다. 그러던 차에 1612년(광해군 4년), 친구 임숙영(任叔英)이 책문시(策問試)에서 유희분 등 외척의 방종을 공격한 일이 있었다. 이를 불쾌하게 여긴 광해군은 임숙영을 낙방시키라고 명했다. 이 사실을 안 권필은 불만을 느끼고서 「궁류시」라는 풍자시를 지었다.

광해군은 권필의 시를 보고 크게 노하여 지은이를 찾아 엄벌하도록 명했

2 삭과(削科): 과거 급제를 취소하는 조치.
3 외척(外戚): 어머니 쪽 친척.

다. 이 일로 권필은 해남으로 귀양을 가야 했다. 그는 불행하게도 유배지에 도착하지도 못하고 귀양 가는 도중에 동대문 밖에서 죽고 말았다. 그의 나이 44세였다. 장독(臟毒)[4]에다 행인들이 동정으로 주는 술을 과음한 것이 원인이었다. 그의 작품으로는 『석주집(石洲集)』과 한문소설 『주생전(周生傳)』이 있다.

결국 시 한 수가 사람을 죽게 만든 것이다. 석주는 자신의 생각과 세상의 형세에 큰 괴리를 느꼈다. 본래 그는 불의를 용납하지 않는 강인한 기질의 소유자여서 현실의 괴리를 수용하지 못했다. 그는 세상의 체제에 순응하지 않고 울분과 갈등을 안은 방외인(方外人)[5]으로 불우한 일생을 보냈다.

그의 시는 여러 곳을 여행하면서 느낀 감회(感懷)와 견문(見聞), 산천(山川), 풍물(風物) 등을 읊었으나, 그 중심에는 울분과 갈등, 저항의식이 강렬하게 나타나 있다. 이러한 의식은 권필이 당시 사회 현실의 각종 모순과 부조리를 깊이 인식한 결과라 하겠다. 그리고 그가 지닌 남다른 강직한 기개와 사람으로서 마땅히 지키고 행해야 할 큰 도리를 마음에 품었기 때문이다. 결과적으로 석주의 시에는 그가 평소에 지녔던 삶의 가치관, 인생관이 저항 형태로 나타났다고 보아야 할 것이다. 다음은 석주를 귀양 가게 만들

• • •

4 장독(臟毒): 장(臟)에 독이 쌓여 생기는 치질.
5 방외인(方外人): 방외는 사람이 살아가는 세상의 밖을 의미한다. 우리가 살아가는 이 사회가 방내라면 사회 저편에 살아가는 사람들은 방외인이다. 즉 자신이 품은 뜻과 사회가 맞지 않거나 혹은 사회가 자신을 용납해 주지 않아서 사회를 벗어나 자유롭게 사는 사람들을 방외인이라고 하며, 김시습과 같이 체제 바깥에 있기를 지향했던 방랑 문학인을 가리키는 개념이다.

고 결국 죽음으로 내몬 「궁류시(宮柳詩)」이다.

궁류시(宮柳詩)

궁중 푸른 버들 사이로 꾀꼬리 어지럽게 나는데
수레 가득한 성에는 봄빛이 화려하구나.
조정 모든 신하들은 태평과 안락을 축하하니
누구를 시켜 바른 말 하여 내쫓을까.

원문 宮柳青青鶯亂飛(궁류청청앵란비)
　　　滿城冠蓋媚春輝(만성관개미춘휘)
　　　朝家共賀昇平樂(조가공하승평락)
　　　誰遣危言出布衣(수견위언출포의)

글의 힘은 대단하다. 이 짧은 글귀가 노여움을 사고 결국 죽음으로 이어지게 만들었으니 말이다. 봄을 노래한 시 같은데, 무슨 의미가 담겨 있어서 사람을 죽게 만들었을까? 이 시가 그렇게 광해군에게 치명적인 부담을 주었을까? 그 첫 구부터 살펴보자.

기구(起句)를 보면 따스한 봄기운이 푸른 버드나무 숲을 만들고, 그 사이로 꾀꼬리가 어지럽게 날고 있다. 아름다운 봄날의 정경을 묘사하는 것처럼 보인다. 그러나 속에는 날카로운 지적이 들어 있다. '푸르다'는 말은 유씨의 세력이 한창임을 나타내고, '꾀꼬리가 어지럽게 난다'는 말은 여인들의 세력이 날뜀을 은유한 말이다. 더 넓게는 대북파와 소북파 간의 알력이 난무함을 은유한 말이기도 하다. 그러니 나라가 혼란스럽고 시끄럽다는 뼈 있는 지적이다.

승구(承句)의 "온 성에는 수레로 가득하고, 미색의 봄빛 화려하기만 하는 구나"라는 말은 높은 벼슬아치들이 성안에 가득 모여 봄을 즐기는 광경을 말한다. 백성들은 봄철이라 농사일로 바쁘고 힘겨운 시절인데, 고관들은 백성들을 살피지 않고 봄놀이만 한다는 지적이다. 모순이 많은 정치 현실을 꼬집는 말이다.

전구(轉句)의 "조정 모든 신하들은 태평과 안락을 축하한다"는 말은 백성의 행복과 안위를 위하여 여념이 없어야 할 신하들이 하나같이 임금의 업적만 칭찬하고 아부한다는 말이다. 백성들은 곤경에 빠져 힘들어하는데 자기들끼리만 모여 태평과 안락을 축하하고 있으니 나라가 잘 될 리 없음을 지적하고 있다.

현실에서는 광해군의 왕비인 유 씨와 그의 동생인 유희분 등 척족들이 무분별한 정실인사를 했다. 그로 인하여 필연적으로 매관매직 등이 이루어져 국법질서를 어지럽히고 있었다. 그런데도 왕과 신하들은 현실의 무질서를 바로잡으려고 하지 않고, 나라가 태평성대라며 스스로 자화자찬에 빠져 있다. 모두 아부꾼들이 모여 나라를 어지럽히고 있다는 말이다.

마지막 결구(結句)를 보자. "누구를 시켜 바른 말을 하게 하여 내쫓으리오"라는 말은 모두가 같은 부류라 어느 누구 한 사람 충간할 신하가 없다는 말이다. 왕비의 인척들이 나서서 국정을 어지럽히는 상황을 권필로서는 수용하기 어려웠다. 자신이 진리라고 여기는 것이 무너지고, 자신의 가치가 짓밟히며, 자신의 최후의 자존심마저 빼앗아 버리는 현실을 목도했다. 그래서 권필 자신만이라도 이렇게나마 우회적으로 말해야 할 처지가 되었다고 생각했다. 그는 학자로서, 문인으로서, 교육자로서 그리고 한 인간으로서 이러한 현실을 도저히 묵과할 수 없었다. 그래서 한탄하고 있다.

가슴에서 우러난 권필의 우국은 그저 한탄 그 자체만으로 끝날 뻔했다. 그런데 '도둑이 제 발 저리다'는 속담처럼 이 시가 그런 자신들의 태도를 비난한 것으로 인지한 것은 그나마 다행이었는지도 모른다. 그의 노래는 충직한 간언이 되었다. 아무도 충간할 신하가 없는 현실에서 어쩌면 권필이 하고 싶은 말을 용케도 왕이 알아들어 준 셈이다. 그런데 그 직언의 결과가 가혹했다. 권필에게 귀양이 내려졌고, 죽음으로까지 이어졌으니 말이다.

현실에서 사람들은 자기 자신의 잘못을 알고 있는데, 그것을 직접 꼬집어 지적하면 더욱 화를 내는 경우가 있다. 광해군이 권필을 그냥 놔두지 않고 내쫓은 일은 이와 같은 유가 아닌가 싶다. 아니면 왕에게 일말의 양심이 있어서 그랬을는지도 모를 일이다. 행여 나라를 위해 혼신의 힘을 기울인 자신의 노력이 저평가되어 기분이 상해서 그랬는지도 모를 일이다.

아무튼 당시 조정은 신하들의 횡포를 막을 만한 힘이 없는 상태였다. 설령 그렇지 않은 상태라 하더라도 당대 지식인인 권필의 시각으로는 그랬다. 왕은 몹시 화가 났다. 그래서 그를 추적하고 친히 고문하여 백성을 선동한 혐의로 귀양 보냈던 것이다.

시는 이렇게 무섭다. 자신의 생각을 짧은 구절에 담았더니, 독자들은 이것을 읽어 내고 비판한 것으로 알아들었으니 말이다. 어쩌면 시가 가지고 있는 묘미인지도 모른다. 시인이 하고 싶은 말보다 더 많은 의미를 전달했으니 말이다.

권필의 「궁류시」는 유구한 역사 속에서 폭력적 정치 집단을 비판하고 견제하는 상징적인 힘으로 오늘날까지 그 위력을 나타내고 있다. 권필의 지적을 받은 정치 집단은 모두 사라졌지만 권필의 행적과 시는 영원히 살아 있다. 이를 인정한 후손들은 권필을 인조반정 후에 사헌부 지평으로 추증 했다.

후대 사람들은 권필의 문학을 두고 "시는 한갓 수사의 아름다움에만 머무는 것이 아니라, 사물의 이치나 인간의 본성을 궁구한 바탕 위에서 이루어졌다"고 높이 평가한다. 그의 시는 조선 전기 문학에서 후기 문학으로 넘어가는 시기에 시대적인 모순과 비리에 대항한 본격적인 사회시이자 방외인 문학, 또는 저항 문학으로서의 뚜렷한 위치를 차지하고 있다.

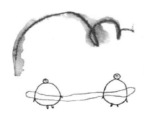

절개(節槪)가 충(忠)이 되어

박팽년, 「제한운월효월도(題寒雲曉月圖)」, 「가마귀 눈비 마자」,
「금생여수(金生麗水)라 하니」

우리나라 역사 가운데 가장 존경받은 사람은 누구일까? 역사가 반만년이나 되었으니 존경할 만한 사람이 어디 한둘이랴. 하지만 복잡하게 많은 이론을 들지 않고 얼른 떠오른 인물을 들라 하면 사람들은 대부분 세종대왕을 들 것이다.

세종은 조선 역사 가운데 가장 수준 높은 문화와 업적을 이룬 왕으로 정치·경제·학문·문화 등 여러 방면에 걸쳐 다른 여느 왕보다 많은 일을 이루었기 때문이다. 그런 까닭에 대왕이 통치했던 시기에 조선은 가장 안정적인 나라였고 최고의 전성기를 누렸다.

세종이 이룩한 왕성한 문화와 힘이 다음 대에 계속 이어졌다면 조선은 주변국의 그늘에서 벗어날 수 있었을지도 모를 일이다. 하지만 안타깝게도 대왕이 1450년 54세를 일기로 세상을 떠나자 조선은 그 명성을 이어 가지 못했다.

뒤를 이어 왕위에 오른 문종과 단종은 일찍 죽거나 나이가 어려 정사를 돌보지 못했다. 이를 빌미로 세종의 둘째아들인 수양대군은 조카인 단종을 몰아내고 조선 7대 왕인 세조가 되었다. 이 일로 조선은 큰 회오리에 말려들어 선왕의 빛난 업적을 이어 가지 못하게 되었다.

나라의 장래를 걱정하던 충신들은 종법질서를 어지럽힌 세조를 그냥 놔두고만 볼 수 없었다. 뜻있는 집현전 학사들을 중심으로 특히 성삼문을 비롯한 박팽년, 하위지 등이 나서서 세조를 몰아내고 단종을 복위시키려는 계획을 세웠다. 하지만 계획은 곧 탄로 나 유성원은 미리 자결하고, 성삼문·이개·하위지·유응부 네 사람은 형장에서 죽임을 당했다. 그리고 박팽년은 모진 고문 끝에 옥중에서 죽어갔다. 이른바 사육신(死六臣)이 만들어지는 비극적인 사건이다.

이 사건이 있은 뒤 단종은 노산군으로 강봉되어 강원도 영월로 귀양 가 살았다. 1457년 세조가 사약을 내리자, 단종은 이에 응하지 않고 스스로 목숨을 끊었다. 가슴 아픈 역사의 한 대목이다.

정당한 가치를 주장했던 사육신은 정치적인 야망을 불태운 세조에 의해 모두 희생되었다. 다만 박팽년의 경우 사육신의 희생이 있기 전 화를 면할 수 있는 기회가 있었다. 세조가 박팽년의 마음을 돌려 자신의 충직한 신하로 삼으려고 노력했기 때문이다. 하지만 박팽년은 세조의 갖은 유화에 넘어가지 않고 끝까지 절개를 지키며 신하 됨의 바른 도리를 보였다. 그가 남긴 시를 통해 그의 내면에 존재한 신념과 고뇌를 들여다보자.

> ## 차가운 구름과 새벽달을 그린 그림을 제목 삼아[題寒雲曉月圖]
>
> 어지럽게 널린 잡초들도 좋은 시절을 아는데

> 누군들 궁벽한 음지와 눈보라를 좋아하겠는가?
>
> 식물들의 어눌함으로도 이를 알거늘
>
> 나 홀로 이를 마다하고 서산에 고사리 캐는 사람이 되련다.

원문 紛紛衆卉覺芳辰(분분중훼각방신)

誰向窮陰風雪親(수향궁음풍설친)

植物無知猶爾許(식물무지유이허)

西山獨有採薇人(서산독유채미인)

시가 탄생하게 된 정황(情況)은 이렇다. 어느 날 박팽년이 그림 하나를 보게 되었다. 새벽달이 차가운 구름에 가려 희미한 빛을 내고 있는 그림이었다. 화자는 이 그림 앞에서 사색에 빠졌다. 무엇을 생각했던 것일까? 그림에 나타난 사물들이 화자 자신의 처지와 매우 흡사하다는 사실을 발견한 것이다.

구름은 자신을 힘들게 하고 제거하려는 무리와 같았고, 구름에 가려 빛을 발하지 못하는 달은 박팽년 자신과 흡사했다. 자세히 그림을 보니, 구름에 가린 달은 해가 떠오르면 그 연약한 빛마저 곧 잃어버릴 처지다. 그러니까 세조가 왕위에 있는 한 자신도 달빛처럼 곧 사라질 운명임을 예감한 것이다. 이렇게 자신의 불행을 인지하고 있었으면서도 화자는 백이와 숙제처럼 절개를 지킨 사람으로 남겠다고 다짐한다.

다시 시를 들여다보자. 하찮게 내버려져 어지럽게 널려 있는 잡초들도 따뜻하고 좋은 시절을 알고 좋아한다. 그러니 "어느 누가 눈보라를 좋아하고, 어느 누가 후미진 음지를 좋아하겠느냐?"고 묻고 있다. 아무도 좋아하지 않는다는 말이다.

화자는 왜 궂은일을 나서서 하려는 걸까? 화자는 자신이 할 수 있는 국가에 대한 충성은 국법질서를 바로잡고 나라의 종법질서를 바로 세우는 일이라고 믿었다. 그러기에 식물들조차도 좋아한 일을 마다하고 불의에 타협하지 않겠다고 한다. 화자 자신의 신념에 따라 지조를 지키겠다는 굳은 다짐이다.

세조는 박팽년의 능력과 재주를 매우 귀히 여겼던 것 같다. 용서할 만한 작은 명분이라도 주어지면 수용하여 인재로 쓰려고 했다. 그런데 박팽년은 세조의 생각과는 달리 그의 신하가 되는 그 자체, 그 근본부터 거부한 사람이었다.

그가 충청감사(忠淸監司)로 있을 때 일이다. 대부분의 신하가 장계(狀啓: 왕에게 올리는 보고서)에서 자신을 말할 때에는 신(臣)자를 사용했다. 그런데 박팽년은 신(臣)자를 사용하지 않고 모양이 비슷한 거(巨)자를 썼다. 세조의 신하이기를 거부하는 태도를 노골적으로 드러낸 것이라 하겠다. 더욱이 그는 세조가 내린 녹은 하나도 쓰지 않고 창고에 그대로 쌓아 둘 정도로 철저한 사람이었다. 그가 남긴 시조를 보자.

까마귀 눈비 맞자 희는 듯 검구나
밤에 빛나는 밝은 달은 밤인들 어두울까 보냐
임 향한 일편단심이야 변할 줄이 있으랴.

원문 가마귀 눈비 마즈 희는 듯 검노미라
夜光明月이 밤인들 어두오랴

초장에서 화자는 눈비 맞은 까마귀가 언뜻 흰 것처럼 보이지만 사실은 검다고 했다. 잠시 혼란 속에서 희게 보일 수 있다. 하지만 까마귀는 본래 모습대로 검다는 사실을 말하고 있다. 간신배들의 위장된 모습은 금방 본색을 드러내게 된다는 말이다.

중장에서 화자는 한밤중에 빛나는 달은 밤의 어둠이 가리고 훼방하려 해도 흐려질 리 없다고 말한다. 화자가 이렇게 어떤 환경에서도 기능을 잃지 않은 달을 강조한 것은 그것이 바로 자신임을 말하고 싶었기 때문이다. 이러한 마음은 종장에서 자신의 변함없는 충절을 선언하는 것으로 마무리하게 된다. 곧 임금 단종을 향한 충성심은 변할 리 없다는 선언이다. 이는 화자가 선택한 최고의 선이었다.

금이 좋은 물에서 난다고 하여 아무 물에서나 나지 않고, 옥이 산에서 난다고 하여 아무산에서 나지 않는다. 화자는 종장의 선언을 확증하고 싶어서 금과 옥을 끌어들였다. 여자가 남편을 따라야 한다지만 아무 남자나 따르지 않는다는 당연한 이치를 들어 자기 생각을 나타내고 있다. 그러니 마땅한 이치를 따라 임금이라고 아무나 섬길 수 없음을 강조한 것이다.

박팽년은 이런 생각을 끝까지 잃지 않고 일관되게 유지했다. 지조를 지킨 사람의 아픔은 자신의 죽음으로만 끝나지 않았다. 아버지와 동생, 세 아들 3대 모두가 처형되었고, 어머니·처·제수 등도 대역부도(大逆不道)라는 낙인이 찍혀 노비가 되었다. 참으로 가슴 아픈 일이다.

박팽년의 삶을 의미 있게 여긴 사람들은 1691년에 관작을 회복시키고, 1758년(영조 34년)에는 이조판서로 추증해 주었다. 절개를 지키는 일, 도리를 지키는 일은 얼마나 힘들고 어려운가를 보여주는 이야기라 하겠다.

나라가 태평하면 나귀에서 떨어져도 즐겁다

숙종 임금, 「진단타려도 제시(陳搏墮驢圖題詩)」

중국에는 특별한 일화를 남긴 사람들이 많다. 송(宋)나라에는 곡식을 얼른 수확하고 싶은 사람이 있었다. 더디 자란 곡식을 애타게 여긴 나머지 자신이 직접 나서서 곡식 이삭을 뽑아 올려주었다. 그 뒤 아들이 밭에 나가 봤더니 모든 곡식이 다 말라서 농사를 망치게 되었다. 이 일로 생겨난 말이 '조장(助長)'이라는 말이다. '지나친 도움은 도리어 일을 망치게 된다'는 의미로, 『맹자』「공손추」장에 나오는 이야기이다.

또 초나라에는 배를 타고 강을 건너가다가 칼을 물에 떨어뜨린 사람이 있었다. 칼이 물에 빠지자, 떨어진 자리에서 배에 표시를 해 두었다. 배가 강가에 도달했을 때 젊은이는 배에 표시를 따라 물속에 들어가 칼을 찾았으나 얻지 못했다. 그래서 많은 사람들의 웃음거리가 되었다는 이야기다. '각주구검'[1]이라는 말이 생겨난 배경이다.

• • • •

1 각주구검(刻舟求劍): 융통성 없이 현실에 맞지 않는 낡은 생각을 고집하는 어리석음을

이런 사람도 있었다. 100세를 넘게 오래 산 전설적인 도인(道人)의 이야기이다. 송나라 때의 희이선생(希夷先生)이 그 주인공이다.

희이선생의 성은 진(陳)이고, 이름은 단(摶)이다. 희이선생이라는 이름은 송나라 태종이 내린 호(號)이다. 그는 당(唐)나라 말기인 872년에 태어나서 5대 10국의 어지러운 시기를 지나, 송나라 초기인 989년까지 118세를 산 도인(道人)이다. 그는 진사시험에 응시했으나 낙방한 이후로는 다시 출세를 위해 노력하거나 명예도 추구하지 않았다. 그는 무당산(武堂山)에서 수련하고 도를 닦아 신선술(神仙術)에 뛰어났다. 그가 도인의 경지에 도달했을 때는 한번 잠들면 몇 개월 동안 깨지도 않고 자기만 했다고 전해진다.

이렇게 도인으로 명성이 널리 알려지자 후주(後周)의 세종이 그를 불러 신선술의 내용을 묻기도 하며 서로 교유했다. 진단의 능력을 인정한 세종은 진단에게 대부(大夫) 벼슬을 주려고 했다. 그러나 진단은 극구 사양하며 받지 않았다. 또한 송나라 때 태종은 진단을 두 번이나 조정으로 불러 각별한 예로 대접하면서 희이선생이라는 호(號)까지 내리기도 했다.

희이선생은 여러 왕조가 번갈아 들면서 혼란스러운 5대 10국 시대를 늘 못마땅하게 여겼다. 그러던 어느 날 희이선생이 흰 나귀를 타고 송나라 서울로 가는 도중이었다. 지나가는 행인에게서 조광윤(송 태조)이라는 인물이 송나라를 세웠다는 소식을 들었다. 진단은 오래전부터 조광윤을 진정한 황제의 재목감으로 생각해 왔던 터라 무척 반가웠다. 너무 좋아한 나머지 흥분하여 나귀에서 떨어지고 말았다. 떨어지면서도 진단은 "천하는 이제 안정될 것이오" 하며 크게 웃었다고 한다.

● ● ●

이르는 말.

혼란의 시대를 지나 평화롭고 안정된 시대를 그렇게 희구했기 때문에 일어난 일이었다. 그의 예측대로 송나라는 남송과 북송 시대를 합쳐 도합 319년 동안 유지했으니, 역시 희이선생은 혜안을 가진 인물이었다.

우리나라에도 태평성대를 그토록 소망한 희이선생과 같은 분이 있다. 조선 시대 자화상 그림으로 유명하고, 고산 윤선도의 증손자이자 다산 정약용의 외할아버지인 윤두서(尹斗緖, 1668~1715년)라는 사람이 그 주인공이다.

윤두서가 살았던 시대는 몹시 혼란한 시기였다. 그의 형님은 당쟁에 휘말려 귀양 가서 죽고, 큰형과 자신도 고생을 했다. 그의 절친한 벗 이잠(李潛)은 흉서를 올렸다고 하여 맞아 죽은 일도 있었다. 세상은 이처럼 어지럽고 혼란스러웠다. 그는 당쟁으로 복잡한 시대를 살면서 세태를 바르게 읽어 내고는 우리나라도 송나라처럼 바르게 세워지기를 희망했다.

나라의 안정과 백성들의 편안한 삶을 바라는 윤두서는 붓을 들었다. 삶속에서 경험한 역경이 화가의 화심(畵心)을 자극한 모양이다. 나라의 태평성대를 꿈꾸어 온 화가는 자신의 바람을 그림에 담고 싶었다. 그러다가 문득 앞에서 살펴본 송나라 때 희이선생의 고사(故事)를 생각해 내고는 그 내용을 화폭에 세세하게 그려냈다. 당파 싸움으로 얼룩진 시대에서 화가는 희망을 그리기 시작한 것이다. 화가의 강한 열망은 그림 속에 그대로 표현되었다. 국립중앙박물관에 소장된 〈진단타려도(陳摶墮驢圖: 나귀에서 떨어지는 진단 선생 그림)〉가 바로 그 작품이다.

〈진단타려도〉를 살펴보자. 엷은 안개가 낀 맑고 깨끗한 길에 행인이 지나고, 그 옆으로 동자가 지나가고 있다. 그 곁에는 큰 소나무가 비튼 모습으로 서 있다. 이곳을 단정한 차림의 선비가 흰 당나귀를 타고 가다가 떨어지는 모습이 보인다. 곁에 있던 동자는 넘어진 선비를 부축하려고 급히 달려

■ 〈진단타려도(陳搏墮驢圖)〉

들고, 한 행인은 뒤쪽에서 빙그레 웃으면서 지켜보고만 있다. 그런데 떨어
지는 선비의 얼굴은 놀라거나 당황하지 않고 오히려 여유롭고 즐거운 표정
이다. 넘어지면서 긴장하거나 불편해하지 않고 도리어 웃고 있다.

   윤두서가 이 그림을 왕에게 바쳤다. 왕은 그림을 보는 안목이 높은 사람
이었다. 그림 속에서 윤두서가 마음에 그리고 있는 태평성대와 희이선생이
갈망했던 평화로운 시절을 함께 읽어 냈다. 순간 윤두서의 마음과 왕의 마
음이 하나가 되었다. 왕은 가만히 있지 않고 이 그림 왼쪽 상단에 느낀 그대
로 '제시(題詩)'를 몸소 지었다. 1715년 숙종 재위 41년 때 일이다.

나귀에서 떨어지는 진단선생 그림에 부치는 시[陳摶墮驢圖題詩]

희이선생은 무슨 일로 갑자기 안장에서 떨어졌을까

취함도 졸음도 아닌 걸 보니, 무슨 다른 기쁨인가 보네.

협마영에 상서로움 드러나 참된 임금(송 조광윤)이 나왔으니

이제부터 천하엔 근심이 없으리라.

> **원문** 希夷何事忽鞍徙(희이하사홀안사)
>
> 非醉非眠別有喜(비취비면별유희)
>
> 夾馬徵祥眞主出(협마징상진주출)
>
> 從今天下可無悝(종금천하가무리)

첫 번째 구부터 왕은 희이선생이 무슨 일로 갑자기 안장에서 떨어졌을까 [希夷何事忽鞍徙]라는 의문으로 시작한다. 당나귀에서 떨어지는 선비의 모습에서 무슨 사연이 있음을 암시하고 있다.

두 번째 구에 와서는 그 이유를 생각한다. '왜 그랬을까?', '술에 취한 걸까?' 자세히 보니 술에 취한 것이 아니다. '졸음 때문일까?' 그러고 보니 때는 안개 낀 아침나절이라 졸릴 시간도 아니다. '노면이 좋지 못해 당나귀가 발을 헛디뎌 잘못되어 그런 걸까?' 길을 보니 말끔히 청소가 되어 당나귀가 걸려 넘어질 만한 돌도 없다. 노면이 울퉁불퉁하지도 않아 당나귀 발을 헛디딜 이유도 없다. 그런데 선비는 나귀에서 떨어지고 있다.

이상한 것은 당나귀 등에서 떨어지는 사람의 표정이다. 떨어지면서도 도리어 얼굴에 즐거움을 잔뜩 머금고 있다. 그렇다면 떨어진 이유는 분명 다

른 데 있다. 그러고 보니 술 취한 것도, 졸음이 온 것도 아니다. 그러니 생각이 부정에서 긍정으로 옮겨진다.

2구에서 화자는 그렇게 기쁨을 간직한 데는 유별난 기쁨[非醉非眠別有喜]이라고 한다. 그것은 곧 내면의 기쁨을 말한다. 그토록 갈망하던 희망 사항을 말하고 있다. 그것은 한 개인의 기쁨이나 즐거움이 아닌 보다 더 높은 차원의 희열이다. 태평성대한 시대가 도래함에 대한 성취의 기쁨이다.

3구에 와서야 비로소 1구의 의문이 풀린다. 협마영에 상서로움이 나타나 참된 임금(송 조광윤)이 나왔다[夾馬徵祥眞主出]는 말이다. 세상을 바로잡을 만한 능력 있는 왕이 나왔다는 말이다. 그러니 말에서 떨어지면서도 웃을 수 있다는 것이다. 드디어 나라의 혼란을 잠재울 만한 훌륭한 왕의 출현을 만난 것이다. 오랜 세월을 기다려 온 왕을 이제 만나게 되어 기쁘다는 말이다. 그래서 떨어지면서도 기쁘다.

숙종은 자신이 먼저 그런 왕이 되기를, 그리고 그런 인물임을 동의하고 싶었다. 왕 역시 오랜 세월 동안 꿈꾸어 온 소망이다. 그래서 마지막 결구에서 그 기대를 완성하고 있다.

지금부터 천하엔 근심이 없으리래[從今天下可無悝]. 왕의 바람이자 윤두서가 그렇게 바라는 사항이다. 근심이 없는 나라, 걱정 없는 사회, 이는 통치자와 백성 모두가 바라는 이상적인 세상이다. 의미 있는 희이선생의 고사(故事)는 멋지고 의식 있는 화가의 붓끝에서 그림으로 이렇게 살아났다. 그리고 그 그림은 이런 멋진 시를 탄생시켰다.

머리가 희어진 까닭

황현, 「절명시(絶命詩)」

어느 시대를 막론하고 나라를 위하고 나라의 앞날을 염려하는 사람들은 많았다. 시대를 잘 읽은 사람들은 미래에 닥쳐올 국난을 예견하고 미리 준비하자는 제안을 내놓기도 했다.

16세기 율곡 이이는 변화하는 국제 정세를 읽고 10만 양병설을 주장하기도 했다. 현실정치에서 당파의 이익에만 급급한 사람들에 의해 수용되지 못했지만, 이는 의미 있는 예견이었다.

19세기 국제 정세는 더욱 급변하고 있었다. 우리나라도 이 변화의 물결에 참여해야만 했다. 대다수 백성은 이러한 변화를 느끼지 못했지만, 선각자들은 달라진 시대를 인지하고 적극 수용하자고 소리를 높였다.

마음이 다급해진 급진주의자들은 갑신정변을 일으켜 새로운 세상을 꿈꾸기도 했다. 홍종우 같은 사람은 개국이 나라를 해치는 일이라며 갑신정변을 일으킨 김옥균을 죽이기도 했다. 그러다가 우리나라는 변화에 적응하지 못하고 힘 있는 외세에 휘말리고 말았다. 결국 내각총리대신 이완용이 일제에 나라를 넘기는 을사조약에 서명하게 되었다.

　이완용은 자신의 정치적인 영향력을 넓히고 힘을 발휘하기 위해 일제에 영합했다. 그의 사욕 앞에 나라의 장래는 없었다. 그는 이런 행위를 하고도 조선 왕실을 지키기 위해 취한 일이라고 항변했다. 모두들 나라를 위한 일이라고 큰소리 쳤다.

　이런 유의 사람이 있는 반면, 매천(梅泉) 황현(黃玹, 1855~1910년) 선생처럼 나라의 치욕스러움에 온몸으로 저항한 사람도 있었다. 선생은 국권 피탈의 상황에서 자신과 조정의 무능을 탓하며 자결을 선택했다. 황현의 절명시를 통해 책임 있는 지식인의 모습을 살펴보자.

　매천은 1855년 전라남도 광양에서 태어났다. 1910년 8월 22일 한일 합병 조약이 조인되고, 29일 병합되었다는 조칙을 들었다. 나라의 망함을 보고 매천은 식자가 가만히 있는 일은 불충이자 죄라고 생각했다. 강한 죄책감을 느낀 매천은 하룻밤 사이에 「절명시(絶命詩)」 네 편을 남기고, 더덕술에 아편을 타 마시고 자결했다.

　1910년 황현이 자결하면서 남긴 칠언절구의 한시(漢詩)는 김택영(金澤榮)이 엮은 『매천집(梅泉集)』(7권, 1911, 상해) 권 5에 수록되어 전한다. 그의 충정 어린 시를 감상해 보자.

절명시(絶命詩)

난리를 겪다 보니 흰 머리만 늘었구나

몇 번이고 죽으려 했지만 그 뜻을 이루지 못했는데

오늘은 참으로 어찌할 수 없도다

바람에 위태로운 촛불만이 푸른 하늘을 비친다.

원문 亂離滾到白頭年(난리곤도백두년)

幾合捐生却未然(기합연생각미연)

今日眞成無可奈(금일진성무가내)

輝輝風燭照蒼天(휘휘풍촉조창천)

화자는 국난을 극복하기 위해 국내외를 바쁘게 다니며 노력했다. 애가 타고 속이 아팠다. 하지만 온몸으로 뛰어다닌 노력이 자꾸 힘을 잃어갔다. 이제는 머리까지 다 희어지고 몸도 마음도 아프다. 여기 등장한 '백두(흰 머리 색깔)'는 단지 실제 현상만을 가리키는 말이 아니다. 화자의 고뇌의 깊이를 말하는 시어이다.

이제 나라의 어려움이 극단에 이르렀다. 온몸으로 버텨 내려던 화자는 더 이상 견딜 만한 힘을 잃고 말았다. 나라를 잃다니, 세상에 어찌 이런 일이 있을 수 있다는 말인가? 황현은 도저히 일어날 수 없는 일이 벌어지는 것을 지켜본 것이다.

이러한 현실을 두고 어떻게 말해야 할까? 누가 책임을 져야 할까? 황현의 의식은 식자들이 나라를 책임져야 한다고 생각했다. 식자들이 인(仁)을 이루기 위해 기울인 노력은 나라를 잘 보전하는 것으로 이어져야 했다. 그런데 나라를 지키지 못하고 잃어버렸다. 인을 위해 살았던 황현으로서는 할 말이 없다. 그래서 괴로웠다. 형편없는 나라꼴을 보니 부끄럽기 이를 데 없다. 이제 나라가 사라졌으니 나라를 위해 할 만한 일조차 없어졌다. 지식인으로서 할 수 있는 일은 마지막 하나 죽음밖에 없음을 선언하고 있다. 다음은 두 번째 수다.

요망한 기운에 가려 임금 자리 옮겨지더니
궁궐[九闕]은 침침하고 해마저 흩어지는구나.
이후로 왕의 명을 다시 받을 수 없으니
구슬 같은 눈물만이 종이를 적시는구나.

원문 妖氣掩翳帝星移 (요기엄예제성이)
九闕沉沉晝漏遲 (구궐침침주루지)
詔勅從今無復有 (조칙종금무복유)
琳琅一紙淚千絲 (임랑일지루천사)

여기에서 요망한 기운은 일본의 못된 제국주의 야망을 말하고, 제성(帝星)은 왕을 상징하는 말이다. 일본의 제국주의 망상은 왕을 무력하게 만들어 궁궐이 침침해지고 해마저 빛을 잃게 만들었다. 이제 왕의 명령도 받을 수 없게 되었다. 그래서 화자는 순종이 마지막으로 내린 합병조서를 놓고 눈물만 흘린다. 무슨 항변이나 항의도 할 수 없는 처지다. 그저 절망할 뿐이다. 다음은 세 번째 수다.

모든 짐승이 슬피 울고 강산도 찡그리네
무궁화 온 세상이 이미 망했구려.
가을 등불 아래 책 덮고 지난날 생각하니
세상에 글 아는 사람 노릇 하기 어렵도다.

절망이 깊어져 헤어날 수 없는 상태에서 눈을 들어 세상을 보았다. 세상사에는 관심이 없을 같은 짐승들마저도 나라의 멸망을 알아차리고 슬피 운다. 무정한 듯한 산하도 나라의 슬픈 소식에 인상을 찡그렸다. 참으로 험악한 때다. 실제로 짐승이 울고 국토가 찡그렸을까? 화자의 마음이 그랬다는 말이다.

'근화세계(槿花世界)'는 우리나라를 말한다. 우리나라가 물에 잠겼다는 말은, 나라가 망했다는 말이다. 그야말로 절망이다. 우리는 이 땅을 어떻게 지켜왔는가? 온갖 고난을 물리치고 견뎌 온 나라가 아닌가? 아무리 생각해도 이 나라는 망할 수 없는 나라다. 그런데 현실은 비참한 상황에 놓였다. 그래서 보던 책을 덮고 지난날을 생각해 보았다. 화자는 이러한 국가적인 상황을 잘 알고 있는 지식인이어서 더 아프고 괴로웠다.

일찍이 나라를 지탱할 조그마한 공도 없었으니
단지 인(仁)을 이룰 뿐이요, 충(忠)은 아닌 것이로다
겨우 능히 윤곡(尹穀)을 따르는 데 그칠 뿐이요,
당시의 진동(陳東)을 밟지 못하는 것이 부끄럽구나.

원문 曾無支廈半椽功 (증무지하반연공)

只是成仁不是忠 (지시성인불시충)

止竟僅能追尹穀 (지경근능추윤곡)

當時愧不躡陳東 (당시괴불섭진동)

　가만히 생각해 보니, 매천 자신은 지식인으로서 나라를 위해 세운 공적이 하나도 없는 것 같았다. 이제껏 나라의 어려움을 두고 고민하고 염려해 온 것이 충(忠)인 줄 알았는데, 이것만으로는 충이라고 할 수 없다는 생각이 들었다. 그동안 인(仁)이 가치 있는 것이라 생각해 왔는데, 충 앞에서는 턱없이 모자란다는 사실을 깨달았다. 그동안 자신의 삶은 고작 내 심성을 관리하는 인을 이룬 데에만 머물렀기 때문이다. 나라의 어려움 앞에서는 충이 더 필요하다는 사실을 깨달은 것이다. 그러기에 매천은 충이라는 말조차 꺼낼 수 없어 부끄럽다고 탄식한다.

　매천은 중국 송나라 사람 윤곡(尹穀)을 떠올렸다. 그는 진사를 지내다가 몽고군이 침입해 오자 막아 내지 못한 책임을 느끼고는 온가족과 함께 자결한 인물이다. 화자는 윤곡처럼 그렇게 세상을 떠날 것을 생각하기에 이른다. 화자의 각오가 비장하다.

　그것도 모자라 또 중국 송나라 선비 진동(陳東)을 생각했다. 그는 국가의 기강을 세워야 한다며 상소를 했다가 황제의 노여움을 사서 억울하게 죽임을 당한 인물이다. 매천은 이 사람처럼 하지 못한 자신의 어리석음을 한탄하고 있다. 또한 잘못되어 가는 조국의 현실을 보고 목숨을 걸고라도 간언해서 막아 내지 못한 자신을 미워하고 있다.

　이제 화자는 다짐한다. 비록 진동처럼 간하지는 못했지만 죽음으로 대신하겠다며 각오를 다지고 있다. 대단한 애국심의 발로요, 선비이자 지식인의 태도다.

첫 번째 수에서 화자는 이미 순명(殉名)에 대한 결심을 말하고, 두 번째 수에서는 망국에 대한 슬픔을 나타냈으며, 세 번째 수에서는 지식인으로서의 자의식을 드러내고 있다. 네 번째 수에서는 충(忠)을 이루지 못하고 죽는 것에 대한 한탄을 표현했다.

황현은 종사(宗社)가 망하는 날, 지식인이라면 누구나 나라를 책임지고 죽는 것이 옳은 처신으로 알았다. 그래서 직분을 다하지 못하여 종사를 망쳐 놓은 사대부들이 자책할 줄 모른다고 통탄했다. 그는 지식인의 명분을 따라 결국 순명했다.

많은 사람들이 나서서 나라를 위한다고 큰소리 쳤다. 말만으로는 목소리가 큰 사람이 애국자인 것처럼 보이기도 한다. 하지만 말만 무성했지 나라를 위하는 일은 적은 경우가 많았다. 나라가 위태로움에 처하고 거기에 어떻게 처신하는가를 보아야 애국자와 그렇지 못한 사람을 구분할 수 있게 되는가 싶다.

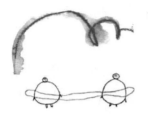

호랑이보다 더 무서운 것

정약용, 「애절양(哀絶陽)」
박노해, 「노동의 새벽」

옛사람들은 무엇을 가장 무서운 존재로 알았을까? 무엇을 제일 두려운 것으로 여겼던 걸까? 시대와 사람에 따라 다르겠지만, 옛날 사람들은 우선 사나운 짐승을 무서워했다. 이들의 습격으로부터 서로를 지키기 위해 사람들은 공동생활을 만들어 냈다고도 할 수 있으니 말이다. 또 다른 것으로는 공동체들 간의 다툼인 전쟁을 무서워했고, 생명을 앗아가고 괴롭게 하는 질병도 두려운 존재로 여겼다.

이러한 것이 사람들에게 분명 무섭고 두려운 존재임에는 틀림없다. 하지만 사람들은 이러한 것들은 극복하려고 노력하면 어느 정도 이겨낼 수 있다고 생각했다. 만일 극복할 수 없는 경우 이를 사람들은 운명이나 숙명으로 알고 수용하려 들었다. 그래서 이들은 원망이나 한(恨)의 대상이 되지 않았다.

하지만 사람들은 인정할 수 없는 일을 만난다든지, 아니면 보편적인 원리가 작용하지 않은 일을 만난 경우 한(恨)으로 여겼다. 게다가 숙명이나 운명이 아닌 일들로 어려움을 겪게 되면 사람들은 힘들고 괴로워했다. 역사적으로 보면 그 대표적인 것으로 '가혹한 정치'를 들 수 있다.

정치는 사람들이 바르고 선한 양심으로 실행하면 모두에게 안녕을 가져다 줄 수 있는 좋은 제도이다. 그런데 그렇게 하지 않고 사람 마음대로 운영하여 사람들에게 상처를 준 경우 아픔이 되었다. 역사나 문학작품에 보면 가혹한 정치는 사람들의 마음에 한(恨)이 되었음을 볼 수 있다. 『예기(禮)』「단궁하편(檀弓下篇)」에 나오는 "가정맹어호야(苛政猛於虎也)"[1]라는 말도 정치 때문에 생겨났다.

공자(孔子)는 노(魯)나라 사람으로 늘 자국의 정치적인 혼란스러움을 염려하고 있었다. 정치에 환멸을 느낀 공자는 노나라를 떠나 제나라에 가서 머무르려고 했다. 제나라를 향하던 공자는 허술한 무덤가에서 슬피 울고 있는 한 여인을 만나게 되었다. 사연이 궁금해진 공자는 여인에게 다가가 물었다. 여인은 "여기 있는 세 개 무덤은 제 시아버지, 남편, 아들의 것입니다. 모두 호랑이에게 잡혀가서 여기에 장사를 지냈습니다. 제가 이렇게 슬퍼하는 것은 하나도 아니고 셋씩이나 호랑이에게 해를 입어 억울하기 때문입니다"라고 했다. 공자는 "그렇다면 이곳을 떠나 아랫마을에 내려가 살면 되지 않습니까?"라고 반문했다. 여인은 "여기서 사는 것이 차라리 괜찮습니다. 다른 곳으로 가면 무거운 세금 때문에 그나마 살 수가 없습니다"라고 대답했다. 여기에서 생겨난 고사성어가 "가정맹어호야(苛政猛於虎也)"라는 말이다.

가정(苛政)이란 가혹하고 혹독한 정치를 말한다. 그러니까 정치가 끼치는 해(害)는 호랑이가 끼친 해보다 더 크다는 것을 말한다. 사람 사는 세상에

- - -

1 '가혹한 정치는 호랑이보다 더 사납다'는 뜻.

호랑이보다 더 무서운 것
정약용, 「애절양(哀絶陽)」 / 박노해, 「노동의 새벽」
219

'어떻게 이런 일이 있을 수 있을까?' 의문이 간다. 하지만 역사를 보면 이 같은 일은 멀리 중국에만 있었던 것이 아니라 우리나라에도 있었다. 공자가 제나라로 향하던 길목에서 만났던 한(恨) 맺힌 여인의 사건과 버금가는 일이다.

1800년대 초 다산 정약용이 전남 강진(노전)에서 유배생활을 하던 때 일이다. 어느 고을에 얼마 전 아버지를 여의고, 아이를 낳은 지 겨우 3일 밖에 안 되는 백성이 있었다.

그는 군복무 대체 수단인 군보(軍保)에 들어 있어서 그 의무를 감당해야 했다. 군보는 군복무 대신에 져야 하는 의무로 병역에 나간 사람의 농삿일을 돕는 의무를 말한다. 만일 이마저 감당할 수 없는 사람은 이정(里正)[2]에게 세금을 내야 했다.

그런데 이 사람은 형편이 어려워 그 세금마저 낼 수 없었다. 세금을 납부하지 못하자 이번에는 이정이 찾아와 세금(군포) 대신에 기르던 소를 빼앗아가 버렸다. 이 일을 원통하게 여긴 사람은 분이 일었다.

칼을 뽑아 자신의 남근을 잘라버리면서 "나는 이 물건 때문에 이런 곤액을 받는구나" 하면서 억울함을 하소연했다. 이를 본 아내는 피가 뚝뚝 떨어지는 남근을 가지고 관가에 가서 울며 호소했다. 그러나 이 역시 문지기가 막아서 관에 알릴 수 없었다. 이 억울한 사연을 본 다산은 가슴이 아파 견딜 수 없었다. 붓을 들어 「애절양(哀絶陽)」이라는 시를 썼다.

. . .

2 다섯 가구를 묶어 통이라 하여 대표로 통주(統主)를 두고, 다섯 통을 묶어 이정(里正)을 두었다. 그리고 리(里)를 관할하는 것으로 면을 두었으며 면에는 권농(勸農)을 두었다고 한다.

애절양(哀絶陽)

갈밭 마을 젊은 아낙네 우는 소리 크더니

관문 향해서 통곡하다, 하늘 향해 또 울부짖네.

출정 나간 지아비가 돌아오지 못했다는 말은 있어도

사내가 제 양물 잘랐단 소리 들어본 적 없네.

시아버지 상을 이미 당했고, 갓난아인 배냇물도 아직 마르지 않았는데

이 집 3대 이름 군적에 모두 실렸네.

> **원문** 蘆田少婦哭聲長(노전소부곡성장)
> 哭向縣門號穹蒼(곡향현문호궁창)
>
> 夫征不復尚可有(부정불복상가유)
> 自古未聞男絶陽(자고미문남절양)
>
> 舅喪已縞兒未澡(구상이호아미조)
> 三代名簽在軍保(삼대명첨재군보)

　세금의 가혹함이 얼마나 심했으면 이런 일이 벌어졌을까? 시(詩)는 한 시골 아낙네의 울부짖음으로부터 시작하여 사건이 발생한 모습을 사실적으로 묘사하고 있다.

가정 형편으로 보면 시아버지 상이 있었고, 이제 막 낳은 자식의 체액도 마르지 않았다. 그만큼 짧은 기간에 어려움이 여러 번 겹쳐 일어나 힘겨움이 가중되었다. 이런 집안 사정이 무시된 채 군역의 부담까지 지워졌다. 이어지는 다음 다섯 구를 보자.

> 관아에 억울함을 하소연하려 해도 호랑이 같은 문지기가 지키고 있고
> 이정은 으르렁대며 외양간 소마저 끌고 갔다네.
> 예리한 칼 들고 방에 들더니 피가 흥건하네
> 스스로 부르짖길, "아이 낳은 죄로구나!"
>
> **원문** 薄言往愬虎守閽(박언왕소호수혼)
> 　　　 里正咆哮牛去皁(이정포효우거조)
> 　　　 磨刀入房血滿席(마도입방혈만석)
> 　　　 自恨生兒遭窘厄(자한생아조군액)

억울한 백성이 관청을 찾아 하소연해 보았지만, 관리들은 문조차 열어 주지 않았다. 사회학자들에 따르면 관청은 인간의 나약함을 극복하기 위해 만들어진 보호막이다. 그런데 이 막이 도리어 백성들의 아픔을 가중시키고 있다. 잘못은 관에 있었지만 도리어 "아이 낳은 것이 죄로구나" 하며 백성 자신에게서 잘못을 찾게 만들었다. 여기에서 관청은 나약한 사람들에게 호랑이보다 무서운 존재가 되고 있다.

제정신을 가진 사람이라면 자신의 남근을 자를 수 있을까? 제정신 가진 사람의 행동으로 볼 수 없다. 지금 이 사람은 정신을 잃어버렸다. 정치가 얼

마나 힘들게 만들었으면 제정신을 잃고 극단적인 행동을 하게 만들었을까?
공자가 무덤가에서 만났던 여인의 일에 버금가지 않은가? 다음 구를 보자.

> 누에 치던 방에서 불알 까는 형벌도 억울하고
> 민 땅의 자식 거세도 진실로 슬픈 일이도다.
>
> 자식을 낳고 사는 이치는 하늘이 준 것이어서
> 하늘의 도는 남자 되고 땅의 도는 여자 되는 것이라.
>
> 거세한 말과 거세한 돼지도 오히려 슬프다 할 만한데
> 하물며 백성이 후손 이을 것을 생각함에서랴!
>
> **원문** 蠶室淫刑豈有辜(잠실음형기유고)
> 閩囝去勢良亦慽(민건거세양역척)
>
> 生生之理天所予(생생지리천소여)
> 乾道成男坤道女(건도성남곤도여)
>
> 騸馬豶豕猶云悲(선마분시유운비)
> 況乃生民思繼序(황내생민사계서)

  옛날에도 오늘날처럼 잘못한 사람에게는 벌을 내렸다. 그 가운데 가장
심한 벌은 사형이었다. 그다음 사형에 버금가는 벌로 궁형이라는 것이 있

었다. 궁형은 남자의 생식기를 제거하여 그 기능을 못하게 만드는 벌이다. 이 벌을 줄 때는 누에 치는 방처럼 적정한 온도가 유지되는 환경에서 시술했으므로 1행에서 누에 치는 방을 언급한 것이다. 사람들은 궁형을 죽음보다 더 치욕스러운 것으로 여겼다. 그런데 여기 주인공은 궁형을 받아야 할만큼 잘못한 사실이 없다. 그런데도 스스로 그런 벌을 받은 꼴이 되었으니 엄청난 괴로움이자 치욕이라는 말이다. 또한 중국 당나라에서는 '민' 땅 사람들을 환관(宦官: 내시)으로 등용해 썼다. 그래서 민 땅 사람들은 아들을 낳으면 일찍이 거세를 시키곤 했는데 이를 두고 슬픈 일이라 한 것이다.

하늘이 사람을 낼 때는 남자는 남자로서, 여자는 여자로서 마땅한 도리를 하며 살도록 배려했다. 그런데 이제 그런 도(道)를 이루지 못하게 만들었으니, 관이 하늘의 도를 어기게 만든 것이다.

하찮게 여기는 짐승에게 거세하는 일도 안쓰럽고 슬픈 일이다. 그런데 사람의 그것을 잘라 도리를 훼손하게 만들었으니, 이 얼마나 큰 아픔인가? 백성들이 천도를 어기도록 만들고서 관리나 관청은 태연자약하니, 그 힘이 얼마나 크고 가혹했는지를 알 수 있다. 다음 구를 살펴보자.

부자들은 일 년 내내 풍악 울리고 흥청망청
이들은 쌀 한 톨, 베 한 치 바치는 일 없네.
다 같은 백성인데 어찌 이렇게 후하고 박하단 말인가
객창에 우두커니 앉아 시구를 거듭 읊노라.

원문 豪家終歲奏管弦(호가종세주관현)
粒米寸帛無所損(입미촌백무소손)

均吾赤子何厚薄(균오적자하후박)

客窓重誦鳴鳩篇(객창중송시구편)

다산이 강진에서 유배생활을 하던 때 조선 사회 신분제는 여러 부문에서 많은 발전과 변동이 있었다. 그런데도 국가의 법과 통치형태는 여전히 양반중심의 질서를 보장해 주고 있었다. 그러니 권력은 예전처럼 얼마의 양반들이 누린 셈이다. 양반들의 호화스런 생활은 어렵게 사는 백성들에게 한(恨)이 되었다. 이 시기에 조선 정부의 조세 제도는 신분제에 따른 차등부과였다. 따라서 농민들에게는 이 조세 제도가 제일 무섭고 두려운 존재가 되었다.

다산은 이 사건을 들어 모순되고 문제투성이인 조선사회를 고발하고 있다. 천민들은 각종 세금으로 인해 죽을 지경인데, 양반들은 흥청망청 일 년 내내 놀고 즐기기만 했다. 다산은 이런 현실을 안타깝게 여기고 가슴아파했다.

다산은 귀양살이 중인 처지라서 이들에게 무슨 도움을 줄 만한 어떤 힘이나 능력을 가지지 못했다. 때문에 가슴 아픈 사연을 듣고서는 그냥 묻어 둘 수 없어 사실 그대로를 기록하여 이러한 일의 부당을 알리려 했다.

이렇게 정치나 사회 문제에 관심을 가지고 비판적인 의식으로 정치·사회의 변혁을 촉구하는 내용의 시를 '참여시'라 한다. 이러한 시는 현대에서도 계속된다.

다음은 민주주의에 대한 열망으로 가득했던 1980년대 중반 한 노동 시인의 시이다. 「애절양」과 비교하며 감상해 보자.

노동의 새벽

박노해

전쟁 같은 밤일을 마치고 난
새벽 쓰린 가슴 위로
차가운 소주를 붓는다
아
이러다간 오래 못 가지
이러다간 끝내 못 가지

　밤잠을 자지 않고 하는 노동은 전쟁과 같다. 졸음을 쫓아가며 해야 하는 힘든 일이기 때문이다. 만일 졸기라도 하면 재봉틀에 손가락이 들어가 상하게 되고 프레스에 손목이 들어가 잘리는 고통이 있는 노동 현장이라 전쟁이라는 말로 표현했다. 화자는 이 일이 고달프고 힘들지만 어쩔 수 없이 현장에 있어야 해서 괴로움이 되었다. 이러한 괴로움은 쓰라린 가슴에 차가운 소주를 부은 것으로 나타났다. 힘들고 고됨을 단적으로 나타내는 표현이다.

　고된 노동에 대한 보상은 제대로 이루어질 수도 없는 환경이다. 그러면서도 현장을 지켜야 하는 노동자의 삶은 고달프기 이를 데 없다. 화자는 힘들고 고달픈 현실이 오래가지 못하리라고 여기고 있다.

설은 세 그릇 짬밥으로
기름투성이 체력전을

전력을 다 짜내어 바둥치는

이 전쟁 같은 노동일을

오래 못 가도

끝내 못 가도

어쩔 수 없지

화자가 여기에서 말하려는 것은 노동에 대한 정당한 대우가 아니라 노동의 착취이다. 밤낮으로 일해야 하는 노동자에게 주어지는 건, 설은 세끼 밥뿐이다. 풍성하지도 넉넉하지도 기름지지도 않은 음식이다. 그러면서도 온몸의 힘을 다 짜내서 해야 할 곳이 감옥 같은 노동 현장이다. 화자는 이러한 현실을 알고 있으면서도 지금 이곳으로부터 벗어날 수 없다. 그 이유는 뭘까? 화자는 다음 연에서 가슴 아픈 이야기를 한다.

탈출할 수만 있다면,

진이 빠져, 허깨비 같은

스물아홉의 내 운명을 날아 빠질 수만 있다면

아 그러나

어쩔 수 없지 어쩔 수 없지

죽음이 아니라면 어쩔 수 없지

이 질긴 목숨을,

가난의 멍에를

이 운명을 어쩔 수 없지

화자는 열악한 노동 현장에서 벗어나고 싶은 욕망이 강하다. 할 수만 있다면 벗어나고 싶었다. 그런데 자신의 모습과 현실을 보면 그렇게 실행할 수 없는 형편이다. 결국 화자의 생각은 체념으로 향한다. 체념으로 안내하는 요소는 바로 가난이다. 이는 몸부림친다고 쉽게 벗어날 수 있는 굴레가 아니다. 그래서 화자는 운명으로 이해한다. 이들은 자신이 쉽게 무너뜨릴 수 없는 절벽임을 알기에 절망적이다. 그러면서도 화자는 절망 속에 머무르지 않고 내면에는 끓어오르는 무엇인가를 담고 있다.

> 늘어처진 육신에
> 또 다시 다가올 내일의 노동을 위하여
> 새벽 쓰린 가슴 위로
> 차거운 소주를 붓는다
> 소주보다 독한 깡다구를 오기를
> 분노와 슬픔으로 붓는다

힘에 겨운 삶은 육체의 처짐으로 나타났다. 힘이 바닥을 드러낸 모습이다. 그래도 내일 또 다시 그 일을 해야 할 운명이다. 그래서 이제는 소주를 마시되 그것은 소주가 아니라 깡다구가 되고 오기가 된다. 이렇게 하지 않으면 노동현장에 있을 수 없기 때문이다.

> 어쩔 수 없는 이 절망의 벽을
> 기어코 깨뜨려 솟구칠
> 거치른 땀방울, 피눈물 속에

새근새근 숨쉬며 자라는

우리들의 사랑

우리들의 분노

우리들의 희망과 단결을 위해

새벽 쓰린 가슴 위로

차가운 소주잔을

돌리며 돌리며 붓는다

노동자의 햇새벽이

솟아오를 때까지

    화자는 고통스런 노동의 괴로움과 착취의 현장에서 그대로만 쓰러지지 않는다. 막막한 현실 괴로움 속에서도 화자는 움트는 사랑과 건전한 분노를 의미 있게 보고 있다. 그래서 이 건전한 분노들이 모아지면 머잖은 날에 노동자들의 희망이 이루어질 것을 기대하고 있다. 그날을 화자는 '햇새벽이 솟아오를 때'라고 말하고 있다.

    참된 인간은 자기에게 주어진 고난을 적극적이고 능동적으로 극복하는 데서 보람과 긍지를 느낀다. 화자는 그런 인간을 지향하고 있다. 이를 이루기 위해 현실 사회의 모순을 대중에게 전달하여 각성하도록 독려한다. 더 나아가 그 모순을 타파하는 사회 운동의 대열에 참여하도록 요구한다. 이 참여는 우리 사회가 가지고 있는 모순을 해소할 수 있는 원동력이 될 것이라고 말하고 있다.

    어느 시대, 어느 사회고 모순이 없는 세상은 없다. 사회는 일상에서 일어나는 모순을 극복해 가는 과정에서 발전해 왔다. 따라서 이 시대의 고민은 우리에게 주어진 모순을 보고 어떻게 줄일 것인가에 있다. 이를 고민하는 사람이 의식 있는 사람일 것이다. 사회는 점점 더 살기 좋은 세상으로 발전해야 하고, 모든 사람이 함께 어울려 행복을 누리는 세상으로 진보해야 하니까 말이다.

6. 자연이 사연 되어

바람에 흔들리는 여인
최해, 「풍하(風荷)」 / 박두진, 「꽃」

시에 대한 열정
가도(賈島)의 퇴고(推敲)

자연을 벗 삼은 까닭
윤선도, 「오우가(五友歌)」

천한 신분 고귀한 삶
안민영, 「매화사(梅花詞)」

자연이 주는 넉넉한 마음
최충의 절구시(絶句詩) / 송순, 「십 년을 경영하여」

바람에 흔들리는 여인

최해, 「풍하(風荷)」
박두진, 「꽃」

　도회지 생활에 익숙한 현대인들은 자신이 자연의 일부라는 사실을 잊고 지낸다. 인공으로 조성된 도시 빌딩숲에 살다 보니 자연과 접할 기회가 적어 일어난 현상일 것이다. 이렇게 자연과 멀어져 자연을 잊고 사는 현대인들의 생활은 불행한 일이다.

　하지만 본래 사람은 자연과 함께 살아야 하는 존재이다. 사람들의 내면 깊은 곳을 들여다보면 자연에 대한 그리움이 언제나 자리하고 있음을 본다. 그래서 자연을 이야기할 때면 마음이 넓어지고, 기쁘고 행복해진다. 더 나아가 틈나는 대로 자연 속에서 여유를 즐기려는 생각을 하게 된다.

　옛사람들은 자연과 벗하며 살면서 자연에 대한 지대한 애착을 갖고 살았다. 아침에 떠오르는 태양이 장관이라며 바닷가에 집을 짓고 사는 사람이 있는가 하면, 저녁노을이 늘어놓은 장관이 황홀하다며 초저녁부터 하늘지기가 된 사람도 있었다. 어떤 이들은 달빛이 하도 좋아 평상에 누워 달빛에 취해 날이 새는 줄도 몰랐다는 이도 있다. 그것도 모자라 어떤 이는 명예와 높은 벼슬까지 마다하고 자연 속에 묻혀 자연과 더불어 평생을 보내기도 했다. 우리 문학사에서 한 모퉁이를 장식하고 있는 강호가도(江湖歌道) 역시 자연을 흠모한 사람들이 자연에서 얻어 낸 보화였다. 그동안 인류가 만들어 낸 노래며 그림이며, 황금처럼 빛나는 언어들은 모두 자연에서 얻은 보화이다.

이처럼 자연은 시를 쓰는 사람에게 선물을 주기도 하고, 혹 외로운 사람에게는 친구나 연인이 되어 주기도 한다. 그러다 보니 사람들은 자연의 모습에다 자신의 감정을 담아내기도 했고, 자신의 감정에다 자연을 싣기도 했다. 이러한 사람들의 모습은 시를 들여다보면 쉽게 발견할 수 있다. 다음 시는 무엇을 노래하고 있을까? 무엇을 담으려고 이렇게 포장했을까?

> 맑은 새벽 겨우 목욕 끝내고
> 거울 앞에 서니 힘이 부치네
> 천연스런 모습이 하도 아름다워
> 화장하지 않아도 예쁘기만 하네.
>
> **원문** 淸晨纔罷浴(청신재파욕)   臨鏡力不持(임경력부지)
> 　　　天然無限美(천연무한미)   摠在未粧時(총재미장시)

이 시는 청순하고 예쁜 여인의 모습을 그리고 있는 것 같다. 이제 막 신혼 살림을 차린 젊은 부부의 청초한 모습처럼 보인다. 예쁜 색시가 화장대 앞에 앉아서 곱게 단장을 하고 그 곁에서 신랑이 달콤한 사랑 고백을 하는 것 같다.

만일 이 시에 제목이 없다면 그저 청순한 한 여인을 소재로 삼아 유희를 즐기고 있는 것처럼 보인다. 한번 생각해 보라는 뜻에서 제목을 감추어 두었다. 제목을 보지 않고 감상하면 갖가지 상상을 할 수 있다.

애매성을 언급한 W. 엠프슨[1]은 『애매성의 일곱 가지 유형(Seven Types of Ambiguity)』에서 시의 언어가 가지는 애매성이야말로 시가 가지는 특징이라고 했다. 그러면서 시의 언어가 가지는 애매성을 대략 일곱 가지로 나누어 설명했다. 그 가운데 몇 가지를 살펴보면, 먼저 한 낱말 또는 문장이 동시에 여러 방향으로 효과를 미치는 경우. 두 번째로 둘 이상의 뜻이 모두 저자가 의도한 단일 의미를 형성하는 데 공동으로 참여하는 경우. 세 번째 한 낱말이 두 가지 다른 뜻으로 표현되는 경우. 네 번째 서로 다른 의미가 합쳐서 지은이의 착잡한 정신 상태를 나타내는 경우 등을 언급했다.

엠프슨의 견해를 참조하여 시의 제목을 보자. 그리고 다시 시를 살펴보자. 시 제목은 최해의 「풍하(風荷) ― 바람에 흔들리는 연꽃」이다.

고운 연꽃이 아침 이슬을 머금고 청순한 꽃잎을 피워냈다. 너무도 완전하고 예쁜 꽃을 피우느라 온 힘을 다 소진한 모습이다. 연약하면서도 아리따운 연꽃의 자태이다.

제목은 시가 가지는 애매성을 완전히 극복하게 해 준다. 제목으로 인해 시가 가지는 애매성이 너무 쉽게 풀리는 바람에 시가 가볍다는 인상까지 준다.

• • • •

1 윌리엄 엠프슨(William Empson, 1906~1984년): 영국의 시인 겸 비평가. 언어의 난삽성(難澁性)과 다의성(多義性)을 분류하고, 이는 시에서 단점이 아니라 장점이 된다는 사실을 밝힌 획기적인 비평가이다.

이른 아침에 목욕을 마친 예쁜 여인이 곱게 단장하려고 거울 앞에 섰다. 힘을 다 쏟아 맥이 빠진 모습이다. 꽃의 여린 듯한 모습이 그려진다. 그런데 그 힘없는 모습이 더 예쁘게 보인다.

꽃을 여인의 아름다움에 실어 암유적으로 표현했다. 예쁜 연꽃과 청순한 여인이 화자의 마음에서 중첩되어 정감 있는 시가 되었다. 참 맛깔 나는 시다.

최해의 「풍하」가 꽃이 화자의 마음에 투영된 자연 그대로를 인식한 노래라면 다음 시는 꽃을 보다 더 큰 자연의 질서라고 인식하고 그 가치를 노래하고 있다. 박두진의 「꽃」이다. 같은 소재로 노래했으면서도 느낌이 서로 다르다. 그 느낌을 경험해 보자.

> 꽃
>
> 　　박두진
>
>
> 이는 먼
> 해와 달의 속삭임.
> 비밀한 울음.
>
> 한 번만의 어느 날의
> 아픈 피 흘림.
>
> 먼 별에서 별에로의
> 길섶 위에 떨궈진

다시는 못 돌이킬

엇갈림의 핏방울.

꺼질 듯

보드라운

황홀한 한 떨기의

아름다운 정적(靜寂).

펼치면 일렁이는

사랑의

호심(湖心)아.

   1연에서 '이'가 가리키는 말은 꽃, 즉 '생명'이다. 그다음 '해와 달의 속삭임'이라는 말은 생명 탄생의 근원이 우주적인 행사였음을 말한다. 즉 꽃은, 아니 생명은 어쩌다가 우연히 그렇게 피어나는 것이 아니라 해와 달의 사랑으로 잉태되었다는 말이다. 참으로 거창하고 웅장한 시작이다.

   1연에서 거대한 출발을 했지만 2연에서는 아쉬움 그 자체다. 아름다운 꽃의 탄생은 유한적이고 일회적인 데서 아픔을 느끼고 있으니 말이다.

   3연에서는 영원한 시간의 교차 위에서 단 한 번 피어나는 꽃이라는 점에서 고귀함을 말하고 있다. 또한 그것이 돌이킬 수 없는 필연이라는 것이다.

   4연에서는 우주적인 거사로 탄생된 꽃이 꺼질 듯하고 보드라운 모습으로 나타났다. 그렇게 연약한 것이 결과적으로 사랑의 호수를 이루어 놓았다고 결론을 맺는다. 즉 꽃의 실체가 바로 사랑이라는 것을 말하고 있다.

작가는 장황한 수식과 서술적 묘사를 배제하고 가능한 한 압축하여 꽃을 형상화했다. 생명의 신비 그 자체에 대하여 절제된 감정과 감각으로 조형해 낸다. 각 연마다 꽃의 은유를 반복하고 확장함으로써 생명의 신비가 지닌 복합적 의미를 자연스럽게 중첩시켰다.

결국 시인에게 사랑은 우주 만물의 근원인 동시에 생명의 궁극적인 귀결점임을 말하고 있다. 그러니까 시인이 갈구하고 신비롭게 노래했던 생명의 실체는 결국은 자연과 인간의 황홀하고 아름다운 사랑이 된 것이다.

최해의 「풍하 – 바람에 흔들리는 연꽃」은 대상 자체만을 노래한 반면, 박두진의 「꽃」은 꽃의 연원에서부터 결과까지를 노래한다. 꽃의 현상은 하나의 꽃일지언정 이는 그냥 가치 없는 몸놀림이 아니라 우주적인 크나큰 경륜 속의 하나임을 말하고 있다. 그래서 무엇보다 소중한 것이며, 그것은 사랑의 언어이며 사랑의 결정체라는 것이다.

이렇게 자연은 보는 이의 관심에 따라 폭이 넓어지고 기쁨을 주는 경이로운 존재가 되어 준다. 자연이 좋은 까닭이다.

시에 대한 열정
가도(賈島)의 퇴고(推敲)

　자기 것에 대한 애착이 없는 사람이 있을까? 사람의 내면에는 소유 본능
이 강하게 자리하고 있어서, 아마 세상에는 그런 사람이 없을 듯하다.

　모두에게 본능적으로 존재하는 이 애착은 어쩌면 자기 발전의 원동력이
되고 있는지 모른다. 더욱이 예술을 하는 사람들의 경우 이 애착이 심한 것
을 볼 수 있는데, 그것은 아마 그 전문성에서 기인한 것이 아닌가 싶다. 더
나아가 예술인들의 애착은 자기 작품에 대한 자신감의 충일에서 비롯된 것
인 듯싶다. 또한 예술인들이 마련한 작품은 자기 자신의 능력을 최대한 발
휘하고 혼신의 힘을 다해 마련한 역작이기 때문에 그러지 않을까 한다.

　조선 초기의 유명한 명필 최홍효(崔興孝)라는 사람은 과거시험을 보다가
답안지를 제출하지 않고 그냥 품에 안고 돌아왔다고 한다. 어렵게 준비한
과거에 응시했다가 답안지를 제출하지 않고 그것을 그냥 안고 돌아오다니,
말이 안 되는 소리다. 사연은 이렇다. 최홍효는 자신이 쓴 답안지의 글씨체
가 자신이 그토록 닮기를 희망한 왕희지 글씨체와 꼭 같아 보였다. 이 글씨

체를 실현했다는 만족감에 너무 기쁜 나머지 답안지 제출을 하지 않고 품에 안고 돌아왔다는 이야기이다.

판소리를 하는 명창들은 득음하기 위해 목에서 피가 넘어오도록 연습했다고 전해진다. 박동진 선생과 같은 명창은 100일 공부를 하는 중에 이가 빠지고 몸이 붓는 아픔이 있자 똥물까지 먹어 가며 연습했다고 한다.

또 중국의 유명한 문인 구양수¹는 글을 한번 완성하면 벽에다 붙여 놓고 볼 때마다 문구를 고쳤다고 한다. 그러다가 나중에 글이 완성되고 나면 처음 것은 한 글자도 남지 않은 적이 많았다고 전해진다.

이처럼 심혈을 기울여 자기 작품을 완성한 사람들은 자신의 작품에 지대한 애착을 가지는 것은 당연한 일이라 하겠다. 어떻게 갈고 닦아 마련한 작품인데 소홀히 여길 수 있겠는가? 예술인들의 강한 애착에 수긍이 간다.

흔히 시인은 사물이 간직한 언어를 가장 잘 읽어 내는 사람이라고 한다. 시인은 분명 다른 사람들이 듣지 못한 것을 듣고, 다른 사람들이 보지 못한 것들을 보고 그것을 언어로 생산해 낸다. 그들은 같은 사물을 보고도 남과 다르게 보고 다르게 해석한 다음 자기만의 독특한 언어로 아름답게 표현해 낸다. 그래서 그들은 언어에 대한 강한 집착을 갖고, 거기에 나름대로 지대한 공력을 들인다. 심지어 어떤 이들은 시(詩)에 목숨을 걸기도 한다.

그러고 보면 시인 역시 사물에서 읽어 낸 말을 소중하게 여길 뿐 아니라 자기 작품에 대한 애착이 대단하다고 해야 할 것이다. 시인들이 단어 하나

• • •

1 **구양수**(歐陽脩, 1007~1072년): 중국 북송(北宋) 때의 시인·사학자·정치가. 자는 영숙 (永叔), 호는 취옹(醉翁), 시호는 문충(文忠). 송대 문학에 '고문(古文)'을 다시 도입했고 유교 원리를 통해 정계(政界)를 개혁하고자 노력했다.

하나, 문장 하나하나에 신경 쓰는 모습을 보면 여느 예술가와 마찬가지로 그 애착의 의미를 알게 된다. 그러다 보니 시를 짓는 사람들 곁에는 창작 과정에서 일어나는 재미있는 일화가 만들어지기도 했다.

중국 중당(中唐) 때 시인 가도(賈島)라는 사람은 시구(詩句)에 온몸과 정신을 쏟았던 인물로 유명하다. 그의 자(字)는 낭선(浪仙)으로 범양(范陽)[2] 사람이다. 그는 집이 하도 가난해서 일찍 출가하여 무본(無本)이라는 법명을 얻기도 했다.

가도는 승려로도 이름을 날렸지만, 그보다는 시구에 집착하는 성품으로 유명하게 된 인물이다. 그는 한번 시 짓는 경지에 들어가면, 무슨 사물이나 어떤 사람에게도 관심을 두거나 의식하지 않았다고 한다. 때문에 그는 길을 가거나 멈추거나, 아니면 자리에 누울 때, 혹은 밥을 먹을 때, 어느 때든지 기꺼이 시구를 읊조렸다.

그가 한번은 노새를 타고 장안 거리를 가로질러 가고 있었다. 그때 마침 가을바람이 매섭게 불어 길 위의 낙엽을 쓸어 가는 모습을 보았다. 여기에서 영감을 얻은 가도는 시구(詩句)를 읊기 시작했다.

> 장안에 낙엽이 가득하니,
> 가을바람이 위수로 불어온다.
>
> **원문** 落葉滿長安(낙엽만장안)　秋風吹渭水(추풍취위수)

* * *

2 지금의 허베이 성(河北省) 쥐현(逐縣)

장안에 낙엽이 가득했다는 말은 가을이 깊었다는 이야기다. 게다가 바람까지 부는 것을 보면 이미 겨울이 다가왔다는 말이다. 이제 가도는 겨울로 넘어가려는 계절의 변화를 달리 표현하지 않아도 이 구(句)만으로 다 말할 수 있게 되었다. 좋은 시구를 얻었다는 즐거움에 가도는 가던 방향을 잠시 잃었다. 그러다가 자기 집에 들어간다는 것을 잘못하여 대경조(大京兆) 유서초(劉棲楚)의 집으로 들어가고 말았다. 갑자기 불청객을 만난 집안 사람들이 이상히 여겨 그를 붙잡아 두었다. 불한당으로 오해받은 가도는 구금되었다가 이튿날에야 풀려났다.

다른 날 가도는 이응의 집을 찾아가다가 또 괜찮은 시구 하나를 얻었다.

> 새는 연못가 나무에서 잠을 자고
> 스님은 달 아래 문을 밀고 있구나.
>
> **원문** 鳥宿池邊樹(조숙지변수) 僧推月下門(승퇴월하문)

지난날과 마찬가지로 좋은 시구를 얻었다 싶어 몹시 기뻤다. 그런데 시가 어딘지 모르게 어색하게 느껴졌다. 시를 반복해서 읽어볼수록 두 번째 구(句), 두 번째 글자인 밀 퇴(推)자 — '스님이 문을 밀다'에서 마음이 걸렸다. 새들이 잠들어 있는 깊은 산속의 절을 들어가면서 들어오라는 허락이 없었는데, 슬그머니 들어간다는 것은 도통 버릇없는 처세로 느껴졌다. 남의 집에 들어가려는 사람이라면 당연히 문을 두드린 다음, 들어오라는 허락을 받아서 들어가는 것이 도리였기 때문이다. 그리고 보니 시에서 '퇴(推)' 자 보다는 '두드릴 고(敲)'가 낫겠다는 생각이 들었다. 가도는 글자를 바꾸어 놓았다. '이쯤 되면 동자스님이 살며시 얼굴을 내밀고 들어오라고 눈짓하겠지' 하는 생각으로 말이다.

'고(敲)'자를 고른 것에 만족한 가도는 한참 동안 즐거워했다. 그러다 또다시 생각해 보니, '두드린다'는 말이 시의 분위기에 맞지 않은 것 같았다. 문에 들어서려는 시점이 새들이 모두 잠든 고요한 밤 시간이다. 그런데 내가 도둑을 면하고자 절제된 공간에 고요를 깨뜨리는 쾅음을 낸다는 것은 어쩐지 분위기에 어울리지 않았다. 가도는 이 두 글자를 놓고 '퇴'로 할까? 아니면 '고'로 할까? 다시 또 '퇴'·'고', '고'·'퇴'를 거듭 고민하면서 정신없이 길을 갔다.

그러다가 당대 최고의 문장가인 한유(韓愈)[3]의 수레를 가로막고 말았다. 하인들이 가도를 잡아 무릎을 꿇게 하고 꾸짖었다. 그러자 시구의 글자를 선택하지 못해 고민하다 벌어진 일이라며 사연을 말했다. 시를 좋아하던 한유는 꾸짖는 일을 멈추게 하고는 한참을 생각하더니 그거야 '고(敲)'가 낫겠다고 일러 주었다. 이를 계기로 두 사람은 좋은 사귐을 가졌다고 전한다.

이렇게 해서 탄생한 단어가 '퇴고(推敲)'라는 말이다. 이 후로 사람들이 시문(詩文)을 창작할 때 자구(字句)를 고치거나 문장을 갈고 다듬는 일을 '퇴고(推敲)'라 하게 되었다.

글을 쓰거나 시를 짓는 사람들은 꿰맨 흔적이 하나도 없는 천의무봉(天衣無縫)의 경지를 고대한다. 그러나 이러한 성취는 그냥 쉽게 이루어진 것이 아니다.

당나라 때 대문장가인 소동파가 「적벽부(赤壁賦)」라는 글을 지었을 때 일

• • • •

3 한유(韓愈, 768~824년): 중국 당(唐)나라의 문학자·사상가. 자(字)는 퇴지(退之).

이다. 글을 막 탈고한 뒤, 마침 찾아온 친구에게 자랑삼아 들려주었다. 친구는 글의 웅혼한 기상과 유려한 문장을 극찬했다. 단번에 좋은 글을 지을 수 있는 재주꾼은 분명 행복을 타고난 사람이라며 부러워했다. 그러면서 이 작품을 쓰는 데 얼마나 걸렸느냐고 묻자, 동파는 '지금 이 자리에서'라고 답했다. 그런데 가만 살펴보니 소동파가 앉아 있던 자리가 불룩 솟아 있는 것이었다. 퇴고한 원고 뭉치가 그렇게 높게 쌓였던 것이다. 전해진 바에 따르면 적벽부를 쓰느라 버린 초고가 무려 수레 석 대에 가득했다고 한다. 후대에 내려오면서 다소 과장되었다고 할 수 있으나, 글에 대한 집착이나 열정만은 높이 사야 하겠다.

러시아의 최고 문장가 투르게네프(I. S. Turgenev, 1818~1883년)는 작품을 한번 쓰면 일단 그것을 책상 서랍에 넣어두고 3개월에 한 번씩 꺼내 고쳐 썼다고 한다. 우리나라 시인 안도현의 경우도 시 한 편 쓰는 데 40~50번씩이나 퇴고한다고 했다.

이런 일화들을 볼 때면 글 쓰는 초보자에게는 힘과 용기가 된다. 그리고 충분한 실력을 갖춘 사람에게는 긍지를 갖게 해 준다. 훌륭한 작품은 여러 차례 퇴고를 거치고 산고(産苦)의 어려움을 거쳐 만들어진다는 일화는 우리에게 많은 것을 가르쳐 준다. 이런 까닭에 시인이나 예술가는 자기 작품에 대한 애착이 강할 수밖에 없다는 생각이다.

자연을 벗 삼은 까닭

윤선도, 「오우가(五友歌)」

『논어』 「계씨」 편에는 공자의 친구관을 볼 수 있는 내용이 나온다. '익자삼우(益者三友)'와 '손자삼우(損者三友)'에 관한 말이다.[1] 이로운 벗으로는 정직한 벗, 성실한 벗, 밝히 아는 데 나아가는 벗을 들고 손해되는 벗으로는 편벽되고, 예쁘게 꾸미되 성실하지 못한 벗, 말로만 잘하고 실속이 없는 벗을 들었다.

공자는 사람들의 본능이 가장 선한 최선의 것을 선택하려는 성향을 지니고 있어서 좋은 벗과 그렇지 못한 벗의 기준만 일러 주면 그중에서 선한 벗을 선호하게 되리라고 생각했다.

고사성어를 살펴보면 친구에 관한 단어가 많음을 볼 수 있다. 막역지우, 금석지우, 지란지교, 간담상조, 관포지교, 지기지우, 수어지교 등이 모두 절

· · ·

1 "孔子曰, 益者三友오 損者三友니, 友直하며 友諒하며 友多聞이면 益矣오, 友便辟하며 友善柔하며 友便佞이면 損矣니라."

친한 벗을 일컫는 말이다. 그만큼 사람들은 공자의 생각처럼 좋은 벗과 사귀기를 좋아하고 벗을 소중히 여기기 때문에 생겨난 결과가 아닌가 싶다.

누구나 벗을 얻은 일은 좋은 일이다. 좋은 벗은 삶을 넉넉하게 만들고 행복으로 안내해 주기도 한다. 따라서 친구는 누구에게나 소중하고 의미 있는 존재가 된다. 사람들은 이 관계를 소중하게 여겨 여러 유형의 친구를 만들어 사귐을 가지곤 한다. 어떤 사람은 가까이 지내는 사람을 벗으로, 어떤 이들은 책속에 등장한 위대한 사람을, 혹은 스승을 …….

혹자는 친구의 대상을 꼭 사람으로만 제한하지 않는다. 동물을 친구로, 자기가 가진 취미를, 아니면 자기가 하는 일을, 아니면 자연을 친구로……. 사람들의 벗 사귐의 방법과 대상에는 끝이 없다.

친구의 대상이 무엇이든 간에 사람을 알려면 옛 우리말 "그의 친구를 보라"는 속담을 참고하면 좋을 것이다. 친구를 통해서 그 사람의 됨됨이를 짐작할 수 있기 때문이다.

이제 우리는 세상의 많은 친구 유형 가운데 벗을 모두 자연에서 택한 사람의 시를 보려고 한다. 화자가 말하고 있는 벗들을 통해 화자의 내면과 인생까지 들여다보자. 고산(孤山) 윤선도(尹善道)의 「오우가(五友歌)」이다.

오우가(五友歌)

내 버디 몇이나 하니 수석(水石)과 송죽(松竹)이라
동산에 달 오르니 긔 더욱 반갑고야
두어라 이 다섯 밖에 또 더하여 머엇하리.

구름 빗치 조타 하나 검기를 자로 한다
바람 소리 맑다 하나 그칠 적이 하노매라
조코도 그츨 뉘 업기는 믈뿐인가 하노라.

고즌 므스 일로 픠며셔 쉬이 디고
플은 어이 하야 프르는 듯 누르나니
아마도 변티 아닐손 바회뿐인가 하노라.

더우면 곳 픠고 치우면 닙 디거늘
솔아 너는 엇디 눈 서리를 모르는다
구천(九泉)의 불희 고든 줄을 글로하야 아노라.

나모도 아닌 거시 플도 아닌 거시
곳기는 뉘 시기며 속은 어이 뷔연는다
뎌러코 사시예 프르니 그를 됴하 하노라.

쟈근 거시 노피 떠셔 만물을 다 비취니
밤듕의 광월(光月)이 너만 하니 또 잇느냐
보고도 말 아니하니 내 벋인가 하노라.

    고산(孤山)은 성질이 좀 급한 사람처럼 보인다. 첫 수에서 자신이 하고 싶은 말을 모두 들고 있으니 말이다. 사람들이 시를 지을 때면 대부분 경(景)을 먼저 말하고 의(意)를 나중에 말하는 것이 일반적이다. 이런 배열을 한시

(漢詩)에서는 선경(先景) 후정(後情)이라고 한다. 그런데 고산은 이를 따르지 않고 당장 서시(序詩)에서 뒤에 나올 다섯 수에 대한 개괄을 먼저 말하고 있다. 그런 다음 둘째 수에서는 물을, 셋째 수에서는 바위를, 넷째 수에서는 소나무를, 다섯째 수에서는 대나무를 벗으로 삼은 연유에 대해 구체적으로 언급하고 있다.

시에 등장하는 사물들을 살펴보자. 첫 수에서 화자는 물의 쉼 없는 흐름을 가치 있게 여겨 벗으로 택한다. 쉼 없다는 말은 연속성을 이르는 말로 변하지 않음을 의미한다.

이어서 돌을 등장시키고, 다음으로 소나무와 대나무가 등장한다. 돌은 불변을 상징하고 소나무는 절개를 상징하고 대나무는 지조를 나타낸다. 우리의 영원한 고전 『춘향전』에도 춘향이 수절을 지키는 대목에 이런 상징물들이 등장한다. 춘향이 암행어사 앞에서 수절을 지켜 내는 대목을 보자.

이몽룡이 암행어사가 되어 남원에 내려와 변 사또의 못된 관직생활을 보고 곧바로 봉고파직(封庫罷職)을 명했다. 그러고는 동헌에 앉아 춘향을 불렀다. "저 계집은 무슨 일로 투옥되었는가?" "기생 월매의 딸이온데 본관 사또를 모시라고 불렀더니 절개를 지킨다면서 사또의 명을 거역하고, 그 앞에서 악을 쓴 까닭입니다." 그러자 이 도령이 "너만 한 년이 수절한다고 나라의 관리를 욕보였으니 살기를 바랄 것이냐. 죽어 마땅할 것이나 기회를 한 번 더 주마. 내 수청도 거절할 테냐?" 한다. 춘향의 마음을 떠보려는 이 도령의 작심이다. 그러자 춘향이 "어사또 들으시오. 층층이 높은 절벽 높은 바위가 바람이 분들 무너지며, 푸른 솔 푸른 대가 눈이 온들 변하리이까? 그런 분부 마옵시고 어서 빨리 죽여 주시오" 한다. 여기에 등장한 사물, 곧 바위, 소나무, 대나무 역시 불변과 절개를 상징한다.

이렇게 윤선도가 택한 벗들은 모두 우리 조상들이 긍정적 의미를 담아온 언어이다. 그래서 고산도 이들의 상징성을 익히 잘 알고 있었다. 그러니까 고산이 선택한 다섯 벗은 적층된 의미를 온전히 수용하여 선택한 의도된 벗들임에 틀림없다. 더욱이 서시에서 고산은 "이 다섯밖에 또 더하여 무엇 하겠느냐"며 자신의 벗 다섯을 모두 자연에서 고른 것에 대해 매우 만족하고 있다. 왜 그랬을까? 그의 삶 여정을 보면 그가 벗을 모두 자연에서 선택한 연유를 좀 더 분명하게 짐작할 수 있다.

윤선도(尹善道)는 1587년 선조 20년에 태어나 26세에 진사가 되었다. 30세에 성균관 유생으로 권신, 이이첨 등의 횡포를 상소했다가 경원 등지에서 유배 생활을 했다. 그러다가 인조반정으로 유배에서 풀려나 다시 의금부도사가 되었지만 무슨 이유에서인지 곧 사직하고 해남으로 내려가 생활했다.

고산은 42세 때 별시문과에 장원하여 왕자들의 선생이 되어 가르치기도 했다. 이어 한성부서윤을 지내고 증광문과에 예조정랑에 올랐다. 하지만 곧 모함을 받아 파직되었다. 병자호란 때에는 왕을 호종(扈從)[2]하지 않았다고 미움을 사, 영덕에서 또 유배생활을 해야 했다. 곧 풀려나 해남 현산면 금쇄동에서 은거했다. 다시 왕명으로 복직하여 예조참의에 이르렀으나 서인들의 중상으로 사직했다가 후에 다시 첨지중추부사에 복직되었다. 이후 동부승지때 남인 정개청의 서원 철폐를 놓고 우암 송시열과 논쟁을 벌이다 탄핵을 받고 파직되었다. 그는 남인의 거두로서 효종의 장지(葬地) 문제와 자의대비의 복상(服喪) 문제를 가지고 서인의 세력을 꺾으려다 실패하여 삼수(三水)에 유배당했다.

• • • •

2 호종(扈從): 임금이 탄 수레를 호위하여 따르던 일.

고산의 생애를 정리하면 14년은 유배 생활이었고, 20여 년은 은둔 생활이었다. 그러다가 1671년에 세상을 떴다. 그가 벼슬을 위해 준비한 26년을 빼면 그의 생애 85년 중 대부분은 유배와 은거의 연속이었다. 어떻게 보면 모질고 곡절이 있는 삶을 끈질기게 살아온 것이다.

고산이 만났던 수많은 고난은 고산의 가치관 형성에 지대한 영향을 미쳤다. 모함과 배신, 그리고 외면, 소외와 같은 말이 난무하는 사람들과 교유하면서 고산은 무엇을 느꼈을까? 그가 자신의 벗으로 높은 벼슬아치나 명성이 있는 사람을 택하지 않고, 자연에서 모두 고른 것은 충분한 의미가 있어 보인다.

고산은 병자호란이 끝난 뒤에 서울로 돌아왔다. 그러나 또 왕에게 문안을 드리지 않았다는 죄목으로 1638년에 다시 영덕으로 귀양갔다. 여기 오우가(五友歌)는 영덕 귀양살이에서 풀려나 해남의 금쇄동에 거하던 때인 그의 나이 56세에 지은 시이다. 그러니까 이 노래는 고산이 산전수전을 다 겪고 난 뒤 지천명(知天命)의 나이에 인생의 깊은 의미를 깨닫고 쓴 시라고 하겠다.

그래서 고산은 변함없이 흐르는 물을 벗 삼고, 변치 않는 바위를 좋아하고, 눈서리에도 푸름을 잃지 않은 소나무를 택하고, 굽어지기는 하되 꺾어지지 않은 대나무를 고르고, 어둠을 지긋이 밀어내고 밝음을 주는 달을 선택해 벗으로 삼았는지 모르겠다. 결과적으로 고산이 택한 다섯 벗은 유배와 은거로 점철된 삶에서 우러나온 철학의 결과물이라는 생각이 든다.

사람들은 서로 속고, 속이고, 미워하고, 질투하고, 서로 위에 서려고 아귀다툼을 일삼는다. 그러다 보니 사람들은 부화뇌동을 즐기고, 가변적이고 순간적이다. 또한 사람들은 미(美)와 추(醜)를 가려 가치를 부여하고, 선과

악으로 나누어 괴롭히거나 헐뜯기를 좋아한다. 그러나 자연은 모두에게 있는 그대로 불변과 아름다움과 깨끗함을 준다. 그러면서도 그 모습은 영원하다. 그러기에 군자의 좋은 벗으로 부족함이 없는 존재라 하겠다.

후세 사람들이 고산의 작품을 평가할 때면 국어의 아름다움을 가장 잘 구사한 작품이라고 한다. 또한 자연미의 정수를 재발견한 절창 중의 절창이라고 한다. 물론 그러기도 하거니와 「오우가」가 가치 있게 느껴지는 것은 무엇보다 그의 고단한 인생역정을 겪고 탄생한 역작이라는 점 때문이다. 또한 그가 일생 동안 발견한 삶의 가치가 투영된 작품이라는 점에서 더없는 절창이라 하겠다.

천한 신분 고귀한 삶

안민영, 「매화사(梅花詞)」

조선 초기 신분제도는 대략 양반·중인·양인·노비 등 네 계층으로 구분되었다. 이 신분제는 조선 시대 내내 잘 유지되다가 임진왜란을 겪으면서 변화가 일기 시작했다. 왜란 후 전쟁으로 인한 폐해와 조정의 문란을 틈타 노비는 자신들의 문서를 폐기하고 신분 상승을 꾀했다. 또 경제적인 부를 얻은 노비의 경우 돈으로 신분을 사는 일이 벌어져 신분제의 동요를 부추겼다.

조정에서도 이런 변화에 어느 정도 실마리를 제공했다. 양란 중에 필요한 군인을 확보하기 위해 공노비, 사노비, 서얼, 승려 등에게도 그 역할을 부담시키고 이들의 전공(戰功)을 따져 신분을 풀어 주거나, 재력이 있는 사람들에게는 합법적으로 신분이 상승하도록 도와주었기 때문이다.

이러한 방법 외에도 부를 축적한 양인, 노비들은 호적을 고쳐 진사를 사칭하거나, 몰락한 양반의 족보를 매입하여 양반 행세를 하는 등 여러 통로로 신분상승을 꾀하는 일이 벌어졌다. 이로 인해 조선 후기에는 신분의 절대적인 명분이 급격히 퇴색했다.

그러다가 1669년(현종 10년)에는 노비 신분법을 변경하게 되었다. 부모 가운데 어느 한편이 천민이면 그 자식도 천민이 되던 종래의 법이 폐지된 것이다. 18세기 후반에는 노비라는 명칭 자체를 없애자는 의견이 제기되고, 마침내 순조 원년(1801년)에는 공노비의 노비문서를 소각하여 양인으로 해방시켜 주었다. 이로 인해 궁방과 관아에서 직접 사역하던 노비와 사노비를 제외하고 납공을 맡았던 노비는 해방되었다. 그 후 1886년(고종 23년)에 이르러서야 노비의 신분법이 폐지되고, 1894년(고종 31년)에는 사노비까지 법적으로 완전히 해방되었다.

이렇게 노비 해방은 이루어졌지만, 19세기 사람들의 의식 속에는 신분을 구분하려는 생각이 여전했다. 따라서 천한 신분 출신은 여전히 피해와 불이익을 감수해야 했다. 이러한 상황이 지식인이나 뛰어난 능력을 가진 사람에게는 더 큰 부담이 되었다. 더욱이 16~17세기의 경우, 천한 신분의 사람 중 의식 있는 사람들은 신분제가 가지는 사회 모순을 심각하게 느끼고 저항운동을 선도하기도 했다.

이처럼 신분제로 묶어 두려는 사회에서 제도나 의식에 얽매이지 않고 도리어 재능을 발휘한 사람들의 노력은 당대는 물론 후대까지 빛을 발하고 있다. 사회가 이루어 놓은 신분적인 불평등은 글을 쓰는 사람들에게는 튼실한 소재가 되었고, 시를 짓는 사람들에게는 시심(詩心)의 원동력이 되었다. 대표적인 인물로 조선 후기 주옹(周翁) 안민영(安玟英)을 들 수 있다.

그는 1816년 순조 16년에 천민인 서얼(庶孽)로 태어났지만 시조 분야에서 탁월한 재능을 나타낸 시조 시인이었다. 조선 후기 사회가 많이 변했다고는 하나 주옹이 살았던 시기는 아직 서얼 출신에 대한 대접이 여전히 소홀한 시대였다. 그런데도 주옹은 자신의 문학적 재능을 묻어 두지 않고 발전시켜 1876년(고종 13년)에는 스승 박효관(朴孝寬)과 함께 조선 역대 시가집 『가곡원류(歌曲源流)』를 편찬·간행하는 등 큰 족적을 남겼다. 이 책은 근세 우리 시조문학의 총결산이 되었다.

이 밖에도 그의 저서로는 『금옥총부(金玉叢部)』, 『주옹만필(周翁漫筆)』 등이 있다. 그가 언제 죽었는지에 대한 기록이 없어 불분명하지만 고종 22년(1885년)까지 그의 작품이 전해지는 것으로 보면, 그는 70세 이상 살았던 것으로 짐작된다.

안민영이 자라던 유년기는 국가적으로 시련이 많았던 시기였다. 정치적으로 안동 김 씨의 세도정치가 행해졌고, 삼정[1]의 문란으로 백성들의 삶이 어려워 민심이 피폐했다. 안민영의 개인사를 보면 서자로 태어난 탓에 어려서부터 신분제도의 틀로 인한 어려움을 수없이 겪었다.

어렵게 생활하던 주옹은 중년이 되어 스승인 박효관을 만나면서 인생에 중요한 계기를 맞게 되었다. 이후 대원군을 만나 인생 최고의 전성기를 누렸다. 주옹이 50대에 들어서 활발한 작품 활동을 했던 것은 대원군의 전폭적인 지지가 아니었더라면 불가능한 일이었다. 우리들 입에 자주 오르내리는 대표적인 시조 「매화사(梅花詞)」 8수는 안민영이 활발한 작품 활동을 하던 50대에 지어진 작품이다.

봉우리가 높으면 골짜기도 깊다 했던가? 안민영은 행운의 길을 걸으면서도 여러 가지 어려운 일을 견뎌야 했다. 부인과 이별하고, 가장 큰 후원자인

· · ·

1 삼정(三政): 조선 후기 국가재정의 근간을 이루었던 전정(田政: 토지세)·군정(軍政: 군역세)·환정(還政: 춘궁기 구제책)을 일컫는 말.

대원군이 축출됨에 따라 의지할 곳을 잃기도 했다. 그러자 주옹은 평안도를 유람하며 허전함을 달래기도 했다. 결국 머물 곳을 얻지 못한 주옹은 말년에 세상을 유랑하는 삶으로 생을 마쳤다.

안민영의 이러한 삶의 바탕에는 조선 사회가 지니는 신분제의 폐단이 한몫을 했다. 명문사대부가 아닌 한미한 집안에서 태어난 배경이 그를 힘들게 했기 때문이다. 주옹은 그 나름대로 자신감과 의욕은 넘쳤지만 내면에서 자기를 둘러싼 외적 결점을 완전히 극복하지 못했다. 그가 느꼈을 회의나 좌절감을 짐작할 만하다.

주옹이 50대에 쓴 '매화' 노래에는 이렇게 살았던 자기 삶의 역정이 스며들어 있다. 그는 신분제도로 인하여 삶이 고단했지만 여리고 성긴 가지에서 혹독한 추위를 뚫고 청아하게 꽃을 피워낸 매화 같은 삶을 살았다. 그의 시적 재능은 신분의 벽을 넘어 화려한 꽃을 피워낸 것이다. 이렇게 작가의 삶의 사연이 듬뿍 담겨 있는 시를 살펴보자.

먼저 제 1수를 보자.

> 매화 그림자 비친 창가에 가야금 타는 미인이 비스듬히 앉아 있고,
> 두어 명의 노인은 거문고 타며 노래하노라
> 이윽고 술잔 들어 권할 때 달 또한 솟아오르더라.
>
> 원문 梅影이 부드친 窓예 玉人金釵 비겨신져
> 二三 白髮翁은 거문고와 노리로다
> 이윽고 盞드러 權하랼 져 달이 또한 오르더라.
>
> ──『금옥총부(金玉叢部)』

세찬 인생의 파도를 넘어 백발이 되어 버린 두 가객 운애(雲崖) 박효관(朴孝寬)과 주옹(周翁) 안민영(安玟英)이 매화가 비친 창가에 마주앉았다. 미인들은 거문고를 타고, 가객들은 노래하고 술잔을 기울인다. 산수화의 한 장면처럼 평화로운 모습이다.

이들이 매화가 있는 창가에 앉은 것은 그냥 단순히 풍류를 즐기기 위해 자리한 것은 아니다. '매화'가 지니는 상징성을 의미 있게 여겼기 때문이다. 매화는 절조를 나타내는 상징물로 자신들의 삶을 나타내는 상관물이다. 이 꽃 곁에서 술잔을 채우고 또 기울인다. 미인은 거문고를 타고 노인들은 가락에 맞추어 노래한다. 노래가 끝날 때면 술을 권하며 매화가 만났을 법한 혹한의 괴로움을 떠올리고, 눈보라 치는 힘겨움도 도란도란 이야기할 것이다.

첫 수는 이렇게 매화로 인하여 의미 있어진 자리에 또 다른 가객까지 찾아왔다. 고산 윤선도의 노래대로라면 "작은 것이 온 세상을 비추는 이만한 것이 없다"는 벗, 달이 떠오른 것이다. 술자리 분위기는 고상하고 풍류가 무르익는다. 제2수를 보자.

연약하고 엉성한 가지라서 꽃을 피우리라곤 믿지 않았더니,
눈 올 때면 피겠다던 약속을 지켜 두세 송이 피었구나
촛불 잡고 네게 다가가니 그윽한 향기까지 날리는구나.

원문 어리고 성근 梅花 너를 밋지 안얏더니
눈 期約 能히 직켜 두세 송이 퓌엿구나
燭 잡고 갓가이 사랑할 제 暗香浮動하더라.

화자 곁에 놓인 매화 가지는 가늘고 연약하여 볼품이 없는 모습이다. 도무지 미덥지 않아 꽃이 필 것이라고는 기대조차 하지 않았다. 그런데 매화는 약속의 때를 지켜 어김없이 꽃을 피워 주었다.

이렇게 여리고 나약한 매화의 모습은 화자의 삶 자체다. 포근한 환경으로 탐스럽게 가지를 내뻗지 못한 엉성한 모습은 도움을 받지 못해 힘을 상실한 자신들의 처지와 같다. 눈[雪]은 크게는 세상의 고난이나 사회의 혼란, 국가적인 어려움을 말한다. 개인적으로는 자신의 괴로움이자, 아픔을 말한다. 그 속에서 매화는 약속을 지켜 꽃을 피워 냈다.

화자의 출신 성분은 앞서 살펴본 대로 천대받은 서자였다. 그러기에 화자의 생활은 다른 이가 경험했던 고난보다 더 힘들고 괴로웠다. 어떤 일을 이루어 낸다는 것 자체도 생각하기 어려웠다. 그런데도 그는 문학사에서 거대한 한 축을 담당했다. 이는 매화가 가지는 속성인 눈 속에서도 꽃을 피우고 향기를 풍긴 것과 흡사하다. 그래서 주옹은 여린 매화를 인격체로 여기고 말을 걸고 있다. 곧 자신에게 말을 건 것이나 다름없다.

종장에 '그윽한 향기까지 날리는구나'라는 말은 한자로 '암향부동(暗香浮動)'이라고 한다. 이는 중국 송(宋)나라 때의 시인 임포(林逋)가 쓴 『산원소매(山園小梅)』 속에 나오는 "소영횡사수청잔 암향부동월황혼(疎影橫斜水淸淺 暗香浮動月黃昏)"에 등장한 말이다. 매화를 예찬할 때에 의례적으로 쓰는 말이다. 연약하고 엉성한 가지에서 꽃을 피우고 향기까지 진동하니, 얼마나 의젓하고 의미 있는 광경인가? 화자의 삶이 바로 그랬다.

다음으로 제3수를 살펴보자.

얼음 같은 모습에 옥 같은 성질을 지닌 너라서 눈 속에서도 피어났구나

그윽한 향기를 흩날리어 저녁달을 기다리니,

아마도 맑은 운치와 높은 절개를 지닌 것은 오직 너뿐인가 하노라.

원문 氷姿玉質이여 눈 속에 네로구나

가만히 香氣 노아 黃昏月을 期約하니

아마도 雅致高節은 너뿐인가 ᄒ노라.

매화가 꽃을 피우고, 향기를 날리는 것은 어쩌다 한번 잘되어서 그런 것이 아님을 말하고 있다. 매화의 성품 자체가 본래 그러하다는 말이다. 그러니까 매화의 강인한 본성이 없었더라면 도저히 불가능한 일이었다는 말이다. 이 정도 명성을 얻는다면 화려함과 짝하고, 혹은 넉넉하고 풍성함과 어울릴 만하다. 그런데 매화는 거목의 웅장함이 아닌 연약한 가지를 가진 데다가, 벗으로 찬란한 태양이 아닌 수수한 저녁달을 택했다. 그러니 매화는 겸손함까지 갖추게 되었다. 참으로 운치 있고 멋진 삶이다.

이제 매화에 대한 평가는 당연해졌다. 눈 속에서도 꽃을 피우고, 향기를 날리고 달까지 맞아들이는 여유를 지녔으니 응당 높이 평가할 수밖에 없다는 말이다. 매화의 본성대로 오직 매화만이 할 수 있는 품격을 지녔으니 그 가치가 고귀하다는 말이다. 그래서 매화는 화자에게 '오직 너뿐'인 절찬의 대상이 되었다. 제4수를 보자.

눈 올 때쯤 피우겠다더니 너 과연 피었구나

저물녘에 달 오르니 그림자도 듬성하구나

매화, 너의 맑은 향이 술잔에 어리었으니 취해 놀고자 하노라.

> **원문** 눈으로 期約터니 네 果然 퓌엿고나
> 黃昏에 달이 오니 그림ㅈ도 성긔거다
> 淸香이 盞에 쪗스니 醉코 놀녀 허노라.

매화는 약속대로 호시절이 아닌 추운 눈 내린 때를 골라 피었다. 여기에 은은한 달빛까지 찾아와 더 큰 정겨움을 만들었다. 더욱이 매화 향기가 주변을 맴돌다 이제는 술잔에 내려앉았다. 흥이 돋아질 대로 돋아졌다. 그래서 잔뜩 취하겠다고 한다. 다음 제5수를 보자.

저물녘에 떠오른 달이 너와 만날 것을 약속하였더냐?
화분 속에 잠든 꽃이 향기로 맞는구나
내 어찌 달과 매화가 벗인 줄 몰랐던고.

> **원문** 황혼의 돗는 달이 너와 期約 두엇더냐
> 閤裏에 ㅈ든 ㅅ곳치 香氣 노아 맛는고야
> 닌 엇지 梅月이 벗되는 줄 몰낫던고 ㅎ노라.

약속이라도 한 듯 달빛이 매화 가지에 살포시 내려앉자, 매화가 향기로 맞았다. 이제 둘은 오랜 세월 사귄 벗처럼 정겨운 만남이 되었다. 이렇게 잘 어울리는 모습은 없다. 이 고귀한 사물 앞에 앉은 늙은 사람들 또한 한 구성물이 되어 모두 같은 친구가 되었다.

제6수를 보자.

바람이 눈을 몰아 창문에 부딪히니,
찬 기운이 새어 들어 잠든 매화를 힘들게 한다.
아무리 얼리려 한들 봄뜻까지 빼앗을쏘냐.

> **원문** ᄇᆞ룸이 눈을 모라 山窓에 부딋치니
> 찬 氣運 시여드러 ᄌᆞ는 梅花를 侵撓허니
> 아무리 얼우려 허인들 봄뜻이야 아슬소냐.

6수에 들어서 화자는 시를 가슴으로 쓰지 않고 머리로 쓰기 시작한다. 그림으로 말하면 문인화 냄새가 난다. 그림에 철학이나 생각, 도를 담아 내려 했던 그런 그림 말이다. 매화의 기품에 자신들의 삶을 동일시하려다 보니 약간 정도가 지나쳤다는 느낌이 든다.

봄을 향한 날씨가 달빛을 내리 쬐다가 장마 때처럼 금방 눈보라를 몰고 오지 않는다. 처음부터 달이 없든지 아니면 맑든지 했어야 했다. 그런데 시의 분위기가 매화 향기와 달빛으로 고조될 무렵에 난데없는 눈보라가 등장한다. 이제 시는 마음이 아니라 가공이 되고 있다.

바람이 눈을 몰아 산방(山房)에 흩뿌리니, 찬 기운이 방으로 새어 들어와서 잠든 듯 조용한 매화를 힘겹게 했다. 그러나 바람이 나서서 방해하려 해도 봄이 지닌 큰 뜻을 빼앗을 수는 없다. 이제 꽃은 계속 필 것이고, 향기도 더 날릴 것이다. 비록 찬바람이 불고 눈이 내려 진행을 막으려 하지만 이들의 노력은 이제 의미가 없게 되었다. 온 천지를 감싸게 될 봄기운을 거역할자가 없다는 말이다. 화자는 매화 가지에 꽃을 보고 대자연의 섭리와 우주의 질서를 알았다. 크게는 사회의 변화요, 작게는 자신의 마지막 열정에 대한 성취를 말하고 있다.

주옹은 당시 신분제도의 변화를 예감하고 있었던 것 같다. 그리고 이것이 생각보다 더 빨리 오리라는 것도 감지하고 있는 것 같다. 얼리려 한들 봄뜻마저 빼앗을 수 없다고 했으니 말이다. 결국 그가 죽을 무렵에는 노비신분법이 폐지되었다. 그러니까 주옹의 예감은 적중한 셈이다. 또한 주옹의 개인적인 성취로 본다면 후세에 길이 전하는 큰 업적을 남겼으니, 그의 인생에도 봄이 화려하게 온 셈이나 다름없다. 제7수를 보자.

> 저 건너 나부산 눈 속에 검게 울퉁불퉁한 광대등걸아,
> 너는 무슨 힘으로 가지를 돋쳐서 꽃조차 저처럼 피웠는가
> 아무리 썩은 배가 반만 남았을망정 봄기운을 어찌하리오.
>
> **원문** 져 건너 羅浮山 눈 속에 검어 웃쑥 울퉁불퉁 광디등걸아
> 네 무슴 힘으로 柯枝 돗쳐 곳조ᄎᆞ 져리 퓌엿는다
> 아모리 셕은 비 半만 남아슬망정 봄 뜻즐 어이 ᄒᆞ리오.

나부산(羅浮山)은 중국에 있는 산 이름이다. 본래 국화가 유명한 곳이어서 여기에서는 별 다른 뜻을 싣기 위해 인용한 것으로 보이지 않는다. 여기서는 다만 험악한 산이라 해묵은 고목 등걸이 생존 불가능한 지역임을 나타내기 위해 끌어온 것으로 보인다.

'광디등걸'은 험상궂게 생긴 나무등걸을 말한다. 곧 쓸모없음을 나타낸

말이다. 그리고 '석은 빅'는 '썩은 배'라는 말로 나무 몸통이 대부분 썩었다는 말이다. 그러니까 이런 험상궂고 상한 상태에서도 가지를 내고 꽃을 피웠으니 대견하고 경이롭다는 것이다. 매화에 대한 끝없는 애찬이자, 자신들의 삶에 대한 감탄이다. 제8수를 보자.

> 동쪽 화분에 숨은 꽃이 철쭉꽃인가 진달래꽃인가
> 온 세상이 눈에 덮여 있는데 제 어찌 감히 필 것인가?
> 알겠구나, 백설 속에서도 봄을 말한 것은 매화밖에 또 누가 있으랴.
>
> **원문** 東閣에 숨운 곶치 躑躅인가 杜鵑花인가
> 乾坤이 눈이여늘 제 엇디 敢히 퓌리
> 알괘라 白雪陽春은 梅花밧게 뉘 이시라.

화자는 의도적인 착각 속으로 자신을 유기한다. 역시 관념으로 만들어낸 시이다. 이 추운 겨울에 철쭉꽃이 피었을까? 아니면 진달래꽃이 피었을까? 하지만 결론은 아니다. 눈 속에서 꽃을 피우는 것을 보니 분명 이들은 아니다. 눈 속에서 감히 꽃을 필 수 있는 것은 역경을 극복할 수 있는 선구자요, 어려움 속에서도 지조를 지킬 수 있는 절의지사(節義志士)인 매화만이 할 수 있는 일이다. 화자는 매화의 탁월하고 우수함을 더 높여 찬양하고 싶어 주변의 꽃들과 비교하기까지 했다.

화자가 이렇게 온통 매화를 극찬하는 것은 무슨 일일까? 추운 계절을 이겨낸 매화의 굳은 의지를 높이 평가하여 그러기도 하거니와 거기에다 화자는 자신들의 삶을 말하고 싶어서 찬양하고 있다. 험악한 세상에서 이렇게

꽃피울 수 있는 매화가 바로 화자 자신들의 화신임을 말하고 싶었다. 그래서 화자는 매화를 높일 수 있을 만큼 최대한 높여 칭송하고 있다. 그것이 곧 자기 평가 혹은 자기만족이기 때문이다. 화자는 매화처럼 살아온 자기의 삶에 대한 자신과 용기가 있었다. 그래서 멋진 삶을 영위한 사람(화자)과 매화는 다 고결하고 절의지사라고 말한 것이다.

화자는 이렇게 매화에 빗대어 고달프면서도 멋진 자신의 삶을 모두 다 말했다. 그러니 매화나 화자는 멋있는 사물이자 사람이다. 그러고 보면 화자 소망대로 다 이루어진 셈이다. 그가 남긴 자취는 아직도 향기를 발하고 있으니 말이다.

자연이 주는 넉넉한 마음

최충의 절구시(絕句詩)
송순, 「십 년을 경영하여」

중국의 시선(詩仙) 이백은 "천지는 만물의 주거 공간"이라 했다. 천지는 만물의 보금자리라는 말이다. 각양각색의 많은 사물들이 서로 조화롭게 공존하고 있으니 천지는 천국이나 다름없다. 작은 개미 한 마리, 작은 꽃 한 송이, 이름 모를 풀들, 하늘을 나는 새들, 심지어 사나운 맹수들까지도 소중하지 않은 것이 없다.

천지는 이들이 존재함으로 완전해지고, 만물은 천지의 배려 속에 존재의 의미를 갖는다. 만물의 영장이라고 하는 사람들도 이 구성원 가운데 하나이다. 그러니까 이 땅을 구성하는 모든 존재는 독립된 존재로 살아가는 것이 아니라, 서로서로 관계 속에서 의미를 갖게 된다는 말이다.

생각해 보면 사람들이야말로 만물 가운데 자연의 혜택을 가장 많이 받은 존재인 것 같다. 그런데 이상하게도 사람들은 자연에서 받은 혜택만큼이나 그 대가를 자연에게 돌려주지 못하는 것 같다. 돌려주기는커녕 오히려 으스대며 여타 다른 존재들을 무시하고 깔보는 경향까지 있다. 인간의 오만은 모두가 함께 살아가는 터전을 잘 보전하지 못하고 도리어 망가뜨려 놓은 경우도 허다하다.

공장 폐수로 하천을 오염시키고, 각종 건설 폐기물로 토양을 오염시키며, 생활 쓰레기로 땅 속까지 못쓰게 만들고 있다. 더구나 최첨단 기기로 무장한 유조선마저 좌초되어 기름을 바다에 쏟아 내 삶의 터전을 황폐화시킨 경우가 빈번하다.

이대로 두었다가는 자연이 자연으로서 기능을 잃어버리고 회복할 수 없게 되는지도 모를 일이다. 그래서 요즘 들어 사람들은 자연을 어떻게 지킬 것인가에 대한 고민이 많아졌다. 사람들의 생존마저도 위협하겠다는 위기감을 느꼈기 때문이다. 그나마 다행스러운 점은 이제 사람들이 자연에 관심을 가지고 신경을 더 쓰게 되었다는 점이다.

가만히 살펴보면 자연은 스스로 자기를 조절해 가면서 조화를 이루어 간다. 그래서 자연은 저절로 아름다움을 엮어 가는 예술가가 된다. 자연은 가만히 보고만 있어도 우리의 노래가 되고, 시(詩)가 되고, 위안이 된다. 많은 문인들은 이 선물 덕분에 평생을 기쁘게 살았다. 그들이 토해 낸 자연의 노래는 그 여운이 그치지 않아 아직도 사람들의 입에 오르내린다. 앞으로도 자연은 지난날 그랬던 것처럼 우리 삶과 정서의 귀한 보고이자 끝없는 에너지원이 될 것이다. 자연이 좋은 까닭이다.

옛사람들은 자연의 모습을 놓치지 않고 가까이 다가가 보고는 속삭이며, 함께했던 흔적을 많이 남겨두었다. 어떤 이는 제3자의 입장에서 보고 큰 소리로 외쳐 댔고, 또 어떤 이는 몰래 살짝 엿보고는 그 느낌을 크게 옮겨 놓기도 했다. 그래서 자연 그대로가 사연이 되어 태어난 시를 보려고 한다. 고려 때에 최충이 지은 절구(絶句)시이다.

뜰에 가득한 달빛은 연기 없는 촛불이 되고

살며시 들어앉은 산빛은 바쁘지 않은 손님이라

소나무 사이에서 바람은 화음까지 만들어

귀한 풍경이로되 사람들에게 알릴 수 없네.

원문 滿庭月色無煙燭(만정월색무연촉)

入坐山光不速賓(입좌산광불속빈)

有松弦彈譜外更(유송현탄보외경)

只堪珍重未傳人(지감진중미전인)

　　화자는 지금 외지고 적적한 집에서 홀로 조용히 앉아 있다. 마침 바쁘게 하루를 지내온 해님이 황혼을 그리며 산 뒤춤에 숨었다. 숨어 버린 해님을 달이 찾으려고 나선 걸까? 동산 위로 수줍은 달이 얼굴을 내밀었다. 그러더니 어느새 화자의 뜰에 조용한 모습으로 내려앉았다.

　　사람들이 밤에 피운 모닥불은 그름이 일고 연기가 피어나 눈을 맵게 하지만, 어둠을 부드럽게 밀어내는 달빛은 그것마저 없어 좋다. 달빛으로 채워진 뜰에 산빛도 슬그머니 자리 잡았다. 어느새 텅 비었던 뜰에 자연 손님들이 찾아와 자리를 메운 것이다. 그야말로 평온하고 여유롭고 정겨운 모습이다.

　　이제 뜰의 분위기가 좋아졌다. 조용히 찾아온 자연 손님들은 급한 일로 금방 자리를 떠야 할 존재가 아니어서 좋다. 어둠이 물러간 때가 아니라면 두고두고 함께 즐길 수 있는 좋은 벗들이다. 여기에 홍겨움을 더해 주려고 바람까지 자원해서 나섰다. 소나무 사이로 불어든 바람이 아름다운 음악을 연주한 것이다. 전혀 가공되지 않은 생음악이라 값으로 매길 수 없는 귀한 보배이다.

화자는 아름답고 흥거운 잔치를 혼자서만 즐길 수 없었다. 문득 다른 이에게 자랑하고 싶어졌다. 그런데 아쉽게도 아름다운 모습을 남겨 두거나 보관할 만한 방법이 없었다.

고민하다가 화자는 붓을 들어 시구(詩句)에 사진처럼 담아 내는 재치를 부렸다. 아름다움을 전할 길이 없어 글로 그림을 그린 것이다. 눈을 살며시 감으면 한 폭의 산수화 같은 그림이 보인다.

이번에는 자연에게서 얻은 감흥을 다른 사람의 마음을 통해 읽어 보자. 호남 제일의 가단을 형성한 송순(宋純)의 시조다.

> 십 년을 벼슬 살아 초가삼간 지어내어
> 나 한 칸 달 한 칸 청풍 한 칸 맡겨 두고
> 강산은 들일 데 없어 병풍처럼 빙 둘러놓고 보리라.
>
> 원문 十年을 經營ᄒ야 草廬三間 지여내니
> 나 ᄒ間 둘 ᄒ間에 淸風 ᄒ間 맛져두고
> 江山은 들일 ㅅ듸 업쓴이 한듸 두고 보리라.
>
> —『해동가요(海東歌謠)』

송순은 26세 때 별시문과에 급제하여 벼슬살이를 시작했다. 송순이 41세가 되던 1533년에는 김안로의 무리가 정권을 잡아 선비들을 배척하는 변혁이 있었다. 이 화를 피해 송순은 고향인 담양에 내려와 면앙정(俛仰亭)을 짓고 생활했다. 여기에서 송순은 4년 동안 머물렀는데, 이 시조는 이 무렵에 지은 작품으로 보인다. 그러니까 벼슬살이를 한 지 10여 년이 된 시점과 비슷하게 맞아 떨어진다.

면앙정 주변 경관을 보면 앞에는 넓은 평야가 펼쳐져 있고 그 건너편에 어렴풋이 금성산, 추월산이 병풍처럼 둘러 서 있다. 지금은 보이지 않지만 당시는 정자 바로 밑으로 여계천이 흘렀다고 한다. 그리고 보면 이곳이 「면앙정가」나 이 시조의 배경이 되었음을 짐작하게 해 준다.

면앙정 건물 내부를 보면 무등산을 향해 정면 세 칸, 측면 두 칸의 팔자지붕을 하고 있다. 목조로 된 기와집 정자인데, 추녀 끝에는 네 개 활주로 받쳐 두고 중앙에는 방을 만들었다. 그리고 측면과 앞뒤에 마루를 만들어 두었다.

그러니까 송순은 10여 년 벼슬살이로 재물을 모아 대궐 같은 집을 지으려고 하지 않았다. 그저 자연을 가까이 하고 싶은 단순한 꿈을 꾼 것이다. 물론 이를 두고 사대부들의 여유로운 음풍농월이라고 비난하는 이들도 있으나, 이 시의 내용으로 보면 소박한 안빈낙도(安貧樂道)를 말하고 있다. 세를 과시하기 위해 큰 집을 꾸미는 것이 아니라, 겨우 세 칸짜리 집을 지었으니 말이다.

그것도 거기에 진귀한 보물을 쌓는다거나, 곡식을 모아들이거나, 사람들을 불러 군대를 만들겠다는 이야기도 아니다. 다만 자연의 아름다움을 방마다에 가득 채우고 싶다는 소박한 마음뿐이다. 내가 살아야 할 최소한의 공간을 제외하고는 나머지 한 칸은 달에게 내주고, 다른 한 칸은 청풍(淸風)에게 내놓겠다는 말이다. 한 가지 욕심을 부리긴 했다. 강산(江山)까지도 방에 들이고 싶다는 생각이다. 그런데 들일 만한 장소가 없어 그저 둘러놓고 보겠다고 했다. 작가의 자연에 대한 몰입 경지를 짐작할 만한 부분이다.

인간도 자연의 일부이다. 자연은 우리를 행복하게 만들어 주는 보금자리와 같다. 자연을 소재로 한 노래에는 욕심이나 다툼이나 질투가 없다. 그래서 편안한 여유로움까지 가져다준다. 만일 내게 능력이 주어진다면 이 너그럽고 넉넉한 자연을 다른 언어로 마음껏 노래하고, 자연이 주는 마력에 푹 빠져들고 싶다.

지은이_ 마 종 필

순천매산고등학교를 졸업하고, 선인들이 일궈 둔 역사와 문학·사상에 관심을 가져 전주대학교에서 한문교육을 전공했다. 방송통신대학교에서는 국어국문학을 공부한 다음, 국립순천대학교 교육대학원에서 국어교육학 석사학위를 받았다. 호남신학대학교에서는 신학을 전공하여 인간의 구원과 올바른 신앙생활에 이르려는 의지를 실천했다. 현재 순천매산여자고등학교에서 아이들을 지도하는 교사로 생활하고 있다.

저서: 『풀어서 배우는 漢字成語』 I, II(정진출판사)

『한자능력검정시험 교재』 4급, 5급, 6급, 7·8급(도서출판 고원)

『선생은 무엇으로 사는가?』(도우미출판사)

사연이 담긴 **시** 이야기

ⓒ 마종필, 2010

지은이 | 마종필
펴낸이 | 김종수
펴낸곳 | 도서출판 한울
편 집 | 김경아

초판 1쇄 인쇄 | 2010년 2월 22일
초판 1쇄 발행 | 2010년 3월 4일

주소 | 413-832 파주시 교하읍 문발리 507-2(본사)
        121-801 서울시 마포구 공덕동 105-90 서울빌딩 3층(서울 사무소)
전화 | 영업 02-326-0095, 편집 02-336-6183
팩스 | 02-333-7543
홈페이지 | www.hanulbooks.co.kr
등록 | 1980년 3월 13일, 제406-2003-051호

Printed in Korea.
ISBN 978-89-460-4240-7 03810